藤萍
著
千劫眉
卷三

目錄
CONTENTS

天上雲，雲上何巔？
晶中血，血中何變？
縱輕其生難得公論。
御梅刀，刀出御梅？
不死身，身真不死？
緣步步失失在當時。

第二十章　蠱蛛之毒

清風明月，星光閃爍，雖然是夜空，卻仍是疏朗開闊，仰頭觀之，令人心胸暢快。好雲山的夜色縹緲如仙，頭頂是明朗星空，身周卻是隨風流動的迷濛霧氣，漫步其中，望天觀地，宛若踏雲而行，別有一份異樣的心情。

「嗚——啊——嗚嗚——」一陣陣狼嚎般的嘶吼由善鋒堂中心偏左的一棟房屋傳來，「砰砰」撞門之聲不絕，彷若其中正關著一頭猙獰可怖力大無窮的怪物。再看那房屋四周，門窗都以精鋼由外封死，牆壁之外堆著許多大石，甚至連屋頂都扣著七八丈鋼絲漁網，這等陣勢，可見屋內所關的「東西」有多麼駭人。

一人坐在離房屋不遠的柳樹下，時漸深秋，柳樹正在落葉，夜色中片片纖瘦的黑影，隨風而下，落在人髮際衣上，狀甚安然。這人身著灰色布衣，足踏一雙嶄新的雲紋軟鞋，一頭銀髮，膚色甚白，正是唐儷辭。

那如野獸一般被關在屋裡的「東西」，自然是身中蠱蛛和九心丸之毒的池雲，此時距離他脫離茶花牢已有四日，身上雙毒齊發，痛苦難當，加上神智已失，便如瘋虎一般。邵延屏本要將他點穴，但他劇毒在身，蠱蛛之毒和九心丸之毒都非尋常毒素，長期點穴只怕毒性淤積身上某處，引起難以挽回的後果，考慮再三之後還是放棄，只用繩索將池雲綁了起來。結果毒發沒多久，池雲就掙脫繩索，在屋裡衝撞起來，邵延屏生怕他撞破屋子衝出來殺人，只得在屋頂扣上漁網，門窗釘上精鋼，再堆上許多大石，宛如把池雲活埋在屋中一般，心中雖然萬分歉疚，卻是無可奈何。

四日之間，沒有人敢接近這屋子，雖然由一處破損的窗戶送入食物，但誰也不知道他到底吃沒吃，若是沒吃，就算他是鐵打的身子，也支持不了多久。

屋外月光淡淡，照在唐儷辭身上，卻是十分靜謐安詳。

「唐公子，邵先生傳話說，請唐公子到前廳喝茶。」女婢紫雲從庭院那端姍姍而來，眉頭輕攏，自從前些天唐儷辭無故昏厥之後，她看著這位公子便有些憂心。

唐儷辭抬起頭來，微微一笑，笑意溫善，「煩請紫雲姑娘回覆邵先生，我現在不想喝茶。」

紫雲臉上微微一紅，「唐公子不必與我客氣，叫我紫雲就好，有什麼事儘管吩咐。」

「那麼……端一碗不太熱的粥過來，裡面放一點蔥花和肉末。」唐儷辭目望房屋，「然後請邵先生傳令，今夜到明日午夜，誰也不許進這院子。」

紫雲奇道：「一碗粥？從今夜到明日午夜，唐公子只吃一碗粥麼？那怎麼行？」

唐儷辭微笑，轉了話題，「我想到了解毒的方法，紫雲姑娘只要轉告邵先生就好，不要讓人打擾我解毒。」

紫雲大喜，「唐公子想到了解毒的法子，那真是太好了，池大俠有救了，我這就去說。」她轉身快步奔出，往邵延屏的書房奔去。

「啊——啊——」屋內嘶啞的號叫和撞門、撞牆的聲響依然慘烈，從前幾日到現在，彷彿沒有絲毫緩和，那裡面的如果是個人，現在會是什麼樣子？如果是頭獸，又會是什麼樣子？唐儷辭站起身來，緩步走到屋前，手撫著牆上幾個被撞裂的縫隙、那精鋼之下全毀的窗戶，「呵……」無緣無故的，他低聲笑了一聲，那聲音不知怎地帶著一股冷冷的嘲笑的味兒。

他笑了這一聲，屋裡安靜片刻，屋裡的人似乎聽見他這一笑。

唐儷辭轉身背牆，斜倚牆角，抬頭望著星空，「這樣就覺得很痛苦了嗎？」他低聲道：「如果你一直活到八十歲，就會知道其實今天身上受的痛，永遠不如明日的……就會知道今天能讓你自殺的事，其實並不算什麼。」他望著星空，慢慢地道：「你聽到我說話沒有？」

屋裡短暫安靜了片刻，突然「嗚——」的一聲狂吼，屋裡人對著唐儷辭所靠的那片牆壁猛力撞擊起來，碰碰之聲不絕於耳，就算屋裡是一頭老虎也必定早已撞得頭破血流。唐儷辭不為所動，就那麼靠著，一直望著很遠的地方。

「唐公子，粥來了。」紫雲端著一碗粥，匆匆奔了回來，「邵先生說，既然是唐公子的吩咐，十二個時辰之內，他絕對不會讓人踏進這個院子一步，請唐公子放心。」

唐儷辭頷首，接過那碗粥，紫雲盈盈一拜，隨即快步離去。

「啊——」屋裡再度傳來一聲淒厲的號叫，只聽「碰」的一聲巨響，這一塊牆角土木崩壞，塵沙揚起，牆上竟破了一個人頭大小的洞。唐儷辭轉過身來，只見洞內露出木桌一角，池雲竟是將木桌擲了過來，擊破磚牆。木頭柔軟而輕，能擊破磚牆，可見池雲發狂時的力道大得異乎尋常。唐儷辭將那碗粥擱在方才他坐過的大石上，再度回到屋前，只聽「咯啦」一陣顫抖的爆裂之聲，那破了一洞的牆壁轟然倒塌，一人形狀如鬼般淒厲可怖，顫巍巍地站在牆壁倒塌之後的洞口，披頭散髮、渾身是血，散發著一股古怪的刺鼻氣味。

滿身是傷，一半是撞牆撞的，一半是自己抓的，九心丸毒性發作之時讓人全身紅斑，痛癢難當，池雲神智已失，就如一頭野獸，把自己抓得渾身是傷。唐儷辭凝視著他，臉上的神色有一瞬間的柔和，「餓了麼？」

池雲嗅到了粥的味道，驟然大叫一聲，雙目陰森森地瞪著唐儷辭，蹲下身來四肢著地，如野獸一般一躍而起，撲向那放粥的大石。唐儷辭右手向他後心抓去，池雲的身子突地壓得更低，一溜煙如飛鼠一般竄過，唐儷辭一抓落空，後肘撞出，正中池雲後心，池雲「砰」的一聲倒地滾了幾滾，翻身躍起，怨毒的眼神惡狠狠地瞪著唐儷辭。

唐儷辭舉袖平伸，白皙的手指之中握著一物，池雲眼色一變，喉中發出古怪的「呃呃」之聲，唐儷辭手中握的，正是裝有九心丸的灰色瓶子。只聞風聲掠耳，池雲那汙濁的手指已臨空抓來，唐儷辭手指輕彈，那灰色瓶子「嗖」的一聲激飛上天，池雲抬頭仰望，在那一瞬之間，唐儷辭晃身欺入，並指連點，封住他胸口幾處穴道，一抬手，池雲應手而倒，摔入臂間。隨之，「啪」的一聲脆響，那灰色空瓶憑空墜下，摔得滿地碎瓷。

縱然是失常的池雲，要和唐儷辭鬥，仍是遠遠不及，就算神智已失，唐儷辭對池雲也是瞭若指掌。一陣怪味撲鼻，唐儷辭拾起袖子在池雲臉上一番擦拭，漸漸露出池雲那張臉來，鬍鬚橫長，血斑點點，一張本來俊朗倜儻的面孔變得醜陋可怖，令人見之驚怖心酸。唐儷辭的袖子在他臉上抹拭，池雲便狠狠張口來咬，嘴巴一張，唐儷辭手指一翻，一顆藥丸塞入他口中，池雲驀然一呆，那藥丸氣味辛辣，含有一種古怪的香氣，正是九心丸！

吞入藥丸之後，未過多時，池雲已不再狂躁，眼神卻仍是迷茫，唐儷辭拍開他的穴道，把他扶到柳樹下的大石旁坐下，端起那碗肉粥，微微一笑，「張嘴。」

池雲呆呆地看著他，像看著一團雲霧，過了好一會兒，當真張開嘴來，唐儷辭一匙肉粥塞入他口中，他便咽下。

未過多時，一碗粥吃盡，池雲精神略復，張了張嘴巴，似要說話，卻不成聲調。唐儷辭手指伸出，橫唇而過，擦去他嘴上粥的殘渣，「閉上眼睛，什麼也別想，先好好睡一覺。」

池雲此時聽話之極，聞言閉上眼睛，倒頭便睡，也不管身後是大石一塊。唐儷辭看著他，搖了搖頭，池雲只是個孩子，不管武功練得多高、殺了多少人，仍然是個孩子。

靜坐了一會，夜風更涼，霧氣之中更為冰冷，唐儷辭探手入懷，取了一個水晶酒杯出來，對著月光一照，酒杯晶瑩剔透，梨形的杯身頗長，宛如一泓清水，散發著一層迷人的神祕之氣。這水晶酒杯就叫作「水晶杯」，傳聞世上本有七個，萬竅齋珍藏一對，而這就是其中一支。唐儷辭挽起衣袖，橫指劃過左腕，左腕血脈破裂，鮮血流出，很快湧滿一杯，他以一塊白色綢帕包紮傷口，把那杯鮮血放在地上，人也席地而坐，背靠大石。

大石之側，池雲沉沉睡去，鼻息均勻。

大石的另一側，唐儷辭倚石而坐，眼望遍地碎石塵土，過了良久，目光移到盛滿鮮血的水晶杯上，又過許久，微微一嘆。他很少真的嘆息，畢竟，能讓他感慨的事真的不多，這世上錯綜複雜、淒厲悲哀的故事，他已經歷過太多。中了暗算變成蠱人，殺人無數，對唐儷辭來說不算什麼，但對池雲來說，也許會是一項他承擔不起的打擊。

要讓他真的清醒嗎？

清醒，尤其是太過清醒，畢竟是人間最殘酷的事之一。

夜風輕拂，霧氣彌散，那盛滿鮮血的水晶杯外隱約凝了一層白霜，霧氣飄過，白霜隨即散去，而白霧再飄過，白霜又現……

就像那杯中的熱血，正和清秋的寒意搏鬥，就像它縱然脫離了軀體，卻始終不甘冷去。

過了大半個時辰，杯外白霜終於凝住，那杯中的鮮血漸漸分為三層，越往上顏色越淺。唐儷辭舉手握杯，只見水晶杯外的白霜漸漸增厚，唐儷辭施展陰柔之勁，讓那杯鮮血的溫度降得更低，但見血色漸漸轉為褐色，杯底濃郁的血層慢慢變為血塊，而上層的顏色更清。等到血層澈底凝為血塊，唐儷辭取出另一個水晶杯，將上層清澈的液體倒入水晶杯中，手腕晃動，均勻而快速的搖晃起來。

他的血，因為特殊的原因，對世上大部分毒素都有抗性，所以如果提取血中精華，也許可以解蠱蛛之毒。蠱蛛品種繁多，好雲山上又缺乏真正瞭解此道的名醫聖手，與其坐以待斃，取血是相對妥當的方法。一切看池雲的運氣，而究竟是把他治死了是他的運氣、或是醫活了是他的運氣，便是池雲自己，也很難回答吧？

一柱香時間之後，唐儷辭取出一個小小皮囊，將第二個水晶杯中澄清的液體吸取部分，存入皮囊之中，隨後拉起池雲左臂，小桃紅一掠而過，在他左臂內側劃了一道雖不大卻頗深的口子，鮮血隨即湧出。池雲吃痛，一驚而醒，唐儷辭托住他左臂將皮囊之中澄清的液體一下灌入他傷口之內，隨即五指伸出，牢牢按住那傷口，一股強勁的真力逼住傷口鮮血不得外流。池雲只覺左臂傷口劇痛，一股刺痛的涼意順血而上，唐儷辭真力透臂而入，推動那涼意運行全身，池雲一聲大叫，全身不住顫抖，片刻之後牢牢抓住唐儷辭的右手，昏死過去。

夜色深沉，明月緩緩蔽入雲中，庭院之中一片黑暗，唐儷辭一揚手脫下套在中衣外的灰袍，扯開池雲緊扣在自己臂上的五指，席地而坐，仰首望著陰雲湧動的夜空。

未過多時，地上浮起一層燥熱之意，夜空陰雲更濃，豆大的雨點點點打下，再過片刻，「嘩啦」一聲，已是傾盆大雨。好雲山水氣濃重，下雨是常有的事，尤其是這種季節，一會兒晴空萬里、一會兒電閃雷鳴，眾人早已習慣，並不奇怪。

白嘩嘩的雨水連接天地，身周樹木顫抖，花草低伏，方才崩塌一角的房屋滑落磚石瓦片，滿地的雨水流成泥水，耳邊盡是沉重的雨聲。

唐儷辭並未躲雨，池雲也一樣暴露雨中，暴雨閃電之中，兩人一坐一臥，任由雨披滿身，衣袍皆濕，勾勒出全身輪廓，如兩尊石雕鐵鑄的菩薩。

雨似乎下了很久，天漸漸亮了。

池雲躺在石上，手指微微顫抖了一下，因為整夜淋雨，他全身的汙垢已被洗去大半，肌膚上毒發的紅斑也已褪去，然而受寒所致，臉色慘白。唐儷辭倚石而坐，衣袂委地，日光漸漸照到他濕透的衣袖，與池雲慘白的臉色相比，他仍是臉色姣好，被日光照了一陣，似乎暖了回來，他轉過目光看池雲，唇角微微一勾，說不上什麼表情，「還不起來？」

池雲全身顫抖了一陣，右手五指張動，似想抓住什麼，轉過頭來，緩緩睜開了眼睛，右手抬起覆在臉上，沙啞地道：「我……我怎麼會在……這裡……」

唐儷辭側臉相看，輕輕一笑，「自然是我救回來的。」

「老子……老子做了什麼？」池雲坐了起來，「老子的刀呢？」

唐儷辭不答，過了好一會兒，他問：「你現在記得什麼、不記得什麼？」

池雲皺眉，咳嗽了幾聲，甩了甩頭，「咳咳……老子記得跳下那該死的什麼牢，他媽的一出好雲山就被人沿路追殺，人人武功高得不像人，並且人人蒙面，老子抵敵不過，跳下那什麼花牢。」

唐儷辭眉心一蹙，「之後的事你就不記得了？」

池雲茫然地看著他，「你是怎麼把老子救出來的？那山頂一個坑，深不見底，你打破山頂了？」

「我早就說過，我神機妙算，武功天下第一。」唐儷辭語氣很淡，聽不出究竟是玩笑、或者不是玩笑，「要救你並不難。」

池雲長長地吁出一口氣，「老子跳下茶花牢以後怎麼了？」

唐儷辭又看了他一眼，眼神變幻莫測，其中一瞬閃過一絲說不出的寒意，「你跳下茶花牢以後怎麼樣了，你自己不知道，我怎會知道？」

池雲呆了一呆，抱頭苦苦思索，然而腦中一片空白，除了跳下茶花牢那一剎那的黑暗，腦中似有千百個人影晃來晃去，卻是不得頭緒，彷若在那千百人影之前有一道枷鎖，讓他抓不住絲毫片斷，越想越是茫然，越想越是不安，「我……」

「你跳下茶花牢之後，頭在地上撞了個包，將自己摔暈了，一直到我將你救出，什麼事也未發生。」唐儷辭冷冷地道：「所以不必想了，什麼事也沒有。」

池雲皺眉，「真……真的麼？」

唐儷辭勾唇淺笑，笑得毫無笑意，眼角眉梢挑起的全是冰冷之意，「真的。」

池雲用力搖了搖頭，茫然道：「我有摔得如此重？」

唐儷辭看了他很久，眼色自極寒極冷漸漸緩和，過了好半晌，他道：「有。」

他當真是摔昏了？

池雲聽著唐儷辭的說辭，心中是說不出的不安，驀然轉頭，入目傾頹毀壞的房屋，心中大震，「這是——」

「那是我拆的。」唐儷辭自地上緩緩站起，一把將池雲從大石上提了起來，「既然醒了，那就走吧。」

池雲頸後要穴落入他手中，猝不及防被他提了起來，驚怒交集，張大嘴巴，「啊——」他尚未說話，唐儷辭提起人往前疾奔，強風灌入口中，頓時一句話也說不出來。

有很多事都不對勁，跳下茶花牢之後的事真的絲毫想不起來，心中不安愈盛，但卻不願細想，腦中一陣混亂、一陣空白，片刻之間，唐儷辭已把他提到另一處廂房之內。房內本有一人，見這兩人這般闖了進來，大吃一驚，「唐公子……」

「邵先生，」唐儷辭踏入邵延屏的屋子，臉色頓和，微微一笑，「池雲已經醒了，煩請讓人送熱水過來讓他洗漱。」

邵延屏剛剛起床，心中苦笑，這位公子自己不睡也當別人都不睡的，幸好他習慣好起得早，眼見池雲神智清醒，頓時大喜，「他好了？」

唐儷辭眼神微斂，「自他摔暈之後，總算是醒了。」

邵延屏一怔，他七竅玲瓏，聞一知十，立刻打了個哈哈，「池大俠這一昏昏了好久，總算無事了，可喜可賀，在此稍等片刻，我立刻讓人送熱水過來。」

池雲眉頭一皺，邵延屏這句話不倫不類，但他剛醒不久，腦中尚未清楚，一時之間也說不出什麼來。

片刻之後，下人送上熱水，池雲開始沐浴，熱氣蒸騰上來，一切迷迷濛濛，熱水潑上肌膚，陣陣刺痛，卻是不知何時遍體鱗傷。他「呸」了一聲，一勺熱水澆上腦門，白毛狐狸和邵延屏都不是什麼老實人，說話不盡不實，老子總有一天會想起來究竟發生了什麼事。

屋外，邵延屏和唐儷辭走出十來丈，臉色頓時一變，「池雲他……」

唐儷辭低聲道：「他忘了。」

邵延屏失聲道：「忘了？他忘了他身中九心丸和蠱蛛之毒，被煉成蠱人，在那茶花牢裡殺人盈百，甚至還要殺你的事？」

唐儷辭背對著邵延屏，「不錯，他打心底不想承認曾經發生過的事，於是便強迫自己忘了。」

「忘了？」邵延屏苦笑，「忘了也好，池大俠英雄俠義，若是毀於九心丸和蠱蛛之毒，實在是蒼天不仁，忘了也好。」

唐儷辭緩緩轉過身來，「他並非真的忘了，只是不願承認而已，而不管是忘了、或是不願承認，發生過的事都不會因此改變。」他淡淡地道：「人要學會承受，而不是逃避。」

邵延屏臉上失了笑意，嘆了口氣，「但並非人人都能如此清醒，逃避是種本能。」

「只要逃過一次，要站起來就很難，而要看得起自己更難。」唐儷辭平淡地道，語氣之中聽不出什麼感情，「他讓我很失望。」

邵延屏越發苦笑，「池大俠遭逢大難，能得不死已是奇跡，何況他還年輕，唐公子要求他一旦清醒就接受發生過的一切，未免太過。」

唐儷辭緩緩地道：「做不到？做不到就是幼稚、就是懦弱。」

邵延屏心中駭然，看了唐儷辭一眼，唐儷辭目中毫無笑意，臉上卻仍舊微微一笑。這一笑笑得邵延屏越發心寒，他對自己要求頗高也就罷了，若是持著這種苛刻偏激的眼光去看人，有幾人能達得到他的要求？世上在他眼中的，能有幾人？

「你在想什麼？」

倏然間，唐儷辭一雙眼睛牢牢盯著他，邵延屏只覺渾身都出了冷汗，強笑道：「我在想……哈哈哈……天亮了。」

唐儷辭看了他好一陣子，回過身去淡淡一笑，「不錯，天亮了。」

邵延屏長長舒出一口氣，越接近這位公子爺越瞭解這位公子爺，他便越是怕他，這位公子爺身上有一種說不出的冷意，孤寒的冷，自心中發散出來孤寒，像人在高處風愈冷，望下塵寰皆渺然的那種孤寒，因為太高，離得太遠、太孤傲，所以衍發出一股對人的不信任來。他見過的世面不可謂不廣，再孤傲自負的劍客也見識過，但都不是唐儷辭身上的這種冷，平時不明顯，便在此種時刻清晰透骨。

彷彿他和這世間的一切距離遙遠，而他的所欲所求更是這世間的人事物所無法滿足的一般，一種空洞的孤寒、一種無解的寂寞。

也是一種近乎絕望的清醒。

所以很冷。

很寒人。

「聽說普珠大師已經返回少林？」唐儷辭靜立了一會，轉過身來，微微一笑，神色已和。

邵延屏點頭，「按日程計算，應當快到了吧。」

唐儷辭頷首，「接下來幾天，也是武林局勢關鍵的幾天。」

邵延屏心中一動，「少林寺方丈之會，劍會可要派人參加？」

唐儷辭目光流動，「邵先生可代劍會前去觀摩，表明中原劍會對少林寺的敬意。」

邵延屏大喜，「我也正是此意，我帶十名劍會弟子前去參會，善鋒堂中有唐公子在，我十分放心。」

唐儷辭平和地道：「邵先生儘管去，這裡有我。」

「劍會中尚有成大俠和桃姑娘，董長老也正從洛陽折返，其餘弟子六十六人，一切皆受你調遣。」邵延屏正等他這句話，中原劍會這個燙手山芋，只愁不能早早丟給唐儷辭，「明日我準備前往少林寺，池大俠的毒傷……」

「放心，現在他想不起來，總有一天是要想起來的。」唐儷辭慢慢地道：「還有在善鋒堂遊蕩的那名黑衣人，我保管他絕對不會在少林寺出現，也絕對不敢再襲擊你。」

他說得很溫淡，邵延屏卻是大吃一驚，「你——你知道那黑衣蒙面人是誰？」

唐儷辭微微一笑，「我知道。」

邵延屏瞪眼道：「是誰？」

唐儷辭眸色流轉，眼色很深，「這個……在少林寺方丈選出來之前，還是不說為上。邵先生若是信我，儘管去吧。」

「我當然是信你。」邵延屏慚慚地笑，說信自然是信唐儷辭的，只不過並非是心悅誠服的信，更寧可說是一種寒畏，若說唐儷辭是個將軍，則他邵延屏決計不會為了這樣的將軍去死的，而若成縕袍是個將軍，說不定情況便不相同。

唐儷辭輕履走出三五步，忽而微微一笑，「你很怕我嗎？」

遲疑了一小會兒，邵延屏坦然道：「很怕。」

唐儷辭緩步而去，背影卓然瀟灑，「會怕我的，都是聰明人。」

邵延屏啞然，這句話聽在耳中，說不出心裡是什麼滋味，苦笑一聲，回房去看池雲的情況，再點人手準備行囊，前往少林寺。

秋色漸濃，好雲山雲霧中寒氣漸盛，濕氣重，便讓寒冷更冷了十分。

垂柳逢霜，漸變白頭，滿園鬱鬱的青翠，化作一片蕭條之色。園中竹亭之內，一人桃衣如畫，懷抱一件淡紫色的夾襖，倚在亭中，不論遠觀近看，皆是佳人如玉，儀態萬千。

她自然是西方桃。

她在等人。

霧氣濃重，自樹梢凝水而下，宛若有雨，有人撐傘而來，灰衣布履，水霧迷離之中，就如一幅江南煙雨的圖畫。

「桃姑娘。」來人將傘收起，笑顏溫雅，意態安然，「等了很久了嗎？」

西方桃淺笑盈盈，嬌美溫柔無限，「等的是唐公子，無論等多久，我都不會厭煩。」她轉過身來，看著灰衣銀髮的唐儷辭，「唐公子神通廣大，又出了我意料，」她輕輕地嘆了一聲，「我以為茶花牢外如此多的高手加上茶花牢內中蠱的池雲應該足以要了唐公子的命，結果……你居然毫髮無傷……」

「你很失望？」

「不，」西方桃柔聲道：「我很高興，人生……難得遇上一個很想贏的對手……」她抬手挽了挽頭髮，「這幾天我有許多機會可以殺了池雲，尤其是你昏迷的那一晚，我沒動手，你可有覺得意外？」

「池雲現在的狀態，對你有利無害，我從不擔心你會殺他。」唐儷辭在亭中坐下，人影扶疏，眼神微垂，唇角未勾，卻能從下垂的眼睫處看出絲絲的笑，「你想殺的人……從來都不是池雲。」

「哦？」西方桃似笑非笑，衣袖一拂，「那我想殺的人是誰呢？」

「桃姑娘想殺的人從未變過，不殺邵延屏，你就沒有機會染指中原劍會，不是麼？」唐儷辭眼波流動，似笑含情地望了西方桃一眼，「可惜你一直找不到機會。」

「有唐公子在，就算我瞧到機會，也是不敢出手呢。」西方桃嫣然一笑，「但你讓他出門到少林寺去，不怕我在路上設下埋伏，悄悄殺了他？」

唐儷辭斜倚竹亭的欄杆，手指托腮，目望遠方的迷離的水色，唇含淺笑，「殺邵延屏是一回事……我猜你這幾天沒有動手，除了找不到機會、懷疑我故布疑陣之外，還想出一個好主意……」他慢慢轉頭，看人的瞳色很美很深邃，「你打算殺了邵延屏，嫁禍給我，一石二鳥，上上大吉。」

西方桃目中掠過一絲驚奇之色，櫻唇微張，「有時候……你真讓人懷疑是人是鬼……」

唐儷辭微微一笑，柔聲道：「今天約桃姑娘前來，是想提醒姑娘一件事——」

西方桃眼波流動，「什麼事？」

唐儷辭道：「你若殺了邵延屏，卻不能成功嫁禍給我，那便是促成我入主中原劍會……」他輕輕呵出一口氣，在清寒的天氣裡便是一團白霜，「我若真正掌權，我要殺誰便殺誰，從不忌諱任何人的想法，你明白嗎？」

西方桃臉色微變，咬唇不語。

唐儷辭緩緩站起，背對著西方桃，「我之所以沒有像對付余泣鳳那樣對付你，不過不願中原劍會受到刺激分崩離析，折損白道實力。若是我做了中原劍會之主……那立威之舉——第一件事就是殺你。」言罷，他忽而側臉輕輕一笑，臉頰雪白，腮上暈紅，煞是好看，隨之步履優雅，施施然而去。

西方桃望著他的背影，目中殺氣一掠而過，竟是森寒可怖，桃色衣袖中手掌握拳，指節「咯咯」作響，倏然拂袖轉身，長長地吁出一口氣。過了片刻，她修長的指甲輕扣竹亭的竹柱，「嗒嗒」兩聲輕響，心計已定，抖開紫色夾襖，襖中一隻青黃色、極小的鳥兒振翅飛起，往天空自由而去。

過了許久。

「桃姑娘。」有人走近，語氣冷淡，「善鋒堂正逢多事之秋，妳還是待在房裡，少出門為妙。」聽這人的聲調，正是成縕袍，自從劍會突現蒙面黑衣人夜間遊蕩一事，他便放棄返回師門，留下增強劍會的實力。

西方桃轉過身來，神情似有所憂，「成大俠，我在想……就我和普珠上師一路同行途中，曾遇見幾個風流店的女役，聽她們私下議論，好像提及一個地方，名叫『馮宜』。我一直沒放在心上，今日突然想起，那似乎便是江湖『名醫谷』所在，所以我想……那些退隱江湖多年的老名醫，難道會與風流店有所糾葛？或者是風流店殘眾的下一個目標，便是名醫谷？」

成縕袍微微一怔，「這個……姑娘可有向邵先生提及？」

西方桃搖了搖頭，柔聲嘆道：「等我想起之時，邵先生已經出門前往少林了，而唐公子……他……他……」她臉頰紅暈，神情頗現幽怨之色，「我說話他都不聽，我想他……他開始討厭我了。」

成縕袍甚為詫異，不久之前方見這兩人摟摟抱抱，十分親熱，短短幾日便出現問題了？究竟是西方桃言過其實，別有用心；還是唐儷辭真是風流成性、對人使亂終棄？眼見西方桃雙頰飛紅，大顯羞色，成縕袍也不好多說，滿心疑惑，辭別而去，心中卻想抽空往馮宜一行，馮宜離此不遠，雖說名醫谷的老人家已不現江湖多年，但也該有所提醒。

見成縕袍沉吟而去，西方桃淺淺一笑，心情忽又好了起來。

第二十一章　戰鼓如山

好雲山客房之中，池雲正在靜坐調息，他身子本來結實，雖然削瘦，卻是瘦而俐落，但苦受這段日子的折磨，已頗現憔悴之色。唐儷辭和西方桃在竹亭中談過，緩步來到池雲房中，雖然給池雲用過血清，但一次應該不夠，想確保萬無一失，至少要用過三次。

站在門口，靜看了池雲一陣，只見他閉目運功，雙眉之間卻隱隱約約可見一團黑氣，床榻之下幾隻蜘蛛盤絲結網，兩隻蠍子把蛛網撕得不成模樣，尚有幾隻小小的蜈蚣死在地上。

看來蠱蛛之毒的確尚未完全清除，唐儷辭紅唇微動，露出雪白的牙齒淺淺咬住下唇，緩緩呵出一口氣。身後有人走近，踏到門口，看見唐儷辭的背影，「唐……唐兄，聽說池雲已經清醒？」這將「唐公子」改口為「唐兄」的人，自是余負人。

唐儷辭頷首，「但是蠱蛛之毒尚未全清。」

余負人踏入房中，「你可是很擔憂？」

唐儷辭微微一笑，「這個……池雲能被救回，人能清醒，應當在設計人意料之外，但是既然池雲回到善鋒堂，那麼針對意料之外的池雲，聰明人自然會有聰明人的設想。」

余負人眉心微蹙，「設想？什麼樣的設想？」

唐儷辭目光流轉，眸色深處是一種難以分辨的情緒，「就是……」他一句話尚未說完，突地抬起頭來，遙遙只見遠方一群鷺鳥飛起，余負人一看便知，變色道：「什麼人馬侵入好雲山？」

「若我猜得不錯，那是梅花山的鐵騎。」

唐儷辭淡淡一句話，卻激起了余負人心中千百層的駭然，「什麼？梅花山的鐵騎？」

梅花山，山在北方邊陲之地，以岩石遍布紅斑，酷似梅花之形而得名。梅花山上火雲寨，寨主「天上雲」池雲，其座下「連霄堂」堂主「三刀奪魂」殷東川、「望日閣」閣主「瀟灑麒麟」軒轅龍、「迎風堂」堂主「一劍東來」金秋府，都是響噹噹的角色，沒有追隨池雲之前，在綠林之中也是剪徑的名家好手，入火雲寨之後更是如虎添翼，三年多來做過十來幾件大買賣，其中之一便是連唐儷辭都很想到手的稀世奇珍「歃血鬼晶盅」。火雲寨下近兩百弟兄，個個驍勇善戰，這夥人素來自守北方之地，很少來到中原，這下突然出現在好雲山下，難道是因為池雲離開梅花山調查九心丸一事，離家太久，導致火雲寨不安，出門來尋？但就算是池雲離開火雲寨太久，也不至於引動火雲寨如此多的人馬……自北方傾巢而出，難道不會太過？

「邵先生已前往少林寺，成大俠剛剛出門去了，如今劍會之中只有你我二人，弟子六十六人，如果火雲寨是為進攻而來，我等如何抵擋得住梅花山火雲寨的人馬？」余負人臉色變幻，伏地聽聲，只覺大地隱隱震動，來人是騎馬沿著山路而來，聽那震動之聲，來者不知有多少，「他們是來找池雲的麼？來者如此眾多，只怕來意不善。」

「池雲中毒、被邵先生鎖在房裡的消息，只怕已經被有心人傳出去很久了，」唐儷辭目不轉睛地看著池雲，「火雲寨對池雲忠心耿耿，聽說寨主受傷被困，因此傾巢來襲，並不奇怪。」

余負人緩緩吐出一口氣，「如果只是一場誤會，那麼請火雲寨三堂主進來，和池雲一談，誤會自然消弭。」

唐儷辭微微一笑，「如果能這樣，自然是最好。」這話說得很淡，目光卻是紋絲不動地看著池雲，余負人隨之望去，只見他雙眉之間黑氣愈盛，屋內的空氣中隱隱約約有一種奇異的氣味，分辨不出是甜味或是臭味，一縷極黑的血絲自他嘴角緩緩掛落，俊朗的面孔浮現出絲絲詭異莫測。

「你留下，看住他。」唐儷辭道：「他在逼毒，這屋子的氣味招納五毒互殘，有些危險，不要讓他受毒蟲影響，行岔了氣。」

余負人點了點頭，雖然不知道池雲用了什麼方法自行逼毒，但看這種情況也知驚擾不得，一旦岔氣，必定是毒氣走岔，後果嚴重。唐儷辭轉身而去，一陣寒風徐來，他灰衣貼身略飄，頗顯骨骼均勻漂亮，余負人看了一眼，回想起自己刺他一劍，卻是恍惚了一下。

地面的震動漸漸的輕了，未過多久，漸漸消失無蹤。唐儷辭穿過花園，竹亭中那個桃衣翩然的女子仍站在那裡，抱著那件淡紫色的夾襖對他盈盈地笑。他站定，語氣平靜地問：「你寄信給了火雲寨？」

西方桃巧笑嫣然，「不錯。」

唐儷辭驀然抬起頭看她，那眼神便如要殺人一般，一字一字地問：「你對火雲寨說了什麼？」

「沒說什麼……」西方桃乍然看到他那鬼一般的眼神，微微吃了一驚，拍了拍胸口，嘴角翹起，笑得甚是開心，「我只說池雲快要死了。」

唐儷辭目色極深極冷，偏又在深冷之中蘊含極其奪目的豔光出來，「池雲快要死了，卻是我害的？」

西方桃負袖抬頭，神態嬌然，笑吟吟的，「難道不是？我可沒有騙人，他快要死了，就是你害的。」她看著唐儷辭的眼睛，「你如果沒有讓他孤身去追人，他怎麼會落到現在的地步？難道不是你考慮不周、不是你小看了我、不是你因為一己之私罔顧他的死活、不是你覺得柳眼的命比他的命重要、不是你其實根本只拿他當條狗——而造成的？」

「還真是說得剝皮……揭骨……」唐儷辭「霍」的一聲揮袖轉身，背影麗然，「我就算真的只拿他當條狗，那又怎麼樣？」他陰森森地問：「難道我不能麼？」

西方桃微微一怔，吃吃地笑了，「你能麼？身為江湖白道客座至尊，說出這種話，豈不讓扶持你平定天下降妖除魔的英雄好漢們齒冷？讓天下敬仰唐儷辭之人心寒失望？」

唐儷辭側過臉來，那森然的邪氣尚未褪去，唇邊已是溫柔微笑，「我就算拿他當條狗，他尚不在乎，你是要替誰齒冷誰心寒，要替誰不平呢？」他施施然轉身，對著西方桃秀麗地笑，「桃姑娘，恕在下有事，先行一步，請了。」言下悠然而去，步履平緩，意態溫雅平和，不見絲毫怒態。

看來這位公子，雖然重情重義，心思的確狠毒得很。西方桃淡淡地笑，笑得很俏，只消略加挑撥，這種天生的陰險狠毒，不管他隱藏得多麼好，總會有人發現的。

而只要有人不信任唐儷辭，有人不服，她就有機會。

門外。

山路塵土飛揚，雖然好雲山霧氣濃重，竟遮擋不住這滿天的黃泥沙石，有些樹木轟然倒下，枝葉搖晃，想必是樹冠茂盛阻擋了來人去路，被揮刀砍斷。唐儷辭帶著數十名劍會弟子打開大門，只見清一色紅衣人，頭紮冠帶，一身緊裝，縱馬而來。那奔騰的馬匹都是黑馬，黑馬雪蹄，煞是神俊威武，上百匹駿馬齊奔之聲，真是震天動地，恍如崩雲，氣勢駭人。

「降雲魄虹，武梅悍魂，惟我獨尊！」驟然這數百人齊聲大喝，頓時水氣奔走，土地震動，劍會弟子相顧駭然，只覺胸口窒悶，天旋地轉，一顆心被壓得絲毫喘不過氣來，鬥志全消。

奔上山的黑馬之中，有一人領首在前，待怒馬奔到大門口，一挫腕翻身下馬，衣袍蕩然，神情自若，「這就是堂堂中原劍會，看起來不過爾爾。」

「見不得人的人，才喜歡躲在這種鬼鬼祟祟、不清不楚的地方……」馬群之中有人陰森森地道：「老二，叫門口的小子把寨主交出來，咱們帶了人即刻就走，否則兩百多人闖將進去，把什麼中原劍會掃蕩得乾乾淨淨，再放火燒成一片白地。」

「諸位就是梅花山的豪俠，果然英姿颯爽，與眾不同。」唐儷辭微笑抬袖，「如果諸位是為池雲而來，唐某絕無阻攔之意，只是池雲尚在療傷，不便見客……」

入耳這句話，本來駭然的劍會弟子都是鬆了口氣，來者非敵。

卻聽有人溫文爾雅地道：「聽說中原劍會強扣我寨主，乃是為了猷血鬼晶盅，而這件事是你唐儷辭主謀，不知是也不是？」這人聲調文雅，卻有一種茹血般的狠毒，這句話說出來，雖是問話卻顯然已先入為主。

「這個……唐某手中勝於猷血鬼晶盅的金銀珠寶不知幾凡，」唐儷辭本來抬起迎客的衣袖緩緩負後，「折磨池雲逼取猷血鬼晶盅，如果此盅可以令人延年益壽長生不死，或許我會考慮。」

那語調文雅之人正是「望日閣」閣主「瀟灑麒麟」軒轅龍，聞言微微一怔，雙眉軒動，「事實上，難道寨主不是被邵延屏鎖在房中，失了自由之身？難道他不是為你助拳赴湯蹈火，你卻讓他孤身一人陷入重圍，而後身受重傷？我寨主對你顧念舊情，難道你就是如此回報的？我不相信有人能無情至此，猷血鬼晶盅就是一個很好的理由。」

「如果你有耐心，等池雲醒來，大可自己問他我是不是故意將他送入重圍，然後趁人之危將他鎖起，逼取歃血鬼晶蟲？」唐儷辭唇線勾起，並非在笑，只是勾起一絲寒意深沉的紅潤，「只是現在他人在作息，不宜打擾，軒轅先生如能不棄，可願入我院內，讓中原劍會奉上一杯茶水？」

面對梅花山鐵騎殺氣騰騰之相，他處之泰然，身後劍會弟子莫名對他生出些許敬佩之意，暗覺這位唐公子果然是見識不凡，臨危不亂。

軒轅龍回顧了殷東川一眼，殷東川神色冷淡，緩緩點了點頭，軒轅龍淡淡地道：「既然寨主正在其中休養，我等不便打擾，這就等到他入定醒來。」言下之意自然是，如若池雲醒來對唐儷辭有半句不滿，火雲寨這兩百鐵騎當即踏平中原劍會。

「各位這邊請。」唐儷辭舉袖相迎，身後毫不設防，引路而去。

騎在馬上的眾人一起下馬，下馬的姿勢瀟灑俐落，一模一樣，顯然也是練過，火雲寨可謂訓練有素。兩百來人就地坐下，軒轅龍、殷東川和金秋府三人跟在唐儷辭身後，往善鋒堂客堂走去。

秋漸深，好雲山地處陰濕之地，更是令人遍體寒凍。金秋府心中暗暗詫異，這等地方到處青苔，易生瘴氣，哪有梅花山山清水秀遍地瓜果的好？堂堂中原劍會安家在此，實在是品味特異，眼光有差。軒轅龍和殷東川卻是各自留心，暗看各處轉彎屋角可有埋伏，走不過數十步，只聽西方「砰」的一聲震響，幾人都是微微一怔，那是掌風交擊之聲。唐儷辭眉心微蹙，但見灰影一閃而逝，直追西方而去，軒轅龍三人不約而同一起追去，穿過幾重院落，卻見一道黑影直掠牆外，有人如影隨形自屋內追了出來，揚手一道白光，大喝道：「哪裡走！」卻是威風凜凜。

「寨主！」金秋府脫口叫道，軒轅龍和殷東川也是臉現激動之色，三人一起單膝跪地，齊聲道：「火雲寨眾兄弟恭請寨主回寨！」

那剛從屋中衝出的人一怔，詫異道：「你們來得這麼快？統統給老子起來。」這等語氣架勢，自然是池雲。

「寨主！」金秋府一下擠了過來，心情激越，「他媽的有人給咱們寨寄信說寨主被唐儷辭害得重傷，被邵延屏關了起來。咱三個合計了一下，立刻揮師南下來救人，幸好寨主你安然無恙啊！」他性情耿直，說得幾乎老淚盈眶，十分激動。

軒轅龍卻是多了七八個心眼，滿腹疑竇，「寨主安好，大家自然放心，不過方才那人究竟是誰？中原劍會之內，怎會有人潛入？」

池雲聞言看了唐儷辭一眼，一指西方，臉色慎重，「不出你所料，火雲寨一到門口，就有人蒙面闖進來下殺手，幸好你留下姓余的小子房內守衛，老子和姓余的小子兩人聯手，接下他一擊，現在人跑了。」

唐儷辭微微一笑，「他果然沉不住氣，只可惜成大俠被調虎離山，否則三人伏擊，或許能留下人來。」

池雲「嘿嘿」咧唇一笑，舌頭一舔乾燥的嘴唇，「就這麼一眨眼的功夫，想殺老子，沒那麼容易。」

軒轅龍越聽越奇，看樣子池雲顯然不是被唐儷辭所害，而是另有其人，「剛才那人……」

「剛才那人，就是設計陷害老子我，找了一幫武功奇高的蒙面人圍攻老子，害老子重傷，剛才又想殺老子滅口嫁禍唐儷辭的混蛋。」池雲冷冷地道：「他趁老子重傷，寄信給你們說老子被邵延屏關了起來，引你們出師來救，然後想在你們和老子見面之前殺了老子，嫁禍給白毛狐狸，如此一石二鳥，火雲寨和中原劍會火拼，兩敗俱傷，他坐收漁翁之利。卻不知老子和白毛狐狸早就猜到有此一招，老子今天沒在打坐，只是在裝模作樣，白毛狐狸留下余負人替我護法，這世上再高的高手，也絕不可能在你們穿過幾條走廊的功夫擊敗池雲和余負人兩人聯手。老子的命他自然拿不走，只可惜雖然引出人來，讓你們親眼看見一場好戲，卻沒能將人留下，揭穿他的真面目。」

「只要寨主平安無事，就是火雲寨之幸。」軒轅龍心頭凜然，聽池雲如此說，分明對上的乃是一位詭詐莫測心機深沉的高手，池雲武功如何，他自是清楚，以池雲之能，居然還要和人聯手方能接下一擊，這人武功之高委實令人難以想像。

「那人究竟是誰？」

「一……」池雲不假思索，差點把「一桃三色」四字脫口而出，突然想起這事和唐儷辭賭咒發誓，如果洩漏半點風聲，他要把梅花山整個家業包括歃血鬼晶蛊送給唐儷辭，此事萬萬不可，頓時改口，「一個鬼鬼祟祟，背後傷人的魔頭。」

余負人自房中緩步而出，方才有人突然闖入，對池雲下一記重手，池雲竟然一躍而起，和來人對了一掌，連他也大吃一驚，急忙拔劍相助。此時青珞歸鞘，虎口流血，方才那招他也盡了全力。

一行人往客堂而去，遙遙庭院之中有人影微晃，一人站定瞭望著眾人的背影。只見通往客堂的過道上漸漸有螞蟻聚集，隨後兩隻小小的蜈蚣慢慢的沿著眾人行去的方向爬著，爬不多時便僵死在路中。

微風吹過，僵死的蜈蚣屍體輕飄飄的，被風吹到一邊，地上死去的螞蟻更是有如細微的塵埃沙粒，引不起誰的注意。

火雲寨諸人跟著池雲踏入中原劍會客堂，三人各自坐了一張椅子，唐儷辭吩咐劍會弟子看茶，池雲站在堂中負手而立，卻並不坐。

唐儷辭的目光停在池雲身上，似是極小心地觀察他的舉動，頰上卻仍舊溫雅微笑，「數日之前，好雲山大戰那日，各位都知道發生了一件意外，風流店主人柳眼被沈郎魂劫走，導致中原劍會和風流店一戰戰果成空。那日兵荒馬亂，柳眼突然被劫走，我一時心急，便叫池雲去追人，結果讓他孤身一人落入敵手，這實在是唐某的大錯。幸好池雲武功才智過人，雖然陷入敵手，卻還是帶傷突圍，這幾日在劍會療傷，不知是誰誤傳消息，讓各位誤會了呢？」

他說話不盡不實，要害皆盡輕輕帶過，卻是說得從容誠懇，絲毫沒有勉強之態。

軒轅龍滿心疑竇，自懷中取出一封信件，「但有人以中原劍會名義，給火雲寨寫了一封信，信上說寨主身中奇毒……」

他尚未說完，池雲怒道：「哪個王八羔子說老子中毒？老子縱橫江湖，從來沒打過敗仗，怎麼會中毒？」

軒轅龍一怔，池雲脾氣毛躁他自然知曉，但對一句中毒如此激動卻在他意料之外，「這個……」他不便再說下去，手中握著信件，沉吟片刻，緩緩遞給了唐儷辭，「若不是好意示警，就是有心挑撥。」

唐儷辭打開信件，抽出信箋，信箋上的筆跡瀟灑自如，大走秀麗豐滿之態，看得出下筆之人滿腹文采，絕非尋常武夫寫得出來，其上寥寥幾行字，他卻看了許久，微微一笑，「中毒之事……」

他還未說完，池雲「砰」的一聲一拍桌子，勃然大怒，「老子什麼時候中毒了？」

唐儷辭臉上的微笑絲毫未變，便如一張微笑的陶瓷面具一般，正因為紋絲不動，所以顯出一股份外隱匿的妖治來，「你的確中了點小毒，不過很快就要除淨了，只消你再用兩帖藥，便——」

「哼！」池雲怒容未消，在軒轅龍三人面前，他勉強克制住自己，卻顯然是一千個一萬個絕不承認。

軒轅龍和殷東川交換了下眼神，心中均覺事情不對，池雲怎會如此暴躁？

唐儷辭卻柔聲道：「你只消再管住你自己三兩日，用完兩帖藥……」

「我怎麼不記得自己中毒了？」聽聞唐儷辭堅持要他服下兩帖藥物，池雲心中煩躁，熱血沸騰幾欲衝腦而出，「你是不是有事騙我？」他本不想如此衝動，但不知為何控制不了自己，心頭狂跳，掌心潮熱，彷彿不能做點事發洩一番，便渾身上下都不自在。

唐儷辭目不轉睛地看著他，「你不過昏迷之時被毒蟲咬了一口，自己沒有察覺，難道還要別人告訴你？」

池雲一怔，運氣周身，感覺似對非對，既說不上是中毒，卻也有異於平時，「什麼毒蟲咬了我？」

唐儷辭手指往外一指，他的手指雪白修長，煞是好看，「蜈蚣。」

池雲不假思索，一掌劈出，只聽一聲悶響，屋外泥土飛揚，幾盆花卉花盆暴裂，橫飛丈外，匍匐於花盤下的一條蜈蚣被他一掌震死。唐儷辭緩緩收手，眼神流轉，眸底深處似含了一絲幾不可辨的笑。

殷東川目光微閃，心下存疑，池雲舉止有異，唐儷辭態度曖昧，究竟數日之前發生了什麼事？究竟那封信箋的內容和唐儷辭所說的真相，哪個是真？哪個是假？轉過頭來，軒轅龍亦是眉頭皺起，顯然也是心有疑慮。

出掌殺了那蜈蚣，池雲心頭沸騰的煩躁出奇的平靜下來，深深吐出一口長氣，渾身竟泛上一股深沉的疲憊。

「池雲，」唐儷辭端起劍會弟子送上的清茶，淺呷了一口，「你傷勢未癒，回房休息去吧。」

池雲再度「哼」了一聲，和三位閣主久別重逢，本不想走，但的確渾身疲憊，猶豫之間，軒轅龍站起身道：「寨主傷勢未癒，還是靜坐休息的好，需要護衛之處，火雲寨義不容辭。」他袖袍一揮，一發煙火彈沖天而起，只聽門外排山倒海般的一聲喝，腳步聲響，卻是五十名火雲寨弟兄列隊奔入，軒轅龍神色淡淡的，吩咐道：「各位護送寨主入內休息，無論誰靠近房門三尺之內，格殺勿論。」火雲寨眾人齊聲應是，轟然一聲，氣勢攝人。

池雲在眾人簇擁之下回房休息，唐儷辭端茶靜看，並不阻攔，軒轅龍站起之後也不坐下，轉過身來，冷冷地看著唐儷辭，「究竟寨主中毒之事情況如何？毒傷嚴重麼？」他召喚火雲寨眾人入內，說明對中原劍會已不信任。

唐儷辭眉心微蹙，不知在想什麼，頓了一頓，似乎方才聽見軒轅龍的問話，「毒傷……不重。」他抬目望向池雲離去的方向，目中神色變幻，似有千重憂慮。

「唐公子名滿天下，心機絕倫。」軒轅龍冷冷地看著他，「偌大名聲，倒是讓軒轅龍不得不對唐公子所言懷有疑心，毒傷當真不重？寨主方才那般浮躁，究竟是怎麼回事？」

唐儷辭眉心微蹙，茶杯放下，「如果火雲寨諸位能讓他安然休息，不逼問他發生何事或者刺激他的心神，毒傷就不重。」

殷東川冷冷地道：「如此說來，事實上寨主之傷果然非同小可，你剛才說的話有幾分可信？」

唐儷辭闔上雙眼，唇角微微一勾，「十分。」

殷東川怒極反笑，拍案而起，「哈哈哈——唐公子說話真是令人佩服，不知在你剛才那番言語之中，有哪一句提到寨主的毒傷？」

唐儷辭淡淡地道：「我以為——最重要的是池雲安然無恙，我並未逼殺他囚禁他索取畝血鬼晶蛊，難道這一點還不夠？難道不足以讓你懷疑那封信箋的居心、不足以讓你信任中原劍會？」

這句話說出來，殷東川和軒轅龍都是一怔，金秋府哈哈一笑，「唐公子所言甚是，至少我老金就沒有懷疑劍會的意思，大家喝茶、喝茶。」

唐儷辭眼角長睫微微揚起，卻不睜眼，就此靜坐。

殷東川和軒轅龍面面相覷，客堂氣氛頓時靜然，靜得越久，唐儷辭威勢越增，不過片刻，竟連堂堂火雲寨三位閣主都侷促不安起來。

在這微妙的靜謐之中，余負人開口說了句話，「我去看池雲情況如何。」

唐儷辭睜開眼來，微微一笑，「去吧。」

這微微一笑，局面頓時轉和，軒轅龍暗自吁出一口長氣，平生對敵無數，說砍便砍說殺便殺，面對唐儷辭閉目一靜，卻是感覺到平生未有的強烈壓力。余負人轉身出門，唐儷辭也站了起來，拂袖背後，銀髮隨袖風往後略飄，「三位遠來不易，還請客房休息，我尚有要事，就此失陪了。」

「唐公子自便。」軒轅龍隨口答道，心中盤算，正好趁機查看中原劍會各處地形，若是必須一戰，也有所準備。

唐儷辭走出數步，並不回頭，卻柔聲道：「池雲重傷初癒，神智尚未穩定，各位若是為他好，還請克制兄弟之情，莫去打擾他。」言罷緩步而去。

「看唐儷辭的神情，寨主的毒傷只怕非同小可。」殷東川沉吟，「方才寨主說話古怪，好像情緒激動，無法控制，難道正是毒傷的表現？」

金秋府咳嗽一聲，「不過我覺得唐儷辭對寨主關心有加，不似有假。」

軒轅龍道：「唐儷辭心計過人，必定善於矯飾，仍是不得不防。」

唐儷辭離開客堂，回到自己房裡。池雲身上的九心丸已經暫時壓下，蠱蛛之毒卻再度發作起來，雖然有他以血壓制，但血量奇少，尚未澈底解毒，一旦蠱蛛之毒再度發作，以目前情況看來，必是一場腥風血雨。但是要自製解毒之血，需要數個時辰的時間，饒是他心計千變萬化，這種事卻是無法取巧，只能賭上一賭了。

捋起左腕的衣袖，昨夜手腕上的傷口淺淺的結了層疤，他端起擱在桌上的水晶杯，左手五指一握，手腕傷口迸裂，點點鮮紅的血液再度流入杯中，不過片刻，又是一杯濃郁的紅。仍是一個人靜靜坐著，手持水晶杯，等待自己的血液變冷凝結，而後取上清液振盪成解藥，失血費力，勞心勞神，仍是無人知曉。唐儷辭唇角略勾，端起水晶杯，微微一傾，他的紅唇貼上杯緣，紅潤的舌尖微動，幾乎就要一嘗杯中的鮮血，然而柔軟溫膩的舌尖在堪堪觸及血液的時候緩緩停止，換之是自心底深處呵出一口熱氣，那瞬間彷彿讓全身都冷了。

就算解毒之藥製成，要如何讓池雲安分守己接受這杯救命之物，還是一個棘手的問題。唐儷辭等著血液分層凝結，屋外陽光初露，枝葉飄紅，秋色姣好。

池雲被一幫兄弟簇擁著回房休息，平日他自是不以為意，今日看著這烏壓壓一片人頭，心裡厭煩之極，勉強忍耐到回房，自己開門進去往床上一躺，對屋外眾人不理不睬。幸好火雲寨眾人對他素來敬重，輕輕為他帶上房門，不敢輕舉妄動。

一個俏生生的人影站在池雲屋外不遠處，桃衣秀雅如畫，火雲寨的弟兄得見如此美妙佳人，頓時紛紛調笑起來。西方桃嫣然一笑，思慮半晌，這許多魯男人圍在池雲屋外，倒是不易強行進入，說不定進入不得，還被平白吃了豆腐去。她想了想，轉身離去，池雲中毒極深，縱然沒有她加以刺激，蠱蛛之毒照樣會發作，倒是不需她操心。她要留意的是那總不在她掌握之中的唐儷辭，莫讓這位難纏的公子爺又想出解毒的法子，那茶花牢一地失得就可惜了。

西方桃施施然離去，余負人緩步前來，金秋府自後追上，他和池雲交情好，平日喝酒賭錢都是哥倆好的一雙，如今久別重逢，池雲竟然對他正眼都沒多瞧一眼，一句親熱的話也沒有，讓金秋府滿肚子不是滋味。既然余負人要去看人，他實在憋不住，非去質問一番不可，雖然寨主是他頭上的天，但就算是天也要講義氣，否則算什麼兄弟？

池雲躺在床上翻來覆去，渾身疲憊，卻是無論如何也睡不著，心中就像燒著一團火，燒得他坐立不安，幾欲發狂。但究竟為何如此煩躁，他卻絲毫不明白，在床上翻覆了許久，心頭突然想起一個人。

一個高挑纖細，生著張水靈臉兒，卻偏偏心狠手辣喜好權勢的女人。

白素車，他的未婚妻子，風流店的座下大將。

池雲望著床上的紗縵，想及白素車，心情突然分外平靜起來。對這個女人，他談不上熟悉，在白玉明要把女兒嫁他之前，他甚至從來沒留意過白府白玉明還有個女兒。第一次注意到這個女人的存在，便是聽說她逃婚的那時候，他媽的他實在想不明白，如他這樣的堂堂男兒，有梅花山偌大家業，相貌生得不差，武功也是高強，什麼樣的女人娶不得？為什麼她要逃婚？難道老子還配不上她？這一口惡氣，平生奇恥大辱，說什麼也要討回來，所以他滿江湖尋找白素車，甚至發誓非殺了這煞他面子的女人不可。

第一次看清楚這女人的面孔，已是碧落宮和風流店在青山崖那一戰，百丈冰峰之上，寒風凜冽如刀，他挑落一個女人的面紗，那女子膚如白玉，目如丹鳳，長得很秀氣，是他喜歡的那一型。

她有一副柔弱纖細需要人保護的好樣子，是他從小喜歡的那一種，女人就該長成那種樣子。

但她手持斷戒寶刀，率領著數十名白衣女子，突襲碧落宮青山崖，甚至蒙面與他動手，絲毫不曾容情，動手動刀，犀利狠辣之處不遜於他曾遇見的任何敵手。縱然她有滿面的歉意，縱然她似乎有什麼話想說，但他實在沒耐心去聽一個背叛爹娘、背叛江湖又背叛他的女人說話。

第二次清清楚楚地看著這女人的臉，是他失手被柳眼所擒，被五花大綁縛在床上，這女人進來侮辱他、折磨他、搧他耳光、在他身上下毒、把他當成肉票要脅那隻白毛狐狸。他這一輩子雖然說不上出身高貴，卻從來沒有人敢這樣對待他，在她搧他耳光的時候，他已下了決心要將這女人碎屍萬段，當日自身所受，要她百倍償還！但自那之後，他便再也沒有遇見她。

兩次，他只真正見過白素車兩次，兩次都是敵人，那女人殺人如麻，心機深沉，無論如何都不是好女人。

但為什麼忘不掉呢？經常會想起那張看似秀氣，卻是冷靜又狠毒的臉，那雙似乎有很多話想說，卻是什麼都不會說的眼睛，那種和唐儷辭有些相似的深沉複雜的眼神，她為什麼要背叛白府？投靠風流店，真的能得到她想要的東西嗎？嫁給他池雲有什麼不好？當梅花山火雲寨押寨夫人，一樣手握重兵，一樣有權有勢，在北方一隅，她便是皇后一般。

她到底在想什麼呢？

池雲呆呆地看著頭上的紗縵，心頭突然覺得很辛酸，一股分辨不清的情緒纏繞在心，讓他覺得很難受。如果她只是白府的大小姐，豈非很好？但她若真的只是個嬌柔無知的女人，他又會這麼難受嗎？低低地呻吟一聲，他在床上翻了個身，頭腦灼熱，似痛非痛，似昏非昏，全身說不出的難受，不住的想白素車，愈想愈狂，愈想愈亂，萬千思緒在腦中最後只化為一句話——老子到底是哪裡配不上妳？到底是哪裡配不上妳？哪裡配不上妳？

「咯」的一聲輕響，金秋府和余負人堪堪走到門口，尚未進門，便嗅到門內一股似甜非甜的怪異氣味，余負人臉色微變，這和茶花牢底那蠱蛛的氣味一模一樣，眼見金秋府伸手推門，池雲沉重的喘息之聲隔門可聞，頓時抬手阻攔，「且……」

金秋府手腕一翻，避開他這一攔，怒道：「你幹什麼？」

余負人道：「門內恐怕有變，小心為上……」

金秋府「呸」的一聲，「這是中原劍會的地盤，我火雲寨五十名兄弟將此地團團圍住，哪裡會有什麼意外，讓開！」

他往裡便闖，余負人只嗅到那氣味越來越濃，池雲那日猙獰駭然的模樣赫然在目，當下青珞劍柄一抬，「且慢！」

好啊！中原劍會果然有鬼！我不過想要進門看寨主一眼，你拼命阻攔，究竟居心何在？金秋府見余負人動了兵器，大喝一聲，一掌便往余負人臉上劈去。

余負人眉頭緊皺，「金先生，此事說來話長，切莫誤會……」

金秋府見他閃避身法了得，心中贊一聲好，雙手一盤，一招「清風秋露」對余負人肋下擊去。余負人青珞在鞘，逼不得已揮劍招架，連退三步，陡然身後疾風凜冽，卻是護在屋外的火雲寨人馬眼見金秋府遇襲，紛紛揮刀砍來，大喊大叫。余負人倏然翻腕，「噹噹噹」連擋三刀，金秋府一聲長笑，掌力已按至他後心要害之處。

「保護寨主！」金秋府縱聲大呼，火雲寨眾人齊聲答應，余負人心中大駭，形勢驟然失控，卻要如何是好？

「金先生住手！池雲他——」一句話未說完，金秋府掌力已至，他匆匆招架，無暇說完。火雲寨人馬已有人衝入門去，查看池雲的情況，余負人青珞揮舞，眼見有人進入，不顧金秋府雄渾掌力在前，縱聲大喝，「別進去——」

「碰」的一聲悶響，剛剛踏進房門的人身如流星，竟剎那倒飛出去，摔在地上一動不動。眾人愕然回首，只覺臉頰上濺上陣陣熱辣，伸手一摸，卻是滿手鮮血。金秋府駭然震驚，「怎麼回事？」

瞬間「砰砰」連響，踏入房內之人四散受震飛出，倒地軟癱如泥，竟全悉一掌震死！金秋府大步闖入房門，只見房內床榻之上一片紊亂，池雲坐在床上，臉頰潮紅，呼吸急促，眼神凶惡猙獰，正惡狠狠地瞪著他。

「寨主？」金秋府一聲呼喚，池雲身影一晃，一環渡月破空而出，金秋府驟不及防，硬生生一閃身，銀刀釘入右肩，血濺三尺！

池雲觸目見血，一聲長笑，「哈哈哈——哈哈哈哈——」

自金秋府身邊掠身而過，倏然拔去他右肩上的銀刀，瞬間奪門而出。

余負人人在門口，出劍急阻，池雲一揮衣袖，余負人虎口有傷，青珞把持不住，脫手飛出，池雲一晃而去。余負人轉過身來，急急扶住金秋府，「你——」

金秋府右肩傷口血如泉湧，一把將余負人推開，咬牙切齒，甩袖一道火光沖天而起，他提氣厲聲大呼，「降雲魄虹，武梅悍魂，泣血啊——」這一聲厲聲震動山林，在客堂外信步的軒轅龍和殷東川驀然變色，善鋒堂外靜靜等候的火雲寨弟子聞聲躍起，排山倒海的喊殺聲中，數不盡的人影躍進善鋒堂圍牆之內。

隆隆的戰鼓雨點般敲打起來，火雲寨人馬唱著他們突襲劫掠之時慣唱的歌謠，「降雲魄虹，武梅悍魂，泣血遍灑山川，天地唯我縱橫……」地動山搖的呼喝幾讓好雲山顫慄，風雲聚合，樹木搖晃，劍會弟子相顧駭然，眼見條條精壯威武的漢子如狼似虎闖將進來，一時之間竟不知如何招架。

唐儷辭人在房中，驟聞一聲厲喝，他五指一握，「咯啦」一聲手中水晶杯應手而碎，碎裂的水晶碎片混合半凝的血液深深扎入手掌，染紅半邊衣袖。火雲寨戰鼓擂起，他拂袖而起，便待出門，卻見桃衣一飄，一人淺笑盈盈的攔在門前，「唐公子，我思來想去，覺得你我還是有必要仔細談談。」

唐儷辭受傷的右手垂在身側，左手猶自斜搭在椅背上，他雙手皆有傷，紅潤鮮豔的血液順修長的五指而下，自尖尖如菱角兒的指尖點點滴落在地，地上椅上便如無聲的開了朵朵黑紅的小花。他並沒有說話，只是靜靜地看著西方桃，幽暗華麗的屋內，碎裂的水晶、如花的血跡、雙手染血的男人……一切構成了一幅妖異詭麗的圖畫，醞釀著陰暗的危險性……

「喲……」西方桃的目光自唐儷辭臉上轉到地上、再轉到他染血的雙手，嘴角略勾，「原來唐公子是忙於練妖法邪術……你的兄弟現在外頭殺人，你在這裡做什麼呢？」她溫柔的語音含著股說不出嘲諷的味兒，「你——救不了他了……他的命，在你讓他孤身去追人那一刻已經註定——在他跳下茶花牢的時候已經無藥可救，你是不是也該適可而止……該死心了？」她衣袍略拂，身姿說不出的妖嬈好看，「池雲這一局，是我贏了，並且——我讓你就在這屋裡聽著、看著——聽著被他所殺的人的哀號、看他殺人痛快的模樣，但你卻救不了他……甚至救不了中原劍會的任何一個人。」她柔聲道：「你是不是該服我？有沒有開始後悔——非要和我作對了？」

唐儷辭眼睛微闔，長長的睫毛揚起，隨即睜眼，聲音很平靜，「你——斷定你能將我攔在這裡？」他搭在椅背的左手緩緩抬起，染血的手指指向西方桃，鮮血絲滑般順指而下，映得那血紅的指甲分外光澤華美，宛若地獄鬼使之指，真能勾魂攝魄。

西方桃紅潤的櫻唇含著一絲殘酷的微笑，「你麼……你讓我發現一個弱點……」

唐儷辭指向她的手指一伸，五指疾若飄風，剎那已扣到她頸上，竟是根本不聽她究竟要說什麼。西方桃手腕一抬，架住他這一扣，兩人拳掌交加，已動起手來，只見屋裡人影飄轉，卻是不帶絲毫風聲，連桌上點著的薰香嫋煙都幾乎不受影響。

這兩人在中原劍會僵持已久，之所以沒有正面動手，理由或許多種多樣，但最重要的原因是兩人對彼此實力心中無數，貿然動手並非明智之舉，即使唐儷辭撂下話來說要殺人，但那也是在他手握絕對優勢之後的事。如今池雲毒發傷人，西方桃當門攔截，唐儷辭出手突圍，衝突之勢已是不可避免。

門外，火雲寨眾人瞬間連破大半個善鋒堂，余負人集結六十餘名劍會弟子，困守問劍亭，面對勃然大怒的火雲寨眾人，中原劍會卻是顧慮重重，難以放手一搏。余負人仗劍當關，與軒轅龍相持，另一處卻是屍橫遍野，發狂的池雲刀掌齊施，怪笑連連，所到之處不論中原劍會弟子或是火雲寨人馬，都是死傷慘重。

難道中原劍會不曾亡於風流店一役，卻要亡於火雲寨鐵騎麼？余負人聽著火雲寨眾人的怒吼悲鳴，目見軒轅龍和殷東川驚怒交集的表情，看著昏迷不醒滿身鮮血的金秋府，心頭一片寒涼——唐儷辭呢？如此危急的時刻，他在哪裡？

第二十二章　龍戰於野

唐儷辭房中。

「碰」的一聲，唐儷辭和西方桃接了一掌，各自震退一步。唐儷辭掌勢凌厲，雙掌相接之後第二掌隨即揮上，單憑掌力雄渾浩瀚，絲毫不顧及招式章法。西方桃接下第一掌，胸口氣血翻湧，心中微凜，傳功大法果然是天下一等一的奇功，唐儷辭如此掌力，不遜於有一甲子修為的丹客，可惜這樣人才卻不能為她所用。一念電轉，第二掌第三掌當胸而來，她衣袖橫飄，雄心驟起，翻掌加勁迎上，唐儷辭眼見她出手再接，左手加勁拍出，兩人再接一掌，驟然只聞爆破聲響，屋中薰香銅爐突然翻倒，簾幕齊飄，隨之「咯啦咯啦」四周衣櫃桌椅不住顫抖，各自裂開數條細紋。三掌接實，唐儷辭的臉已是極近面前，「噗」的一聲，一口血霧運勁噴出，西方桃側臉急避，這一張臉花費她許多心思，自不能被唐儷辭一口鮮血毀了，就這麼一閃之間，唐儷辭穿門而出，揚長而去。

屋中猶有細碎縹緲的血霧緩緩飄落，西方桃站在門口望著唐儷辭的背影，雙眉高挑，心中喜怒交集，喜的是這一掌相接，唐儷辭拼出了十成功力，結果是自己稍勝一籌，怒的是此人接掌敗陣，隨即噴血傷人，雖敗猶勝，仍是讓他脫身而去。她這一掌盡了全力，唐儷辭雖然負傷，但是究竟傷得如何，是輕傷重傷？她心中卻無把握，眼眸轉動，霍然負袖，接著趕往問劍亭戰場而去。

問劍亭外，悲壯的戰鼓不停，中原劍會眾人被火雲寨團團圍困，刀劍光影閃爍，喊殺不停，眾人勉力招架，卻是面面相覷，不敢傷人。余負人攔住滿臉怒色的軒轅龍，一邊心急如焚的張望著池雲，池雲白衣染血，在人群中倏忽來去，人過之處，便是血濺三尺！殷東川拔刀阻攔池雲，然而池雲身法銀刀之快，又豈是「三刀奪魂」阻攔得住？堪堪招架便是險象環生。

「軒轅先生，請喝令住手，否則中原劍會將不再留手，」余負人提氣喝道：「這其中有許多誤會，請住手聽我從長道來，事情絕非如你想像那般，我等對池雲絕無傷害之意……」

軒轅龍冷冷地道：「他已經變成如此模樣，妄談沒有傷害之意，你當火雲寨都是白癡不成？不將中原劍會燒成一片白地，不能抵消我寨主身受之苦，不能彌消我幫眾心頭之恨！」

「啊——」慘叫之聲不絕，余負人急於救人，怒道：「你再不住手，死的都是火雲寨無辜的兄弟，池雲他身中奇毒，神智不清，快住手合力將他攔住！」

軒轅龍陰森森地道：「等我殺了你便去！」

余負人氣怒交加，「你這人冥頑不靈荒唐糊塗……」

在兩人怒吼動手之際，只聽殷東川「啊——」的一聲長聲慘呼，軒轅龍驀然轉身，只見池雲一隻血淋淋的手掌正從殷東川的胸前拔出，他竟一拳擊穿了殷東川的心！

余負人目瞪口呆，軒轅龍臉色慘白，剎那之間火雲寨眾人、中原劍會弟子如死般寂靜，眾人呆若木雞地看著池雲，一時之間，竟是不敢相信會目睹如此慘狀。

「寨……」殷東川方才一刀不敢當真砍到池雲身上，池雲卻趁他猶豫之際一拳擊穿了他胸口。殷東川張口結舌，胸前鮮血噴了池雲滿頭滿臉，池雲獰笑地看著他，彷彿看他如此慘狀很是開心，殷東川臉色瞬間變得慘白，神情似哭似笑，低聲道：「寨主……」一言未畢，氣絕而死，卻是雙目圓瞪，目中突然落下兩行淚來，死不瞑目。

「老殷……」軒轅龍全身顫抖，幾乎握不住手中的劍，余負人卻是緊緊握住青珞，心頭苦澀，池雲啊池雲，你半生豪義英雄肝膽，就全然葬送於此了嗎？蒼天啊！是誰之過？誰之過？

「住手！」萬籟俱靜之時，有人平靜地喝了一聲。

池雲驀然抬頭，手一推，「砰」的一聲殷東川頹然倒地。他連看也不看一眼，目光定定地看著遲來的人，那人灰衣銀髮，就站在屍首堆外。

唐儷辭！余負人心中狂喜，他終於來了，隨即一陣悲涼，他來遲一步，大錯鑄成，已無可挽回。池雲聽入這一聲住手，仰天怪笑，眾人皆嗅到一股濃烈刺鼻的怪異甜香，余負人捂鼻變色，「蠱蛛之毒！」

蠱蛛之毒竟然能在池雲體內潛藏得如此根深蒂固，而如今發散出來，若是眾人一起中毒，豈非要在這裡自相殘殺致死？

軒轅龍駭然失色，「怎會如此？」

余負人淡淡地道：「蠱蛛之毒，本來池雲身上的毒性已被壓制下來，如果不曾受到刺激，也許……也許結果遠遠不是如此……」

他刻意壓抑著淡漠的語氣，軒轅龍身子一晃，只覺天旋地轉，難道是火雲寨害了池雲？他滿腔忠義，難道竟是害得池雲神智失常，害金秋府重傷、殷東川慘死的禍首？熱血衝動，他拔劍就待往頸上刎去，余負人一把抓住他的手，「鎮定！別讓他再受到刺激，池雲……池雲他說不定還有藥救。」

軒轅龍慘烈而笑，連半句話都說不出來，有藥可救？怎會有藥可救？只覺自己也要跟著池雲一同瘋了。

山風掠起，將池雲身上散發的濃烈異味吹散，他亂髮披拂，一雙豹似的利眼凶惡至極的瞪著唐儷辭，唐儷辭衣袍在風中飄浮，眼神很平靜。

「你——」池雲手中血淋淋銀刀筆直舉起，雪亮的刀尖對著唐儷辭，「你——」

唐儷辭負袖側身，池雲右手刀紋絲不動，「你——」

誰也不知，池雲究竟要說「你什麼」，余負人只見池雲的衣袖越飄越盛，手中刀漸漸離手，臨空而起，一寸一寸，一分一分，猶如狂風中單薄的白蝶，緩緩往唐儷辭胸前飄去。刀勢之奇詭，是余負人前所未見。軒轅龍自是知曉這是池雲號為「紅蓮便為業孽開，渡生渡命渡陰魂」的「渡陰魂」，是「渡字十八斬」中最變幻莫測的一招，這一招之下，被剖為四塊的奸邪惡盜不知有多少，但……

但池雲已經瘋了，他面對的人，是唐儷辭。

微風自唐儷辭身後吹來，掠起銀絲千萬，余負人目不轉睛地看著唐儷辭，突然發現他衣袖染血，心中一驚：難道他受了傷？眾人屏息看著兩人對峙，唐儷辭神色平靜，池雲那柄馭風而行的銀刀在風勢中愈顯狂躁，翩躚不定之中，緩緩靠近唐儷辭的胸口。眾人屏息靜氣，乍然白光驟現，眾人皆覺雙目一陣刺痛，不得不閉上眼睛，只聽耳邊一陣如狂風鬼嘯般的刀鳴，那銀刀撕空之聲竟能淒厲如小兒啼哭一般，隨即一聲悶響，「噹」的一聲，眾人尚未睜眼，已知刀斷！

睜開眼來，果然見池雲一環渡月斷為兩截，掉在一旁，而唐儷辭究竟是如何破解這奇詭莫測的一刀？卻是無人知曉。軒轅龍倒抽一口冷氣，但見池雲探手腰間，第二柄一環渡月握在手中，滿眼都是桀驁的神色，甚至在眼底深處有一抹欣喜若狂的笑，這是池雲麼？這是一尊不知從何處誤入人間的厲鬼，殺人之鬼……

「你——」池雲再次低低地嘶吼了一聲，第二刀握在手中，刀式如流雲飛瀑，竟是出奇的瀟灑自若，刀花挽起如飛瀑霓虹。刀出、點點涼意沁膚而來，如微風細雨拂面，一刀砍出了水之霓裳，春意婆娑！余負人微微變色，這一刀刀上的意蘊，已遠遠超出了池雲平時的修為，唐儷辭讓他再次服下九心丸，增強了他的功力，狂亂的心智，突破了他的刀之界限！這時的池雲如脫韁的野馬，非常可怕。

刀來，其勢浩然如融雪之潮，唐儷辭探手入懷，握住一樣東西，一揮手但見橫影重重，卻是那支銅笛。眾人眼見他出手銅笛，都是心中一喜——唐儷辭有音殺絕學，縱然池雲刀式出神入化，也絕難抵擋音殺之催，看來池雲有救了。

但是為什麼，唐儷辭的眼色仍是如此深沉複雜，流轉著千百種情緒和意蘊，卻是始終沒有笑意？

銅笛出手，卻並未吹奏，但聽「噹」的一聲脆響，銅笛和一環渡月衝撞招架，平淡無奇的銅笛一揮，卻能架住那勢若融雪奔洪的一刀。池雲眼神狂怒，「啊——」的一聲嚎叫，銀刀上運勁澎湃，直往唐儷辭手中銅笛逼去，他此時內力無窮無盡，根本不會考慮是否會力竭倒地。「噗」的一聲，唐儷辭一張口，一口鮮血如霧噴出，噴了池雲滿頭滿臉，銅笛倒抽，池雲刀勢不緩，撲的一刀砍在唐儷辭肩上，頓時血如泉湧，然而唐儷辭銅笛倒抽，輕飄飄轉了個圈，借銅笛二尺之長，筆直往池雲咽喉點去。

一刀之傷不過是外傷，絕不致命，而這銅笛一點即使只用上三層功力，那也是致命之處！眾人尚未來得及駭然唐儷辭竟然會在池雲刀下吐血，已駭於他這出手毫不留情，儘管出手並不凌厲，卻半點也不遲疑。

那種不遲疑，就像他從來不曾識得池雲、也從來不曾盡心竭力救他一樣。

就像刀切白菜，絲毫……不見心動神移。

就像他的血冷得像冰。

就像一盤棋局，輸贏勝負之外，沒有更多值得在乎的東西。

「噗」的一聲，銅笛穿體而過，細碎的血拋灑如蓬，濺上唐儷辭的臉頰，隨之「啪」的一聲，仍是兵刃砍入人體之聲，唐儷辭睜著一雙平靜得令人心寒的眼睛，看著擋在池雲身前的軒轅龍。軒轅龍左肩被唐儷辭的銅笛穿了一個血洞，那個洞本來應該開在池雲咽喉上，是軒轅龍突然闖出，替池雲擋下一擊。他的身後，是另一個穿透心臟的血洞……傷人者，是一環渡月。

「且……慢……」軒轅龍受了這身前身後兩處重創，臉上的神情似極痛苦，又似極難以置信，「你……你本說是要救他……的……」一句話未說完，身後一環渡月倏然拔出，鮮血驟然狂噴，軒轅龍撲向唐儷辭，氣絕而逝！

唐儷辭靜靜站著，就讓軒轅龍的屍身撲倒在他胸前，那熱血瞬間染紅了他整件衣袍，是的，他本該竭盡全力去救池雲的，為什麼剛才出手毫不容情？為什麼他要殺池雲？也許片刻之前眾人都不能理解，但看著軒轅龍身後那觸目驚心的傷口，人人已澈底明白——

池雲，無藥可救了。

他非死不可！

不殺池雲，只會有更多人被他所殺，只有殺了他，才是對池雲的救贖。

余負人全身不由自主的顫慄起來，今生所遇所見，沒有一時一刻如眼前這般殘忍，但看身邊諸人，不論是火雲寨兄弟或是中原劍會弟子都是面無人色，目中流露出極度的驚恐駭然。

灼熱的鮮血同樣濺上池雲的臉頰，他緊緊握著那柄染著軒轅龍鮮血的一環渡月，看著肩扛軒轅龍的唐儷辭，唐儷辭扶住軒轅龍，眼神平靜，緩緩將軒轅龍轉了過來，放在地上。

池雲持刀在手，驟然仰天大笑起來，「哈哈哈哈……哈哈哈哈哈……」狂笑之中，軒轅龍的鮮血自他臉頰上滴落，池雲橫袖一抹，就在橫袖剎那，一環渡月奔雷而出，卻是繞過唐儷辭，直撲向唐儷辭背後的余負人。唐儷辭翻手橫笛，那銅笛在指間乍若驚鴻般的一掠而過，「噹」的一聲震響，這次人人親眼所見，銀光繚繞，那一環渡月遇襲倒飛盤旋，寒光繞笛而上，堪堪要將唐儷辭的右臂削去一層，人人臉色大變。卻在那寒光一繞之間，唐儷辭一聲清喝，左手突出招架，那一橫之勢奇詭莫辨，完若左手橫空而過之時在空中分為三勢，而三勢又各做不同的動作，再化三勢，剎那數十隻白生生的手掌各做掌勢，或擒或截或扣，掌影如花一綻即收，收勢之時，一環渡月已赫然握在唐儷辭左手，點血未沾，泠泠閃光。

「獵曇……」余負人面無人色，嘴唇發青，目不轉睛地看著唐儷辭那隻左手，方才那一招，若江湖有殺人之榜，榜上必定赫赫有名！那便是白南珠用以殺千卉坊數十口的絕式，出自《伽菩提藍番往生譜》，白南珠究竟用這一招殺了多少人，只怕難以計數，而白南珠少林寺一戰之後此招再現江湖，給人的震撼依然是難以言喻。

「啊——啊——」池雲的狂笑受此招所激，倏然之間變成了野獸般的咆哮，最後一柄一環渡月上手，橫臂畫圓，刀光閃耀日之精芒，輪轉如烈陽照鏡，隨之「錚」的一聲微響，那輪轉的刀鋒乍然碎去，千百片碎裂的銀刀，閃耀著燦爛奪目的光彩，如一泓日光對唐儷辭噴湧而來！眾人情不自禁「啊」的一聲低呼，一刀之碎，竟能至如此，池雲刀上功力真可見已至神乎其神的地步。唐儷辭左手握刀，眼簾微闔，「獵雲」再度掠空而過，迎向池雲，兩人身法都是迅捷矯健之極，眾人眼前一花，兩人已錯身而過。

「啪」的一聲，一捧鮮血飛灑，落地橫濺三尺。

唐儷辭靜靜地站著，衣袂馭風，背影卓然，唯有左手刀上鮮血點點順刃而下，滴落塵土，一點……兩點……三點……

池雲在他身後七步之遙，一樣站得很直，過了好一會兒，他回過身來看了唐儷辭一眼，嘴唇蠕動，「哈哈哈哈……」他乾澀的持續狂笑，身子搖晃，突然仰天栽倒。栽倒之後，他仍向唐儷辭的方向扭動著身子，右手抬起五指張開，隨即微微一頓，伏地而亡，死的時候雙目圓瞪，一樣不肯闔上眼睛。

血緩緩的從池雲的天靈蓋湧出，而方才錯身一瞬，唐儷辭究竟是如何用銀刀和銅笛擊碎池雲的天靈蓋，卻是無人看清。

看清的永遠是結果，一生一死，如此而已。

過了好一會兒，唐儷辭轉過身來，銀刀上仍在滴血，不過那血……並不來自池雲。

問劍亭內外寒意濃重，倖存的人呆呆地看著滿地屍首，看著死不瞑目的池雲，只覺心血沸騰，陣陣悲涼、陣陣窒悶、陣陣心酸淒涼湧上心頭，不知何時，熱淚已奪眶而出。

唐儷辭橫抱起池雲的屍身，在問劍亭前回頭望去，淒迷森寒的迷霧之中，遙遙廊橋樓閣之間，有人桃衣如畫，衣不染塵，依稀是正對他嫣然而笑，笑意盎然。

「天上雲」池雲的死訊短短數日之間在江湖中引起軒然大波，各種傳說紛至遝來，但畢竟目擊者眾多，火雲寨殘部折返梅花山途中不住傳播消息，人人已知是池雲中人暗算，身中蠱蛛之毒，殘殺自家兄弟盟友，而後被唐儷辭所殺。

雖然說池雲之死並非唐儷辭的過失，但親手殺友的行徑依然讓人背後議論不已，只覺這位公子爺心狠手辣，對跟隨自己多年的好友也能下此辣手，未免太過可怕。

然而傳言不過是傳言，尋常百姓人家，甚少接觸江湖人物，江湖上傳得再驚悚沸騰的話題距離耕織漁牧的生活仍很遙遠。

洛陽杏陽書坊。

阿誰正在整理書坊中的存書，坐在一旁的鳳鳳雙眼烏溜溜的東張西望，見人就笑。被阿誰帶回洛陽幾日，悉心照料，本就白白胖胖的小嬰孩越發胖了起來，左頰隱隱約約有個小小的梨窩兒，非常淺，也非常小。阿誰將書本清理乾淨放回書架，對鳳鳳望了一眼，情不自禁臉上便泛起微笑，做母親的心情讓她整個人煥然一新，回到洛陽未過幾日便覺得江湖諸事離她已經很遠，或許一生都不會再見，也許母子二人真的可以安然渡過一生。

但有件事讓她心中存疑，她和郝文侯兩人都沒有酒窩，鳳鳳為什麼……難道只是單純的太胖了？或者是郝文侯的父母有？又或者只是很罕見的偶然？微些的疑惑一閃而過，鳳鳳開始會爬了，她全神在關注他有沒有從椅子上或者床上跌下來，雖然鳳鳳從來沒有跌過。

「阿誰，劉大爺病了，聽說今天酒樓裡要來貴客，耽誤不得，妳幫劉大媽把這籮筐白玉蘑菇送去，晚了就趕不上時間，掌櫃的要罵的。」隔壁劉大媽來敲門，她今年六十有七，身子還算不錯，只是帶著兩個三歲的孫兒，不便出門。她本有個兒子，前些年醉酒之後糊里糊塗跌下石橋摔死了，留下孤兒寡母，現在整個家都是靠劉大爺上山挖點蘑菇撐著。劉大爺尋蘑菇很有一套，這世上少見的白玉蘑菇只有他一人尋得到，洛陽著名的銀角子酒樓每日都要劉大爺送些去。

「好，那鳳鳳大媽幫我看著點，我馬上回來。」阿誰聞聲回頭微笑，她和劉大媽家裡關係很好，自從被郝文侯擄走，劉大媽只當她再不可能回來，前些日子阿誰抱著鳳鳳回到杏陽書坊，她差點當見了鬼，而後竟是抱著她流了眼淚，讓阿誰甚是感動。如今聽說劉大爺病了，她將鳳鳳抱給劉大媽照顧，自己背了蘑菇筐子便出門往銀角子酒樓走去。

銀角子酒樓是洛陽最大的酒樓，平常人來人往，今日卻有些意外的冷清。她抬頭看了那金字招牌一眼，莫約今天又有達官貴人到酒樓裡做客，買空了宴席。背著蘑菇自後門轉了進去，她把白玉蘑菇放在劉大爺常放的地方，簽了張單子就待離去，突的院子裡轉出一個人來，幾乎和她撞了個對頭。

阿誰微微一閃，退了一步，抬頭一看，吃了一驚。

那是個黑髮凌亂，生著一雙大眼睛的年輕人，一襲白衣，白衣上沾滿了蒜泥蔥末，手裡還抱著一捆青菜。她行了一禮，靜靜讓過一邊，等著這年輕人過去。那年輕人點了點頭，自她面前奔了過去，匆匆進了廚房。阿誰回過身來，望了廚房的大門一眼，輕輕嘆了口氣，這人……這人就是……自她十五歲起，私心傾慕的人。

四五年了，這人的面容一點沒變，衣著舉止也一點沒變，仍是這般少說話，仍是這般莽撞，看著……就會覺得有些好笑。她舉步往外走去，如果她不是天生內媚秀骨，如果她不曾被郝文侯擄為家妓、不曾被柳眼帶走做婢女，如果她還是純潔如玉的盈盈少女，或者她會想辦法和他說句話，而如今……她只想早早轉身離開。

世事多變，再見少年時的夢想，只會讓人覺得分外不堪。

「妳……」身後傳來一聲陌生卻很好聽的男聲，那聲音和唐儷辭全然不同，也和柳眼全然不同，唐儷辭的聲音溫雅從容，字正腔圓；柳眼的聲音冷冽任性，陰鬱壓抑；而這人的聲音別有一種異樣的音調，入耳便覺得好生親切，是純然真誠的聲音，沒有半分做作。她轉過身來，訝然看著又從廚房裡出來的白衣少年，有什麼事麼？

「妳……是叫阿誰嗎？」那白衣少年有些猶豫地問，神色有些尷尬，抬手摸了摸頭，又揉了揉頭髮，「我……我不是很懂得說話，要是打擾了妳妳別生氣。」

她幾乎忍不住要笑了，他真是有什麼說什麼，雖然說很唐突，但她真的不生氣，「不錯，敢問……有事麼？」她從未見過他和人說過話，也不知道他叫什麼名字，如今突然被他叫住，心中當真是很驚訝。

「啊……」他又揉了揉頭髮，把他一頭本就凌亂不堪的黑髮揉得更亂，「我姓傅，妳可以叫我阿傅，或者叫我小傅，其實我的名字真的不好聽……對不起我是想問妳……問妳一件事。」

這人說話當真是顛三倒四，或者是很久沒和人說話了，咬字都不是很準，她微笑著看著他，「什麼事？」

「他……」這人不是顛三倒四，便是吞吞吐吐，猶豫了好一會兒，仍是那句「他……」。阿誰很有耐心地看著他，不知為何，想笑的心情漸漸淡去，她隱隱約約明白這人要問出口的，說不定是一件出乎她意料之外的大事。

過了好一會兒，白衣少年才猶豫出一句「他……現在好嗎？」

他？誰？她凝視著白衣少年的眼睛，他的眼睛真誠而清澈，倒映著非常純粹的關切……難道——

「你……你……」她低聲問：「你想問的是誰？」

他口齒啟動，正要回答，廚房裡突然有人雷霆霹靂般地吼了一聲，「小傅！該死的小傅哪裡去了？進來削蘿蔔皮，誰把他叫進來幹活，該死的哪裡去了！」

他又揉了揉頭髮，尷尬地笑了笑，「阿誰，晚上我去妳家裡再說，對不起我先走啦。」說完匆匆奔回廚房去，走得太快了差點一頭撞上門框。

阿誰看著他的背影，有些想笑卻說什麼也笑不出來，小傅？銀角子酒樓的雜役，一個住在洛陽很多年幾乎從來不和人說話，只養了一隻烏龜相陪的年輕人，會有什麼重要的事要問她呢？晚上到妳家去再說？她從不知道小傅竟然知道她家住何處，而深夜來訪，實在不合禮法……當然，對一個早已身敗名裂的女子而言，名節毫無意義，但她並不覺得小傅是因為這種理由輕易提議要去她家，再度輕輕嘆了口氣，轉身回家去，有些她原本以為已經擺脫的事似乎無形之中……又向她籠罩而來。

當真是一入江湖無盡期，折身惘顧返也難麼？

走出銀角子酒樓，她瞧見停在門前的三輛馬車，車前馬銀蹄雪膚，煞是神駿，不知來的是何方貴人。遠遠繞開那車隊，有許多人在車前馬後忙碌，她默默走入另一條巷子，心平氣和往杏陽書坊而去。

略為僻靜的小巷裡，午後的鳥雀停在牆頭，歪頭看著她一個人走路。她走路沒有什麼聲音，走出去大半巷子，眼前略略一花，白衣飄渺，一位白衣蒙面少女俏生生的攔在她面前，手按腰側彎刀，冰冷清脆的聲音道：「這幾日讓妳過得好生快活，阿誰。」

阿誰心底略略一涼，退了一步，「妳……」

「跟我走吧！唐儷辭讓妳一個人回洛陽簡直是笑話！」白衣蒙面少女左手向她抓來，嬌吒道：「有人要見妳！」

阿誰微微咬唇，並不閃避，逃也無用，她絕逃不過武林中人的追蹤，只是鳳鳳……一念未畢，她眸中掠過一抹驚訝之色，連退三步。只見巷子一側屋頂上突的有人一掠而下，黑衣蒙面一劍往那白衣少女身後刺去。劍風凜冽，那少女驟然警覺，拔刀招架，「噹」的一聲雙雙後退。眼見形勢不對，白衣蒙面少女一聲尖嘯，縱身而走，幾個起落隨即不知去向。那黑衣人對阿誰微微行禮，隨即轉身離去。

一瞬之間，小巷裡又是空無一人，只是牆頭鳥雀已經驚飛不見。阿誰抬目望著藍天，靜靜站了一會兒，微微一嘆。她從未擺脫任何東西，也擺脫不了，唐儷辭果然仍是派人保護她，仍是做得滴水不漏渾然無跡……但那又如何呢？只讓她感覺到世事……是如此無奈。

阿誰回到杏陽書坊，從劉大媽家中抱回鳳鳳，鳳鳳安然無恙，剛才那白衣蒙面女子既然能找到她的行蹤，自是對她跟蹤已久，又怎未把鳳鳳擄走？多半也是托了唐儷辭派人保護之福，心下突的微微一驚：夜裡小傅要來，唐儷辭的手下會不會把他當作敵人，一併殺了？

「哇——噠噠……唔……」鳳鳳在她懷裡指指點點，發出聲音表示他餓了。阿誰端出溫熱的米湯，一勺一勺餵入鳳鳳口中，鳳鳳乖乖地喝了一半，突然別過頭去，再也不肯喝了。

阿誰低頭一看，在那碗放在灶檯溫熱的米湯之中，隱隱約約有一截小小的白色雜物，以勺子一挑，竟然是一隻翅膀白色略有斑點的蝴蝶，頓時大吃一驚，放下米湯，這蝴蝶從未見過，多半是有毒！唐儷辭派的人馬抵擋得住風流店的人，卻抵擋不住風流店驅使的毒物，鳳鳳必定中毒了。

要如何是好？她匆匆自藥箱之中翻出一瓶解毒丸，那是她身在風流店之時柳眼給她的，倒出一粒，掰為兩半，將一半藥丸在溫水中泡開，餵進鳳鳳口中。這解藥也不知有沒有效，看著鳳鳳乖乖喝下，未過多時便沉沉睡去，臉頰紅暈發起高熱，她不通醫術，抱著鳳鳳心急如焚，該如何是好？該抱出去讓醫館的大夫看病麼？心念一轉再轉，她抱著鳳鳳奔出門外，開口就待叫人。

既然唐儷辭在她身邊伏下保護之人，那她開口求救，應該有人回應。就在她口齒啟動，待呼喚之際，一人自遠處匆匆而來，看她抱著孩子自屋子裡衝了出來，抬手揉了揉頭，大步走了過來，接過她手中的鳳鳳，「先進屋去吧，外面好多人。」

「我的孩子中毒了，我……」阿誰方才尚稱鎮定，此時卻有些手足無措起來，「都是我……我的錯……」她若沒有被那突然攔路的白衣女子擾亂了心神，決計不會沒有發覺米湯裡的蝴蝶，或者她能更鎮定細心一些，鳳鳳就不會中毒，都是她沒有盡到做母親的責任，鳳鳳要是出事，她便與他同死，絕不苟活。

這匆匆而來的人便是小傅，小傅揉亂了自己的頭髮，習慣性地伸手去揉她的頭髮，安慰道：「不要緊的，別著急，別怕，我會幫妳。」

幫我？你……要怎麼幫我？

阿誰茫然地看著他，「你……」

小傅抱起鳳鳳，關上房門，但見他一掌抵在鳳鳳小小的背心，一瞬之間鳳鳳身上肌膚發紅，升起蒸蒸白霧，過了好一會兒，鳳鳳突然睜開眼睛放聲大哭，雙手牢牢抓住小傅的衣服，「啊……嗚嗚嗚……嗚嗚嗚……咳咳……」這麼小的孩子，居然一邊咳嗽一邊將剛才吃下去的米湯一口一口吐了出來，隨即繼續大哭，突地在小傅肩上咬了一口，「啊啊啊……嗚嗚嗚……」

這是內力逼毒之法！阿誰身子微微一晃，她傾慕了多年的人竟然也是……

「你是什麼人？」

白衣亂髮的少年急急將咬人的鳳鳳還給她，一雙大眼睛歉然看著她，「我姓傅，叫傅主梅，是個很難聽的名字真對不起……」

她接回鳳鳳，微微一笑，「傅大俠深藏不露，阿誰有眼不識泰山，是我該道歉方是。」

「不是不是，」傅主梅連連搖手，「我不是大俠，我不是要和妳說這個，我是來問妳……問妳……」說到他想問的事，他卻又猶豫了。

阿誰緊緊抱著鳳鳳，輕輕擦拭他粉嫩嘴唇邊的粥，心緒已漸漸鎮定，聞言柔聲嘆息，「你可是想問唐公子他好不好？」

傅主梅先點頭，點了點頭之後他又揉了揉頭髮，「妳怎麼知道？」

「因為阿誰身無長物舉目無親，」她的淡笑有一絲很淺的苦澀，「除了識得唐公子之外，並沒有什麼特別之處。」

傅主梅連連搖頭，卻不知他是在搖什麼，「他現在好不好？」

「我不知道……也許……很好吧。」阿誰輕輕地道：「唐公子對我很好，我很感激，也很慚愧。」

傅主梅睜大眼睛看著她，「很好？妳知道池雲死了嗎？」

阿誰驀然抬頭，大吃一驚，「池大俠死了？怎麼會？怎麼……怎麼會有這種事？」

傅主梅苦笑，一抬手又要揉頭，舉到半空中收了回來，「池雲死了，大家都在說池雲中了蠱蛛之毒，發瘋濫殺無辜，唐儷辭為了阻止他殺人，出手殺了池雲。」

唐儷辭殺了池雲？怎會……怎會發生？

阿誰臉色慘白，「我不知道發生了這種事……怎會這樣？」

傅主梅在屋子裡轉了兩個圈，嘆了口氣，「他……他的脾氣不好，像個小孩子一樣，親手殺了朋友他會氣死的。」

這句仍是顛三倒四，阿誰壓抑住內心的激動，「你是……唐公子的什麼人？怎會屈居在銀角子酒樓裡做廚子？」

「我？」傅主梅又揉了揉頭，「我是唐儷辭的兄弟啊，不過我們好久不見了，他的脾氣不好……」他又說了一遍，「阿儷脾氣很壞，他什麼都看不開，親手殺了朋友，就算他表面上裝得什麼事也沒有，心裡一定氣得要發瘋，而且他生氣了就會想殺人……哎呀！」他又在屋裡轉了兩圈，「妳明白嗎？我很擔心他，他既然派人保護妳，說明妳對他來說很重要，所以我想他心裡有事也許會告訴妳，妳就知道他現在好不好，可是妳什麼也不知道。」

唐儷辭的兄弟？小傅是唐儷辭的兄弟？這世上的事真是不可思議，阿誰看著他焦急的表情，「你真是他的兄弟？那……那你會去看他嗎？唐公子……」她的聲音微微低了下來，「我雖不是很懂他，但總覺得他很孤獨，他需要有人陪，從前有池雲在他身邊，池雲死了，他受到的打擊一定很大。」

傅主梅連連點頭，突然又連連搖頭，「我是他的兄弟，但是他……但是他很恨我……我不能去見他。」

阿誰略有驚訝，「他恨你？」

傅主梅雖然是武林中人，但年紀既輕，做事又不見得成熟老練，說話顛三倒四，走路莽莽撞撞，幾乎不與人交往，這樣一個並不怎麼出色也毫無危害的人物，唐儷辭為什麼會恨他？

「他恨我，」傅主梅五指插入自己的黑髮中不住抓住頭髮用力揉著，「他就是恨我，我不能去見他。」

阿誰眼睫微抬，「他為何要恨你？」

傅主梅皺起眉頭，似乎這個問題讓他很難回答，「我……」微微一頓，他嘆了口氣，以他那種特別的聲音嘆來，有種童真與滄桑相混的氣息，「因為我搶了他的東西。」

阿誰秀眉微蹙，這句話底下必然另有故事，但她已不再問下去，「如果你是唐公子的兄弟，那麼你……認識柳眼嗎？」

「阿眼？」傅主梅點了點頭，「當然認識，我們也是兄弟，阿眼是個好人。」

阿誰啞然，隨之輕輕嘆了口氣，「是啊，我也覺得他不該是個壞人，可是……」

傅主梅溫暖的手掌在她說這話的時候揉了揉她的頭，「阿眼是個好人，不過他……唉……他是個不會替自己打算的人，很多事他只看表面，做決定的時候總是很糊塗。」

阿誰目不轉睛地看著他，眼睫微垂再抬，「不錯，不過雖然糊塗，但很多事也不是一句糊塗便能抵償得過……」

傅主梅拉了張椅子自己坐下，托腮看著前方，「其實我也弄不懂阿眼和阿儷怎麼會弄成今天這樣，也許……也許都是我的錯。」

阿誰微微笑了，跟著他目望著前方，「怎麼會呢？人在江湖，總是身不由己，這句話雖然俗，卻總不會錯的，誰的人生、誰的選擇、誰的將來，雖然不能都怪在自己身上，但也無法都怪在別人頭上。」

傅主梅搖了搖頭，沒再說什麼，呆呆地看著阿誰懷裡的鳳鳳，「這是誰的孩子？阿眼的？阿儷的？」

阿誰溫言道：「這是郝文侯的孩子。」

傅主梅「啊」了一聲，滿臉尷尬，「我總是不會說話，對不起，我以為……我以為他們很容易和女孩子……啊……」他越說越錯，人往後一縮，那椅子本就簡陋，驀地一搖連人帶椅仰後摔倒，「碰」的一聲後腦重重撞在地上。

「唔……」鳳鳳本已睡了，突然被這聲大響驚醒，睜眼看見傅主梅狼狽不堪地爬起來，突然眉開眼笑，手指傅主梅，「嗚嗚……嗚嗚……」

阿誰本不想笑，終是微微一笑，笑意卻很苦澀，這讓她說什麼好呢？

「他們都是英俊瀟灑的美男子，都手握一方重權，自然深得女子傾慕，也不能說是他們輕薄。」

傅主梅後腦在地上撞了一個偌大的包，頭髮是越發亂了，爬起來仍是坐在那椅子裡，「不不，他們對女孩子都不好，有過很多情人，不是阿儷和阿眼的孩子最好了。」

阿誰心中微微一動，「不是他們的孩子最好了？」

「阿儷和阿眼，都不會是好父親。」傅主梅大而清澈的眼睛看著她，「也不會是個好夫君。」

阿誰頷首，心情忽地輕鬆了，「小傅。」

傅主梅臉頰邊有一絲亂髮垂下，聞言抬起頭來，那髮絲就在臉頰邊搖晃，煞是童稚，「嗯？」

她有些好笑地看著他，「你會是個好父親麼？」

「會。」傅主梅斬釘截鐵地道，隨即搖了搖頭，「可是沒人喜歡我。」

阿誰微微一嘆，「你那隻烏龜呢？為什麼會養一隻烏龜啊？」

傅主梅奇怪地看著她，「妳知道我養了烏龜？」

她點了點頭，他雙手攤開，比劃了一張桌子的寬度。

「因為我沒見過那麼大的烏龜啊，妳不知道我在山裡看到牠的時候多吃驚，又用了多久才把牠趕到外面來，帶到洛陽來養。」

她吃驚地看著他，「你把烏龜從哪裡的山裡趕出來？」

傅主梅道：「就是洛陽郊區的那座山嘛，忘了叫什麼名字，但是烏龜從山裡走到城裡只用了八天，爬得很快呢！現在牠在我床底下睡覺，一般不叫不會起來。」

她忍不住笑起來，這人真的很奇怪，要說他傻呢，他並不傻，卻萬萬不能說聰明，就算是唐儷辭的兄弟，是個會武功的江湖人，他也沒有一點江湖氣，甚至半點談不上出色。為什麼唐儷辭會恨這樣一個人呢？和他談笑沒有半點壓力，這人忽地想到東、忽地想到西，腦子裡沒啥邏輯，也沒有成就什麼驚人的事業，或許大部分人不會欣賞這樣的男子，但她卻是真心喜歡。

「剛才真的很謝謝你，救了我的孩子。」她給傅主梅倒了杯茶，「不過不是說晚上過來，怎麼大白天的就過來了？酒樓那邊沒事了麼？」

「有有，」傅主梅接過茶杯一口喝乾，把杯子遞給她要再要一杯，「我還有很多菜要切，很多魚還沒殺好，不過我看見妳走了有人跟蹤妳有些不放心，所以來看下。」他突然想起酒樓裡還有事沒做，忙忙地站起來，茶也不喝了，「我走了我走了，不然師父又要罵我了。」

「去吧去吧，」阿誰為他拍了拍衣裳上的蔥末，「唐公子的事我真不知道，不過如果你真的擔心他，還是去看看他吧。」她柔聲道：「銀角子酒樓畢竟不會是你久留之地，不要為不相干的事耽誤了你心裡真正在意的事。」

傅主梅似乎怔了一下，揉了揉頭，靦腆的一笑，匆匆地走了。

為什麼小傅會是唐儷辭的兄弟呢？她輕輕拍著鳳鳳，心中不免有一絲遺憾，如果小傅只是小傅，不會武功也不認識唐儷辭，豈不是很好？

天色漸漸黃昏，夕陽的餘暉映在洛陽城區的高牆之上，顯得乾淨而安詳。

傅主梅匆匆往銀角子酒樓趕去，繞過兩個街角，路上有不少人向他打招呼，都知道他是銀角子酒樓的小傅，他卻漫不經心的「啊」了幾聲，目不斜視的趕路。街上的人都在笑，早已習慣了小傅便是如此沒頭沒腦，並不生氣。

回到酒樓，尚未踏進廚房，掌櫃的在門外一把把他揪住，「哎喲！我每個月二兩銀子雇你，你給我死到哪裡去了？你是想讓我白花銀子還要搭人在廚房裡替你幹活是嗎？你又不是我買了人可以供起來看消氣的大姑娘，我的祖宗你就給我安點心幹活去吧，下次再讓我看見你出門去廝混，我把你那隻烏龜紅燒來吃了！」

傅主梅臉顯惶恐之色，連連點頭，卻不說他去幹什麼了，掌櫃的一見他那驚慌失措的臉，心裡頓時有些滿足，「今天客人點了『山海紫霞雲繪鼎爐』。」

小傅點了點頭，這「山海紫霞雲繪鼎爐」是銀角子著名的一道湯鍋，巨大的湯鍋和複雜的湯料，酒樓上下除了小傅誰也端不起來，「我去端湯。」

眼見小傅如此乖巧聽話，掌櫃的拍拍他的肩，背著手慢悠悠地走了。

銀角子酒樓的客堂一向熱鬧，今日卻分外寂靜，十來張十人座的桌子全然空著，只有二樓西北角的「文香居」房內有寥寥幾個人影。傅主梅端著那數十斤重的湯鍋慢慢走上二樓，那湯鍋裡架著炭火，還有數十種各色湯料，他端得很小心，一步一步走進文香居。

房裡一張紫檀六方桌，六支桌腳雕作鹿頭之形，鹿唇接地，形狀極是少見，六張紫檀座椅一一擺開，只坐了三人，桌上已上了不少菜肴，卻沒有怎麼吃過。正對門口的座位上坐著一位三縷長鬚的道人，道人的左邊一位紫衣大漢正在喝酒，右邊一人面戴白瓷面具，卻是不露真面目。傅主梅入目看到這些人物，似乎呆了一呆，手裡的湯鍋微微一晃，屋裡紫衣大漢仰頭喝酒，連眼角都沒向他這邊瞟過一眼，卻右手抓起搭在椅背上的外衫一抖一接，將傅主梅手中的湯鍋牢牢扶住，他「啊」了一聲，連忙把湯鍋端到桌上放好，匆匆退了出去。

紫衣大漢瞧了那湯鍋一眼，笑道：「好沉的傢伙！少說也得六十斤！剛才的小子好臂力，端著這傢伙走上二樓，樓梯都不晃一下。」

三鬚道人頷首，心思卻不在這湯鍋上，而是望著那瓷面人，「閣下邀請我等到此有事相談，不知究竟何事？」

原來這三鬚道人道號「虛無」，紫衣大漢姓馬，提起「虛無道人」和「三槍回馬」馬盛雄，京城之中是大名鼎鼎，這兩人正是丞相府新聘的護衛，在武林中聲明不弱，武功高強。昨夜三更，有人夜入丞相府，在趙普床頭留下信箋，約兩位護法今日銀角子酒樓見面。夜行人如此高明，如果想要趙普性命，那是舉手之勞，故而虛無道人和馬盛雄明知不敵，依然準時赴約，滿心疑竇。

「談一件小事。」瓷面人端著酒杯，卻不喝，「聽說趙丞相最近見了董狐筆一面，談了什麼，兩位是董狐筆的引薦人，應該不會不知道吧？」

虛無道人一怔，「董狐筆？」

董狐筆的確在前些日子見過趙普一面，但此事極為隱祕，這瓷面人怎會知道？

瓷面人背靠座椅，即使看不見神態，也知他並不把虛無道人和馬盛雄放在眼裡，「談了什麼？」

馬盛雄的酒杯「啪」的一聲重重砸在桌上，「閣下夜枕留帖，固然高明，但也不必如此盛氣凌人，丞相和客人談什麼，我等怎會知道？即便是知道，也不能告訴你。」言下之意，如瓷面人這等來歷不明的怪客，丞相府中事自然是不能洩露。

「是麼？」瓷面人語氣很平淡，「你不怕今夜趙普的床頭……哈哈……」他自斟一杯酒，一口喝完，並不說下去。

馬盛雄變色，這人如此武功，若是要殺趙普，丞相府還真無人抵擋得住，「你——你究竟是誰？究竟對丞相有何居心？」

瓷面人冷冷地道：「我只對趙普見了董狐筆，究竟談了什麼有興趣。」

馬盛雄和虛無道人相視一眼，虛無道人輕咳一聲，「丞相和董前輩究竟談了什麼，其實我等真的不知，只知道董前輩給了丞相一封信。」

瓷面人道：「信？信裡寫的什麼？」

虛無道人搖頭，「這個……限於我等身分，確實不知。」

「丞相將信放在何處？」瓷面人問。

馬盛雄怒道：「我和道長又不是奸細，怎知丞相把信放在何處？你——」

瓷面人「碰」的一聲一掌拍在桌上，但見紫檀六方桌應聲裂為六塊，那六塊大小均一平整，卻並不倒塌，依然穩穩托住桌上菜肴，馬盛雄本要破口大罵，見狀那一肚子的不忿又縮了回去，張大了嘴巴，不知該說什麼好。

「信在何處？」瓷面人平淡地問。

虛無道人長吁一口氣，「不知道。」

瓷面人陰森森地道：「是要做不識抬舉的一條忠狗，還是當真不知？」

馬盛雄再也忍耐不住，拍案而起，只聽「劈啪」一陣亂響，那桌上琳琅滿目的佳餚倒了一地，紫檀六方桌應手崩塌，「不論你是何方高人，欺人太甚！莫說丞相之事外人本就不該問，就憑你這瞧不起人的態度，姓馬的就算不是對手，也絕忍不下這口氣！」

瓷面人坐著不動，冷冷地問：「你想怎樣？」

「出去動手！省得連累無辜百姓！」馬盛雄厲聲道。

房內起了喧嘩，掌櫃的提心吊膽，打從這三人進來他就預感不會善始善終，尤其是那戴著面具的怪人，怎麼看都不像好人，此時聽樓上一陣大響，「小傅，上去瞧瞧。」他揪著傅主梅往臺階一推，「要是又想在店裡動手，你給我好言好語都請出去吧，反正錢也收了，糟蹋這些上好的食材我也就不計較了。」

「我……」傅主梅睜大眼睛望著二樓，「我要怎麼說他們才肯出去？」

掌櫃的重重拍了下他的頭，「你是傻的嗎？說什麼都行，只要這些瘟神肯出去。」

傅主梅張口結舌，完全沒有領會掌櫃的意思，神色茫然地往臺階走去，顯然腦子裡半句話也沒有想出來。掌櫃的卻不管他，忙忙往裡屋一躲，連影子也不露在外。

「動手？」瓷面人緩緩揭下面具，往旁臨空一放，「啪」的一聲那瓷面具在地上摔得粉碎，「你可知你在和誰說話？」

馬盛雄一見那張面孔，臉色頓時煞白，「你——你——」

虛無道人驀地站了起來，這人的面孔他識得——若干年前江南山莊大戰，他見過這人威風八面殺人如麻的模樣，這人竟然是「九門道」韋悲吟！

馬盛雄滑步和虛無道人靠背而立，兩人均感心中冰涼，撞上這魔頭，今日已然無幸，但就算不敵，也要盡力一搏。韋悲吟冷冷地看著這兩人，動了動右手五指，不知打算先擰下誰的頭顱。

便在這寂靜一刻，傅主梅踏上二樓，韋悲吟抬目向他望去，陰森森地看著這廝僕打扮的年輕人，傅主梅對他陰寒的目光渾然不覺，呆呆地看著房內三人，「掌櫃的說……如果三位客官要動手的話，請到外面去……」話未說完，韋悲吟手指一彈，手中酒杯無聲無息的往傅主梅胸前彈去，他這一彈手指蘊足了真力，足以將三個傅主梅洞穿而過。馬盛雄眼明手快，大喝一聲揮槍阻攔，那小小酒杯突然加速，輕輕巧巧的避過馬盛雄伸出的長槍，依舊激射傅主梅胸前。虛無道人一聲嘆息，韋悲吟泛起一抹陰森森的笑意，馬盛雄叫聲不好，只道這白衣小僕必定胸口被酒杯射穿一個大洞，當場倒地而斃。然而等他槍勢收回，回身再看時，卻是大吃一驚，只見那白衣小僕手握酒杯，臉色茫然地站在原地，仍舊繼續道：「……銀角子酒樓外西北角不出三十丈，就有金吾鏢局的練武場。」

馬盛雄和虛無道人面面相覷，一時捉摸不透這小廝究竟是高人不露相，還是韋悲吟無端放了水，正在迷惑之間，只聽韋悲吟冷冷地贊道：「閣下好快的手！姓韋的行走江湖，今日是第一次看走眼了！」

傅主梅睜大眼睛看著他，眼裡並沒有什麼特別的神色，甚至和剛才他端湯上來的神色也沒什麼不同，但韋悲吟看他的眼神卻是澈底不同了。

能接他這一酒杯，這白衣小廝的能耐絕不在江湖一流高手之下，至少馬盛雄和虛無道人便萬萬做不到，這人究竟是誰？

「你是誰？」韋悲吟緩緩自椅上站起身來「看起來年紀很輕，你的師父是誰？雪線子？武當清淨？還是昆侖天問？」這小廝看來不過二十一二的年紀，因此他猜他若非天賦異秉，便是有所奇遇，得過名家調教。

傅主梅搖了搖頭，過了好半晌，他見韋悲吟目不轉睛地盯著他，揉了揉頭髮，「你……你看著我幹什麼？」

此言一出，馬盛雄和虛無道人目瞪口呆，再度面面相覷，哭笑不得，不知這人是真傻還是假傻。

韋悲吟淡淡地道：「既然閣下出口說左近有金吾鏢局的練武場，韋某若不應允，豈不顯得小器？帶路吧，你若接得下韋某一刀，韋某掉頭就走，這兩人的性命我也不要了，自此不再踏入此地一步，如何？」

傅主梅「啊」了一聲，猶豫了好半晌，勉勉強強地道：「好……」他看了馬盛雄和虛無道人一眼，「我已經好幾十年沒有和人動過手了……」言下之意便是他一點把握也沒有，讓馬盛雄和虛無道人先走。

這話一出口，馬盛雄和虛無道人又是一呆，他便是好心出言提醒，說他對上韋悲吟毫無把握，那也在意料之內，但這人不過二十一二，說到「好幾十年沒有和人動過手」，渾然流於胡扯，不知他是存心戲弄韋悲吟，還是神志不清，根本就是個傻子？

韋悲吟冷冷地看著他，「看來閣下很自信？」他對上容隱、聿修、白南珠都不曾如此謹慎，眼前這個呆頭呆腦的白衣小廝全然透著一股捉摸不透的異樣，和他見過的都不相同。

傅主梅對這個問題很是遲疑，並沒有回答，他並不是倨傲，人人都能看出他是想了半天之後打不定主意究竟要回答「很自信」，還是「其實我不知道」，猶豫了半晌之後，他又揉了揉頭，轉身帶頭走了下去。被他甩在身後的三人又是一呆，韋悲吟心底陰火燃燒，怒極而笑，跟了下去。馬盛雄和虛無道人從未見過這樣的場面，見韋悲吟快步離去，兩人遠遠的跟在後頭，一人折返丞相府通報今日所見，一人暗中瞧著那白衣小廝和韋悲吟一戰究竟結果如何？這位半路殺出的救命恩人究竟有幾分本領，虛無道人可當真半點看不出來。

兩人一前一後，不過多時便到了金吾鏢局的練武場。

韋悲吟負手而立，傅主梅回過身來，金吾鏢局本有幾名弟子在練武，見了陌生人進來，都退到一邊靜看。京城和洛陽周邊，練武之人不少，這樣借練武場進行比武的事，大家都見多了。

「接我一刀。」韋悲吟緩緩自懷裡拔出一柄短刀，微風徐來，他手中短刀刀刃斑駁，留有鏽跡和缺口，但這口刀是和容隱聿修、白南珠、唐儷辭接過手的刀，甚至在對陣的時候，韋悲吟從不落於下風。以他殺人之多之雜，所謂「一刀」，便是殺人的一刀。

傅主梅退了一步，又退了一步，他的眼神一直沒有什麼變化，仍是清澈無比，退了兩步之後，他忽地伸手按腰，微風同樣的吹，沾滿蔥末蒜蓉的白衣之側並沒有刀，然而他空手虛握，眼神乍然一變。

韋悲吟眉頭一揚，在那虛按一刀之時，傅主梅的神態已全然變了，變得冷靜、銳利、沉著，更可怕的是他在這一瞬之間充滿殺氣，那種殺氣絕非故作姿態，而是一種瞬間殺人盈百破血而出之後的殘跡。這樣的變化變得讓人震撼，韋悲吟本未把這白衣小廝放在眼裡，突然之間，他已絕不敢輕視這看似年紀輕輕的白衣少年。握刀在手，韋悲吟半退步，旋身作勢，這一刀「天地為用」，刀勢所向盡罩敵手上半身，只消對手不以腿法見長，可攻可守。

刀勢發，刀光如雪，韋悲吟深厚的功力所激，這一刀淳厚博大，深得刀中精要。一刀發出，金吾鏢局幾個弟子齊齊驚呼，臉色轉白，神為之奪。傅主梅目不轉睛地看著迎面而來的一刀，臉色一分一分變得非常蒼白，甚至連唇色都變得非常淡，宛如瞬間冰雪凝身，那清冷絕倫的氣勢仿如有形一般發散出去，剎那之間刀光映目，猶如月芒一射而過，韋悲吟只覺眼前有耀如明月的光彩一閃而逝，只聽「噹」的一聲，手中刀已被一物架住，隨即對方腕上加勁，若非事先自己數十年功力凝注刀上，單憑這一刀刀就要斷！

他目中震驚之色一掠而過，當真是失色了，脫口驚呼，「御梅刀！」

御梅刀！刀如御梅，清冷絕倫，刀出震敵膽，雪落驚鬼神！三十年前的傳說，三十年前的奇人，韋悲吟厲聲問道：「你是誰？」

傅主梅雙手空空，方才一閃而逝的那一刀彷彿全然不是出於他的手，他沒有回答，眉眼犀利，目光銳利如刀地盯著他。

如此功力！如此眼神！如此氣勢！絕非江湖小輩！方才他那句「好幾十年沒有和人動過手」掠腦而過，韋悲吟連退三步，「你——就是御梅主！」

傅主梅並不否認，韋悲吟一聲厲嘯，掠身便走，既然試出這人竟然是武林前輩，竟然是御梅主，此時不走，更待何時！其實以武功而論，韋悲吟未必比傅主梅低上多少，縱然不敵，也絕不至於落荒而逃，但御梅主的傳說委實驚人，一驚之下，他毫無再戰之意，轉身便走。

御梅主？御梅刀？

金吾鏢局之內譁然起了一陣喧嘩，遙遙在後觀望的虛無道人驚喜交集，滿心迷惑——如傅主梅這般年紀輕輕，呆頭呆腦的小廝怎會是御梅主？怎麼可能？但親眼所見，這白衣小廝的確發出了那如神的一刀。

若非御梅主，何人能出御梅之刀？

「這位……這位……」金吾鏢局之中，有個大漢奔了出來，對傅主梅迎了過去，張大了嘴巴，不知該說什麼好。傅主梅呆呆地看著他，目中的殺氣漸漸褪去，突地嘆了口氣，揉了揉頭髮，慢慢轉身走了。

「這位……大俠……」金吾鏢局的總鏢頭呆呆地看著傅主梅轉身走掉，心想這位武功高強得難以想像的大俠，生得和隔壁銀角子酒樓的小廝好生相像，莫非是自己記錯了？

第二十三章 御梅之刀

自那一面之後，阿誰再也沒見過傅主梅，又過了幾日，到銀角子酒樓去打探消息，卻說小傅把他那烏龜帶走，無緣無故的走了，掌櫃的還在謾罵說這死沒良心的說走就走，連一句話也沒留下，要是他知曉小傅要走，少說也多給幾兩銀子，說著抹了把鼻子，好像真的有些心酸。

小傅走了，應該是發生了事。

她想他畢竟是練武之人，人在江湖，不論他是怎樣希望平靜和簡單，人生畢竟永遠不可能真的平靜簡單，走了也好，洛陽是是非之地，距離京城很近，來往的武林人很多，希望平靜的話，往更遠的地方去吧。

或者……離開這裡，去看看唐公子，不知為何，自從離開好雲山之後，她的心頭並不平靜，他是個太複雜多變的男人，有著太過複雜的心情，當日選擇斷然離開，究竟是不是會帶給他傷害？她無法理解唐儷辭，甚至無法以平靜的心情留在他身邊，但內心深處仍然希望有一個人能夠代替她回去看看他。

唐公子……太過複雜和微妙了，心思越是複雜，越容易讓人精疲力竭，不是嗎？何況你……從內心深處，便是深深的缺了能讓自己穩定的力量，池雲死了，唐公子，殺了他的時候，你心裡在想什麼呢？

好雲山。

白霧依舊飄浮，景色依舊飄渺如仙。池雲和梅花山兩位首腦的屍體被火化為灰，帶回梅花山安葬，叱吒風雲一時的幾位豪傑，就此埋於塵土。唐儷辭在此一戰中受了些傷，近來不大出門，邵延屏在去往少林寺的半路上驚聞中原劍會慘變，匆匆趕回，成縕袍也對自己大意出門前往名醫谷一事深為後悔，前往洛陽的董狐筆和孟輕雷也已經趕回，眾人對唐儷辭殺池雲之後都有些擔心，但唐儷辭卻始終面含淡笑，渾若無事。

「站住，你是誰？」善鋒堂後門的一位劍會弟子遙遙見一人搖搖擺擺地走了過來，「這裡不可亂闖。」

那渾身青苔狼狽不堪走過來的人呆了一下，「我……我是來找人的。」

劍會弟子上上下下將他看了幾遍，只見這人本來一身白衣，穿到現在基本已經成了綠色，頭髮凌亂，長著一張娃娃臉，「找誰？」

「唐……唐……」那人結結巴巴地說了半天，猶豫了一下，仍然沒有說完。

劍會弟子皺眉，「你是來找廚房的老湯的？啊，對了老湯交代過他有個姪子最近要來幫忙，敢情就是你啊，進來吧。」

那人一呆，「啊？」

劍會弟子叫道：「老湯！老湯！你姪子來了！」

自門後不遠處跑來一位莫約六十上下的老頭，對著那白衣人瞇眼看了一陣，「好多年沒回老家了，姪子長得什麼模樣我也忘了不少，你娘姓李還是姓姜？」

那白衣人呆呆地道：「我娘？我娘姓林啊……」

那老頭忽地樂了，連連點頭，「對對對，我差點忘了，我三弟媳就是姓林，我走的時候她還小呢，想不到兒子也這麼大了，我少說二十年沒回老家了，進來吧進來吧，以後就把這裡當你的家，老湯一定罩著你，哈哈哈！」

說著一把把他拉了進來，摸了摸他的臉，「孩子你可受苦啦！」

這滿身青苔的白衣人自是傅主梅，眼見老湯真情流露，他終是沒把「我不是你姪子」六字說出口，揉了揉頭髮，滿臉尷尬，「啊」了一聲。

「孩子你叫什麼名字？」老湯問。

傅主梅道：「我叫小傅。」

老湯哈哈大笑，「湯小傅，這名字不錯，來來來，從今天開始，你就和我一起在廚房幹活，邵先生對人好，絕對不會讓你吃虧的。」

傅主梅目瞪口呆，一句話沒說完就被老湯拉進了廚房，就此開始了他名叫「湯小傅」的日子。

唐儷辭的房間距離廚房很遠，在山頭的另一面，霧氣最濃的地方。最近唐儷辭在養傷，就算是邵延屏也很少看見他，更不必說老湯，最常見到唐儷辭的人是紫雲，然而他很少和紫雲說話，只是到了三餐的時間，紫雲給他送飯送茶進去，如此而已。

「篤篤篤」，三聲叩門聲。

唐儷辭的房內一片安靜，自窗望入，可以看見他負手站在書桌前，以左手提筆寫字。傅主梅端著一碗藥湯，入目瞧見這一幕，不知不覺，輕輕地吐出了一口氣。

阿儷……是很多才多藝的，他會書法、會繪畫、會許多樣樂器、會讀書、會跳舞、會很多古怪的語言……好像這世界上沒有什麼東西是他不會的，而所有會的東西，他都能夠達到「精通」的地步。不像他……他除了唱歌之外，什麼都不會，但……

「誰？」門內傳來熟悉的聲音，傅主梅端好湯藥，端端正正站在門前，阿儷的聲音仍然很好聽，他仍然那麼出色，當年……怎麼會有人說我比他好呢？唉……

「誰？」唐儷辭並不開門，仍是語氣溫和地問。

猶豫了半晌，傅主梅小心翼翼地答了一個字，「我。」

「咿呀」一聲，門突然開了，那門開的速度快得讓人難以接受，彷彿傅主梅一個「我」

字還未從舌尖出來，那門就已開了。唐儷辭的臉倏然已在傅主梅面前，傅主梅全然沒有反應過來，就這麼呆呆地看著唐儷辭的臉。

過了好一會兒，傅主梅才道：「啊……」他一句話還沒說完，「碰」的一聲，唐儷辭猛然關上了門，那門關得太快，以至於傅主梅的鼻尖差點撞上門板，受此一驚，他又呆了良久，方才明白：阿儷開門了，然後他不知道為什麼又關上了，也許是不想看見他。

「阿儷……」他在門外猶豫了一陣，「我……唉……你知道我很笨，我想你還是很討厭我，根本不想和我說話，但是……但是我聽說你最近的消息，都不太好，我想……我想……雖然你恨我，但是我想看下你好不好？你受傷了是不是？傷得怎麼樣？好一點沒有？」

門內沒有半點動靜。傅主梅踮起腳尖往窗縫裡探了一下，什麼也看不見，又道：「我很久沒有看見你了，你好不好？剛才你嚇了我一跳，我什麼也沒看清楚。」

門內仍是沒有動靜，過了好一會兒，傅主梅有些著急了，「阿儷，藥要涼了，涼了老湯要罵我的，我……我……蒙了面進去行不行？或者你把眼睛閉起來，看不到我，你心裡就不氣了。」說下他當真從懷裡扯出一塊汗巾，草草纏在頭上，「我進去了。」說著輕輕推開大門，端著那藥湯進了唐儷辭的房間。

進門之後，唐儷辭就站在桌前，背對著他，左手提筆仍然在寫字，彷彿剛才開門的人不是他。傅主梅端著藥進來，反而手足無措，呆呆地端著看著他寫字，這麼一站，就足足站了快一個時辰，等到唐儷辭把桌上那張宣紙以極纖細的筆法密密麻麻的寫完，他才鼓起勇氣，呆呆地道：「阿儷，藥涼了。」

唐儷辭站起身來，回頭微微一笑，「白癡，我關了門，你就不敢進來，我在寫字，你就不敢說話，多少年了，你還是這麼容易被人欺負。」

他神態秀雅，言語溫柔，這句話說來卻不知是表示親熱，還是在說他就是吃定了傅主梅，一句話下來，傅主梅張口結舌，不知如何回答，「阿儷……你不恨我了？」

唐儷辭臉色一沉，「當然恨！」

傅主梅被他這一翻臉嚇得半句話都不敢多說，噤若寒蟬，唐儷辭臉色一沉之後，隨即輕輕一笑，笑意如花，「你來看我，我很高興。」

傅主梅呆呆地看著他瞬息萬變的臉，長長地吐出一口氣，「你……你的傷怎麼樣了？」

唐儷辭臉色平靜，「好了。」

傅主梅想也不想地道：「騙人！」

唐儷辭秀眉微蹙，「你說什麼？」

傅主梅把藥放下，「你騙人的時候就是這樣的，說得比真的還真，你說真話的時候，反而像騙人的樣子了。」

唐儷辭臉色又是一沉，傅主梅立刻閉嘴，半個字不敢多說，眼神卻仍是一百個不信。

兩人僵持半晌，過了一會兒，唐儷辭轉頭放下筆來，語氣溫和，彷彿沒有剛才的事，「你怎會出現在此？我找你許久，沒有半點消息，我還當方周死了以後，你和我割袍斷義，準備老死不相往來。」

傅主梅連連搖手，「沒……不是這麼回事，方周……方周的事後來我明白不是你的錯，怎麼會恨你呢？我很清楚的，你心裡對他好……很好的。」

唐儷辭猛然回過頭來，「你……」他反而笑了起來，「你可知道方周是怎麼死的？他活生生的被我挖心，你可知道活生生的挖心有多痛？我告訴他我挖他的心是為了救他，他很相信我，他忍痛讓我挖，我剖開他的胸口，弄得滿地是血——你知道那有多少血嗎？死的時候他相信他會被救活，他感激我！他是感激我的！」他驟然大笑起來，「哈哈哈……你知道他的下場嗎？結果他最後被人砍成八塊，丟在爛木頭裡面餵螞蟻，那些蛆蟲在他的眼眶裡爬來爬去，一條一條一圈一圈的顏色……有白的有黑的……哈哈哈哈……」

「阿儷！」傅主梅抓住他的雙肩，用力搖晃，「阿儷！別想了！」

唐儷辭一把將他推開，他的力道奇大，傅主梅被他推得摔倒在地，唐儷辭連退幾步，「哈哈哈……哈哈哈哈……」他止不住的狂笑起來，「還有池雲……哈哈哈……我用笛子敲破他的頭，他臨死的時候惡狠狠地瞪著我……他死了都想向我爬過來把我活活掐死……」

「阿儷！」傅主梅一躍而起，唐儷辭狂笑未畢，全身顫抖，忽地晃了一晃，往後軟倒。

他匆匆伸手扶住，唐儷辭昏厥的時間極短，瞬間又醒轉，用力掙扎而起，厲聲道：「走開！你們統統走開！」

你們？傅主梅牢牢抓住他的手，他眼裡到底是看到了什麼？阿儷這許多日子就在這樣瘋狂的境界裡一個人過了一天又一天？一個人裝作若無其事，一個人面對兩個人的死，一個人面對亂七八糟的幻境嗎？

「你看清楚，我是傅主梅，我……我不是別人，這裡什麼人都沒有，只有我。你看到什麼了？」唐儷辭牢牢握住傅主梅的手，因為冰冷潮濕，傅主梅幾乎感覺不到他究竟是用手的哪裡抓住他的手，就如抓住他的是一團冰，「別再想了，你快要瘋了！」

唐儷辭微微一顫，忽然安靜了下來，他抬起手捂住半張臉，過了好一會兒，「你叫他們都走開。」

傅主梅不知道他所指的「他們」是誰，「他們？他們都走開了，這裡什麼也沒有，只有我在。」

唐儷辭急促地喘息了一下，緩緩放開右手，望著傅主梅，望了好一會兒，「你出去，我累了。」

「阿儷……」傅主梅端起那碗藥，唐儷辭抓起那碗藥摔了出去，「乒」的一聲藥汁潑在地上，頓時地面焦黑一片，傅主梅一呆，唐儷辭厲聲道：「出去！」

傅主梅站了起來，目不轉睛地看著地上焦黑一片的藥汁，「我出去我出去，你……你躺在床上休息，千萬別下來，地上有毒。」

唐儷辭對「有毒」毫不在乎，倚在床頭，突地揪住傅主梅的衣袖，一把把他拉了過來，口唇湊近他的耳邊，一字一字的柔聲道：「我告訴你，我不會原諒你，你也絕對不准原諒我，方周死了，是我害死的，池雲死了，是我殺的，誰也不許說不怪我，這世上誰也不准不恨我，記得你砍我的那一刀嗎？還記得你砍我的那一刀嗎？你是恨我的，你還是像方周死的那天那樣恨我……哈哈哈……殺兄弟朋友，不管是誰統統都可以死，全部都給我去死！」

「我……我……」傅主梅張口結舌，他遇見唐儷辭這種極端的個性，真是頭昏腦脹，「我……」

唐儷辭鬆手，側過臉，「我累了，你還不出去，是想和我一起睡嗎？」

傅主梅瞪大眼睛，只見他柔聲含笑，神態甚是嫵媚，眼神卻極是冰冷，充滿了要殺人的煞氣。

「我出去我出去，阿儷，」他猶豫地看著唐儷辭，實在不知該如何幫他，過了一會兒，「別再想了。」他站了起來，擦掉地上有毒的藥汁，安靜地退了出去。

傅主梅關上了門，唐儷辭躺在床上，闔上了眼睛，長長地吐出一口氣，抬起右手放在額頭上，沉沉睡去。

阿儷他……和從前一樣，背負著太多的東西。傅主梅目不轉睛地看著前方，茫然地走著，背負著太多東西……多到早已承受不了，早就崩潰了。只是阿儷他和別人不一樣的一點，是就算崩潰了也絕對不肯死心吧？所以看起來像很強、無堅不摧的感覺……

聽說……阿儷……的來歷十分奇異。他的父親坐擁萬貫家財，他的母親不願受十月懷胎之苦，卻又想誕下麟兒為唐家延後。於是唐父尋了一味奇藥，以父母精血埋入活死人腹中，借腹生子。他不知道這樣的出生對阿儷來說有沒有特別的意義，至少在表面上他看不出來，但是如果是他的話，是會覺得很失望的。

他和阿儷不算是認識很早，至少沒有阿眼和阿儷的交情那麼深，當他認識阿儷的時候，他已經是現在這個樣子了……溫雅、華麗、談笑自若、彬彬有禮，並且幾乎無所不能，但聽說阿儷的父親對他非常不滿意。

傅主梅呆呆地看著前方，也許有人會追求欲望追求到死，但沒有人會像阿儷那樣……追求欲望追求得那麼痛苦，追求得快要把自己逼瘋。

啊……他突然用力搖了搖頭，他在想什麼……現在重要的不是為什麼阿儷會變成這樣，而是應該怎麼樣讓他恢復正常，別再陷在過去的陰影裡。對了，那碗藥、那碗藥為什麼會有毒？難道中原劍會也有想對阿儷不利的人嗎？

眼前有粉色的衣角一飄，傅主梅抬起頭來，他心不在焉地走路，差點就撞上了迎面走來的一人，那人「哎呀」一聲，聲音嬌美，卻是西方桃。眼見有個不曾見過的小廝從唐儷辭房裡走出來，她頗為奇怪，這年輕的白衣小廝不但從唐儷辭房裡出來了，而且還神不守舍，差點一頭撞上自己。

「啊！真是很抱歉。」傅主梅漫不經心，看也沒多看西方桃一眼，仍舊心不在焉的往前走去，走過了兩個岔道，他突然發現走錯了路，又倒回來走回廚房去。

原來是廚房新近的小廝，但為什麼唐儷辭會讓他進房呢？西方桃眉峰微微一蹙，這小廝見到人沒有半點禮數，連問好也不說一句。抬目往唐儷辭房中望去，池雲死後，唐儷辭居然沒有向眾人揭穿自己，這讓她覺得有些奇怪，唐儷辭為了池雲不惜和她拼命，絕非對自己沒有恨意，但隱而不發，讓她留在中原劍會，是有合圍絞殺之心嗎？她嫣然一笑，想聚合劍會人手之眾，合圍絞殺西方桃，也要看大家對他還有多少信心，以及他自己有沒有這份本事了。

「紫雲。」她回頭呼喚了一聲，身後在花園裡修剪枝葉的紫雲抬起頭來，「什麼事？桃姑娘。」

西方桃微微一笑，柔聲道：「我看見廚房新來的小廝端了藥湯去給唐公子，妳去看下唐公子的傷勢好些沒有，我怕我進去了打擾他休息。」

紫雲點了點頭，「唐公子的傷前幾天就已經好得差不多了，應該沒什麼大礙，我去了。」

西方桃轉身而去，走過七八丈，回過頭來，正好瞧見紫雲推開了唐儷辭的房門。

「唐公子……」紫雲踏進房門，突的一呆，只見唐儷辭臥在床上，鼻息輕緩，睡得很沉，對她進門竟然渾然不覺。頓了一頓，紫雲輕輕的退了出去，心中一陣淒惻，一陣溫柔，這些日子以來，真是難為唐公子了。等她回身再看，已經看不到西方桃的影子，心底不免有些奇怪，桃姑娘哪裡去了？

唐儷辭房中，人影微飄，西方桃悄然無聲地闖入房中，眼見紫雲自門內退出，她已知唐儷辭果然在休息，絕非作偽。眼見床上有人閉目沉睡，她一記重掌筆直往床上劈去，這許多天來她一直在找突襲的機會，難得窺見唐儷辭臥床休息，池雲已死，唐儷辭若再死，中原劍會餘下諸子無一在她眼內。

「碰」一聲巨響，沉香床榻應手碎裂，木屑紛飛，撞爆了窗櫺，床幔傾頹倒塌之間，唐儷辭驚醒閃避，西方桃一掌碎床，卻是毫釐之差，沒有傷及唐儷辭。西方桃臉露淺笑，揮掌攻擊，唐儷辭坐起招架，然而雙掌堪堪接實，尚未發力，只覺頭痛欲裂，不得已撤掌向後，縮短了出掌的距離。西方桃哈哈大笑，這一笑她終是笑出了男人的聲音，一掌前摧，十成功力必取唐儷辭之命！

「誰——」門外成縕袍的聲音一聲沉喝，緊接著大門轟然碎裂，成縕袍闖了進來，西方桃心念電轉，就在門將破未破之時，她一把扯下身上的桃衣往床底一擲，衣袖一抹，蒙上了人皮面具，瞬間面貌全非。成縕袍闖入房內，猛地看見一個面容醜怪的黑衣人站在唐儷辭床前，想也不想，一劍遞出，「你是誰？」

成縕袍一劍刺來，就算是西方桃也不敢掉以輕心，然而唐儷辭神志未清，此時不殺日後等他有所準備，只怕再無機會。權衡利弊，西方桃一聲怪笑，仰身閃開一劍，衣袖一拂，往窗口逸走。成縕袍第二劍緊接刺出，劍風凜然，剎那之間就沾上了黑衣人的後心，正待發力，猛地黑衣人臨空倒翻，竟險之又險的避開他這一劍直刺，單憑空翻之勢從他頭頂躍過，大喝一聲，雙掌齊向唐儷辭頭頂天靈劈下。

「唐——」成縕袍大吃一驚，他劍勢使老，已來不及回身救人。唐儷辭胸口起伏，他身上的皮肉傷早就痊癒，眼看掌擊在前，滿心想要出手還擊，然而頭痛欲裂，身上一時間竟軟得沒有半分力氣，只是目不轉睛地看著西方桃。電光火石的瞬間，西方桃只見他目中透露出極度耀眼的光彩，連她這等心機老到的高手也無法分辨在生死一瞬之間他到底是喜、是怒、是驚、是怕。

雙掌拍落，成縕袍堪堪轉過身來，門外邵延屏剛剛趕來，見狀大驚，「唐——」

西方桃臨空撲下，唐儷辭臉露淺笑，凝目以對，就在這一瞬之間，一道月光似的冷芒掠空而過，房內眾人都覺一陣寒意撲面而來，「喀啦」一聲門柱上竟是凝了一層白霜。西方桃驚覺刀芒，大喝一聲，雙掌合撲，匆匆招架半空掠來的冷刀，然而掌刀相接，「啪」的一聲血濺三尺，西方桃一晃而去，身後滴落點點血跡。

成縕袍和邵延屏震驚駭然——這是什麼刀？竟然能在這樣的距離一刀傷及這黑衣人？

西方桃脫身之後，一柄寒光閃耀的奇形兵器自半空跌落，「噹」的一聲落在唐儷辭面前，成縕袍和邵延屏齊聲驚呼，「御梅刀！」

那刀刃如波，瓣分雙梅，刀出寒如雪，厲刃驚鬼神，正是名震江湖三十餘年的「御梅刀」！在兩人驚異至極的目光中，一人白衣蒙面自門外掠了進來，從破碎的床幔上扶起唐儷辭，「沒事吧？」

唐儷辭的眼睫微微垂了下來，語音含糊，「沒事……」

白衣人拾起御梅刀，轉過身來面對邵延屏。邵延屏驚異地看著這白衣人，他本以為御梅之主必定是個老頭，但這人的面貌雖然不見，聲音卻非常年輕。只聽他道：「邵先生，阿儷的傷不要緊，只要讓他休息兩天就會恢復，我去追剛才那人，這裡就交給你了。」話音未落，白衣人穿門而出，剎那已消失不見。

好快的身法！邵延屏和成縕袍面面相覷，心中的驚疑只有越來越甚，御梅主口稱「阿儷」，難道唐儷辭和御梅主竟然有所關聯？

回頭看著唐儷辭，卻見他扶著床榻的碎片，緩緩站了起來，臉色雖然不佳，神志仍是清楚，面露秀雅溫和的微笑，「我……不太舒服。」

邵延屏一聲苦笑，他有一肚子疑問想問，唐儷辭就這麼微微一笑，加上一句「我不太舒服」便舉重若輕地擋了過去，「我立刻去準備房間讓唐公子休息。」

唐儷辭倚著床柱，輕輕點了點頭，雪白白皙的手指微略點了點床柱，幾縷銀髮垂了下來，神態既是慵懶，又是閒雅，好像方才死裡逃生的人渾然不是他。

成縕袍皺眉看著他，他也有滿腹疑竇，然而唐儷辭一眼也不瞧他，思慮半晌，他終是一句也沒問出來。

善鋒堂外。

西方桃黑衣在身，快速往前奔逃，虎口傷勢不重，然而這馭刀一擊讓她惱怒異常。千載難逢的機會，唐儷辭方才神情有異她看得清清楚楚，機會就這麼一瞬而去，而且形勢逆轉，讓她不得不撤走，那該死的一刀，真是來得讓人恨甚！奔出去兩里有餘，她忽地回過身來，只見身後五十丈之處，有人白衣如雪，悄然無聲地站著，蒙面的白紗臨風微飄，一股清寒的風自他身畔吹來，冷若秋水。

好大的膽子。西方桃筆直站立，冷冷地盯視著對手，剎那間她已從忿恨怨毒轉為冷靜，繼而平心靜氣的估量著對手。方才馭刀一擊的確是驚世駭俗，但她未必應付不了，就憑方才那一刀，她要殺了這礙事的程咬金。

陽光和煦，好雲山下山水青翠，白雲如掃，一黑一白兩道身影沒有對視多久，驟然光芒爆起，一團耀目的刀光映得白日失色，轟然一聲大響，樹木搖晃塵土飛揚，塵煙散去之後，黑衣人如鬼魅般消失得無影無蹤。白衣人手握御梅刀獨對滿天塵爆，點點碎土粉塵飄零而下，染黃一身白衣，過了良久，他嘆了一口氣。

好強的對手！這是他數十年來遇見的最強的對手，竟然在他馭刀一擊之後毫髮無損，安然退去。他在唐儷辭殺方周之後，離開唐儷辭和柳眼，另有奇遇，誤入時空祕境，短暫的到達三十年前，這就是御梅主的傳說能延續三十年的原因。而進出時空祕境，他其實在三十年前停留的時間很短，容顏始終不變，看起來反而比唐儷辭年輕了一兩歲。

啊……傳主梅拿下蒙面白紗，揉了揉頭髮，迷茫地看著湛藍的天空，他到底要怎麼做才對呢？留在好雲山幫阿儷的忙？去追殺那個黑衣人？可是留在好雲山，阿儷肯定很不高興；要追殺那個黑衣人，他又要到哪裡去找呢？他根本沒有看清楚那個黑衣人長得什麼模樣，何況就算他看清楚了，也不大可能記住。

要去哪裡？回去嗎？他自己問自己，呆呆地看著藍天，過了半天，一隻鳥雀掠過半空，落在身旁的樹枝上築巢，他看了好一陣子，突然醒悟這半天他只是在發呆而已，不由得又嘆了口氣。怎麼辦？找個人問問吧，傅主梅望了望中天的太陽，猶豫的回頭看了好雲山一眼，慢慢往北而去。

第二十四章　碧水漣漪

洛水故地，碧落之宮。

巍峨輝煌的碧落宮殿已經建成，與從前平凡無奇的小村落全然不同，清雅挺拔的亭臺樓閣，比之真正的天上宮闕恐怕也不會遜色多少。宛郁月旦藍衫依舊，在這雲淡風輕秋日的下午，坐在碧落宮瑕雲坊內賞花。

別人賞花是看花色，他雖然看不到花色，卻一樣能品味花之芬芳，在他心中鮮花一樣美好，並且他從未忘記花朵的顏色和嬌美。

「這是什麼花，這麼香？」坐在宛郁月旦面前的人白衣黑髮，一張娃娃臉，說的是花，嗅的卻是手裡端的茶。

「這只是桂花，御梅叔叔從來不看桂花嗎？八月高秋，賞桂食蟹喝菊花酒，正是人間雅事。」宛郁月旦柔聲道：「多年不見，御梅叔叔還是老樣子，一點也沒變。」他口稱「叔叔」，傅主梅看起來卻最多不過大了他兩三歲，但聽宛郁月旦稱呼他「叔叔」，他並沒有覺得有異，他和宛郁月旦的父親曾經平輩相交，按輩分宛郁月旦的確該叫他叔叔。

「你看得見我的樣子？」傅主梅聞言茫然看著宛郁月旦，眼盲的人還能知道他「一點也沒變」？

宛郁月旦微笑，「御梅叔叔說話的聲音、走路的聲音，甚至呼吸的深淺都和月旦記憶中一模一樣。」

傅主梅點了點頭，喝了口茶，「你卻長大了。」

宛郁月旦頷首，也端起茶淺淺喝了一口，「御梅叔叔遠道而來，必有要事吧？」雖然他認識傅主梅的時候只有十一歲，但這位名震天下的御梅叔叔是怎麼樣一個人，他卻是清清楚楚。

「我……」傅主梅看著漢白玉桌上的那一杯茶，那茶杯薄若蟬翼，茶水碧綠清澈，兩樣都是昂貴之物，「有件事我想問你。」

宛郁月旦眼角的褶皺微微一張，放下茶杯，「什麼事讓御梅叔叔困擾？」

傅主梅以指尖輕輕觸了觸那茶水，溫熱的茶水染在指上，是一份異樣的感覺，「我……我……」他心裡有許多事想說，但真的要說出口來，卻不知道該從哪裡開始說，頭腦中一片混亂，不論從哪裡開始說都是一團亂麻，「我不知道究竟是該隱退江湖，還是該留在好雲山。」猶豫了好半晌，他只喃喃說了這一句。

宛郁月旦彎彎眉線微微一蹙，「中原劍會？御梅叔叔是從好雲山來的？」

傅主梅點了點頭，茫然地看著碧落宮清雅的景色，那如丹的桂花，「我本以為自從三十年前劍會一戰之後，就澈底脫離江湖，唉……江湖、江湖總是有很多不如意的事，我不喜歡。」

宛郁月旦輕輕嘆了口氣，溫和的替他接下去，「可是人不惹江湖，江湖自惹人，風流店之事引起軒然大波，御梅叔叔終究是難以獨善其身。」

「其實……」傅主梅呆呆地看著桂花，「不是這麼回事。」

宛郁月旦微微一笑，「那在好雲山上究竟發生何事，讓御梅叔叔如此困惑？」

傅主梅道：「我見過唐儷辭了。」

宛郁月旦以指尖輕叩那單薄的茶杯，發出清脆的聲響，「唐公子麼……唐公子是個高明的人，好雲山中原劍會有他在，絕不會倒，而中原武林有他在，亦不會萬劫不復。」

傅主梅道：「他是我的好友。」

宛郁月旦微微一怔，「這倒是未曾聽說。」

「我們認識很多年了，」傅主梅道，仰首喝完了那杯茶，「中原武林有他在，不會萬劫不復……小月真的這麼有信心啊……」

宛郁月旦凝目思索，很認真地聽著，「難道御梅叔叔對唐公子沒有信心？」

傅主梅搖了搖頭，放下空杯，茫然道：「我真的沒有信心，因為我認識阿儷很多年了，阿儷從來不是一個能讓人依靠的人。他真的會把很多事都做得很好，但做好之後，他很可能會把所有的結果一下子毀得乾乾淨淨……他從來不是誰的支柱或者能拯救誰的神。」

「御梅叔叔很瞭解唐公子麼？」宛郁月旦溫柔地微笑，並沒有因為聽到這段話而感到驚訝。

傅主梅望著碧落宮後遠處的山巒，「小月你知道嗎？他曾經花了一個月的時間，用書本和酒瓶搭了一間非常漂亮的房子，搭成以後在房子裡開了一場宴會，請了很多人到房子裡喝酒，然後……」他很痛苦地嘆了口氣，「然後他放了一把火，燒掉了那房子，差點把來參加宴會的人都燒死了。」

宛郁月旦秀雅纖弱的眼眸微微一動，「哦？」

傅主梅點了點頭，「但我明白他不是要殺人，他搭那房子就是想放火而已……」

宛郁月旦微笑了，「但傳聞唐公子溫文爾雅，彬彬有禮，江湖大眾都相信萬竅齋主人絕非泛泛之輩，一定能引導眾人戰勝此次江湖毒患。」

傅主梅迷茫地看著白玉般的桌子，「我一點也不懷疑，他當然比柳眼強。不過阿儷的脾氣很古怪的，他其實很脆弱，很容易就精神崩潰了，但因為好勝得不得了，所以他不會讓人發現他常常有受不了的時候，要是有人發現他其實崩潰了，他就算不氣死，也會發瘋。池雲死了，我不知道是該留在好雲山，或者是永遠不再出現……」

宛郁月旦長長吐出一口氣，微笑了，「我明白了。」

傅主梅揉了揉頭髮，「我……我說得亂七八糟，小月你真的明白了嗎？」

「我明白。」宛郁月旦摸索著給傅主梅倒了一杯茶，「但我是相信唐公子的。」他緩緩地道：「我相信沒有誰比自己更清楚自己的弱點，唐公子身為國丈義子，萬竅齋主人，還有一身驚世駭俗的武功，就算他真要放火燒死幾個人，我看也沒有誰能將他拿下……但他並沒有留在京城或者萬竅齋恣意妄為……他涉入江湖插手風流店之事，那就是放棄了自己的屏障，明知這一場對決必定有輸有贏，明知道自己的弱點會受到挑釁，也許會輸、也許會死，卻沒有後悔。御梅叔叔，不是任何人都能下這樣的決心，下決心需要勇氣，而勇氣……必定來源於支持自己前進的信念。」

「我知道阿儷的信念是什麼，他要做好人。」傅主梅突然激動起來，一拍桌面，「因為他做過太多亂七八糟的事，他要改要做個好人，可是那不是他自己的信念，那是別人希望他做的。」「嘡」的一聲他面前的茶杯翻倒，單薄的瓷胎碎裂，茶水流了一桌一地。

「唐公子也許是脆弱的男人，但絕不是不堅定的男人。」宛郁月旦緩緩地舉杯，喝完他那一杯茶，「我尊重他作為男人而擔待的一切……御梅叔叔，不要把他當作孩子，相信他不會讓你失望。」

傅主梅呆呆地看著宛郁月旦，不知該如何回答，宛郁月旦杯緣離唇，微微一笑，「御梅叔叔真的是個很溫柔的人。」

傅主梅點了點頭，不過他本要同意的是宛郁月旦剛才那句「不要把他當作孩子」，點頭之後揉了揉頭髮，表情尷尬。

宛郁月旦微笑得很舒暢，眼角的褶皺微微地抿起上揚，「呃……御梅叔叔，我聽說洛陽銀角子酒樓有個很高明的廚子，叫做傅主梅，不知道御梅叔叔認不認得？」

傅主梅「啊」了一聲，更加尷尬，「我……我……」

宛郁月旦柔聲道：「我還真不知道御梅叔叔的本名就叫做主梅呢，聽到消息的時候真是吃了一驚，也曾特地去吃過酒菜，御梅叔叔做的糕點真是人間美味，可惜魚肉烹調之技就大大遜色。」

傅主梅睜大那雙清澈的眼睛，驚詫萬分地看著宛郁月旦，「你——你——什麼時候去銀角子吃過飯？為什麼要特地去吃？」

宛郁月旦好看的眉線稍稍一揚，「因為很想去，所以就去啦。」

傅主梅用力揉著頭髮，「你……你……」他真的不知道該說什麼好。

「御梅叔叔，碧落宮有件東西，希望叔叔能去看一眼。」笑過之後，宛郁月旦站了起來，「這邊走，請跟我來。」

傅主梅頭腦尚未從宛郁月旦特地跑去銀角子酒樓吃他做的酒菜這種事上轉回來，心不在焉的應了一聲，突然道：「小月不要再叫我御梅叔叔啦，叫我小傅吧。」

宛郁月旦唇含微笑，徐步前行，並不回頭，「為什麼？」

傅主梅道：「因為……因為……常常你叫『御梅叔叔』，我不知道你在叫誰，要想一想才知道在叫我。」

宛郁月旦溫柔地道：「好。」

兩人繞過長長的迴廊，走到了一片空闊的花園之中。傅主梅見到遍地柔軟的花草，有些已經枯萎，有些還在盛開，而大多數結滿了顏色鮮豔的小果子，晶瑩飽滿，光澤可愛，讓這花園顯得溫馨而富有生機。花果點綴，灌木為道，在花草叢中，數十塊青玉所製的長碑靜靜矗立，碑上刻滿銘文，寫著許多名字。

「這是……墓地？」傅主梅低聲驚呼，宛郁月旦要他到墓地看什麼？

宛郁月旦指著數十塊墓碑的方向，要他細看其中一塊，「那是一個姑娘的墓地，她不是碧落宮人，但死在碧落宮內，臨死之前說……很想見你一面。」

傅主梅呆呆地看著那墓地，「她是誰？」

宛郁月旦道：「朱露樓的殺手。」

傅主梅迷茫地看著那塊墓碑，依稀想起什麼，又全然沒有記憶，她究竟是誰？是曾經認識的朋友嗎？

宛郁月旦退了一步，秋季黃昏清寒的風掠衫而過，帶起衣袂輕飄，他抬頭向天，在心中回憶黃昏的顏色，許許多多的黃昏秋色，許許多多人生人死，許多的願望沒有實現，而許多黃土上的青草都已開花結果了。

兩人在墓地靜立片刻，背後的鏤花長廊有人走過，傅主梅轉過身來，只見那是一位紅衣女子，背影姣好，消失於花園圓形拱門之後。

「她一直跟著你。」傅主梅轉頭看宛郁月旦，「沒有關係嗎？她是誰？」

宛郁月旦道：「她是一個正處在猶豫之中的聰明女子。」

傅主梅看著她離去的方向，「猶豫什麼？」

宛郁月旦道：「猶豫究竟是付出之後不求回報的感情可貴，或者是眼前小小的付出就能得到溫柔體貼的感情更令人眷戀。」

傅主梅嘆了口氣，「當然每個人都希望付出感情就能得到相同程度的回報，不過這樣的事終究是很少很少。」

宛郁月旦的神情很溫柔，「自負的人總是偏執，我只是希望她選擇了以後，彼此的遺憾會更少一些。」

傅主梅揉了揉頭髮，「她的選擇很重要嗎？」

宛郁月旦輕笑，「很重要。」

正在說話之間，傅主梅又遙遙地看見那位紅衣女子，只見她站在不遠處的樹下，一位碧衣男子遞了杯茶給她，她低首不語，那碧衣男子也不說話，陪她站了一會兒，轉身便走。

「欸？那是碧漣漪嗎？」傅主梅恍然大悟，「啊！原來她是小碧的心上人，但她為什麼要跟蹤你呢？」

宛郁月旦微笑，「小傅總是敏銳得很，為什麼會知道她是碧大哥的心上人？」

傅主梅自然而然地睜圓了眼睛，「欸？感覺嘛，感覺就是不一樣啊。」

宛郁月旦溫柔地道：「是嗎？對了，我正在擔憂一件事，小傅能不能助我一臂之力？」

傅主梅連連點頭，「什麼事？」

宛郁月旦道：「我這裡有個病人，全身關節被一百多支毒刺釘住，不能動彈也不能說話，如果再沒有人能幫他將毒刺逼出體外，恐怕支持不下去。碧落宮中習武之人雖多，但沒有人身具如此功力……」

傅主梅忙道：「我去試試，人在哪裡？」

「人在忘蘭閣。」宛郁月旦前邊帶路，雖然目不視物，步履卻是從容閒適，邊走邊笑道：「其實我好多年來都想不通，小傅為人又熱心，又簡單，又沒有揚名立萬的心，為什麼拿起御梅刀來就完全變了一個人？出刀殺人的時候，在想什麼呢？」

傅主梅微微沉默了下來，過了好一會兒，他道：「其實我覺得不論做什麼事，如果決定了是該做的就一定要做好，不管是自己喜歡做的或者是不喜歡做的事，決定了要做就要盡最大的努力做好。所以……」他嘆了口氣，「所以拿刀的時候，我很投入的做一名刀客，而做別的事的時候也是一樣的。不拿刀的時候我很認真的做我自己，這麼多年以來，我不想被改變，因為我覺得我這樣很好啊。」

宛郁月旦微笑，「全心投入的時候就能達到超乎常人的境界，不是人人都能做到，認真的做自己，世上有幾人能對自己有這樣的誠實和信心？哈，你和唐公子卻都是這樣的人……啊，別往前，這邊走。」他扯住傅主梅的衣袖，就如扯住一個容易走失的孩童的衣袖，緩步邁入一處庭院。

這是一處種滿蘭草的庭院，有幾本秋蘭開著，不是什麼出奇的品種，雖然不是奇蘭，卻仍是幽香清雅。傅主梅好奇地看著那些蘭草，毫無疑問他一株也不認識，但很顯然他對種植這些蘭草的人非常仰慕，看了蘭花好一陣子，他才轉頭往屋裡看去，只見兩名碧衣少年將一個全身僵直長髮蓬亂的高大男子合力抬了出來，那人一身紫衣，有些破爛，卻洗得很乾淨，顯然是碧落宮中人替他洗了又穿上的。

「他……」傅主梅茫然地看著那人，「他是誰？」

「狂蘭無行。」宛郁月旦柔聲道：「七花雲行客之一，善使八尺長劍的猛士。」

傅主梅揉了揉頭髮，目光更加迷茫，也許他曾聽過這個名字，此時已經忘卻，但更有可能的是他從來都沒有記住過，「他身上的刺在哪裡？」

「自眼窩開始，全身所有能夠活動的關節，都有兩枚以上的小刺。」宛郁月旦嘆了口氣，「即使能夠逼出，一百零七枚毒刺逼出之後，小傅你勢必元氣大傷。」

傅主梅真誠地笑了笑，表情有些靦腆，本想說什麼卻終是沒說，「刺呢？刺在哪裡？」

宛郁月旦伸手在狂蘭無行身上摸索，緩緩按到肩頭一處，「先從這裡開始吧。」

東山。

方平齋黃衣紅扇，在樹上竊聽了那兩名男女談話之後，飄然而退，一路思考。官兵在尋找琅玡公主，此事既然進行已久且又如此隱祕，必定牽涉更多的祕密，一旦得到線索絕不可能半途而廢，要將官兵引走，第一個方法是那紫衣少女突然出現，讓這群人風聞而去；第二個方法就是手起刀落，將這二三十人的人頭統統砍了下來，也就暫時無事，但誅殺皇親國戚，後患無窮。

是殺人……或是幫助尋人呢？方平齋努力回想那紫衣少女策馬離去的方向，想了半日，不得甚解。如果不知她往何方而去，那就反過頭來想她是為何而來？東山靈源寺有什麼東西會吸引她前來？靈源寺出名的東西不過是碧螺春，最多加上山中一口靈泉，有什麼值得妙齡少女不遠千里前來？嗯……靈泉？傳聞靈泉能治心病，看她一劍殺人心狠手辣，心理必定失常，說不定正是為靈泉而來。方平齋哈哈一笑，揮扇往靈源寺後而去。

碧樹密林，花已凋謝，而各色雜果生長，密林中仍是一股果香。方平齋以扇擋過重重枝椏，沿著清澈的溪流往上，步行數里，便看見一處泉水汩汩湧出，泉水四周無人，泥濘的土地上腳印雜亂無章，方平齋踏上泥地，左顧右盼，突地在靈泉不遠處的密林中看見紫色衣裙的一角。

嗯？他舉扇撥開樹叢，只見距離靈泉十七八步的樹林之中，臥著一位紫衣少女，渾身上下濕淋淋的，長髮凌亂，臉色雪白，早已昏了過去。方平齋一眼認出這少女就是當日一劍貫穿林逋胸口的那位女子，蹲下一探脈搏，卻沒有受傷，只是受寒過度。

「唉呀呀，如何是好呢？說要找人沒想到竟然真正找到，蒼天啊蒼天，你說我是把她提到官府去領賞換幾百兩銀子，還是讓她留在這裡直到病死被野狗咬得支離破碎，美女變骷髏？像我這般有良心又憐香惜玉的貴公子，自然是有良心又憐香惜玉，來，讓貴公子救妳的性命。」他一邊自言自語，一邊將地上的紫衣少女抱起，身形一晃，穿越密林而出。

靈源寺外不遠，民居村莊之外，經歷了一番徒勞，十來個小隊紛紛撤回，圍繞在一處民居周邊，民居原先的主人得了百兩紋銀，已經喜滋滋地搬了出去，而住在這民居裡的人，自然是那要尋「小妹」的一男一女。

「大哥，累了嗎？」那勁裝女子提起茶壺倒了一杯水，遞給勁裝男子，「多處探查，仍是一無所獲，也許……唉……」

男子端起茶杯喝了一口，「噓！不許胡說！小妹福大命大，既然當年在墓中未死，日後自然也不會死，她是金枝玉葉。」

女子臉現苦笑之色，輕輕嘆了口氣。正在兩人嘆息之時，突地門外一聲輕笑，「瑯玡公主來了，接著！」

兩人習武之身，聽聞笑聲已經躍起，驟然「碰」的一聲大響，一物撞破窗戶，向兩人橫飛而來。那男子一聲大喝，雙手齊抓，奮力一帶一轉，滴溜溜地轉了兩個圈才消去這飛撞之力，低頭一看，大吃一驚，「這是……」那勁裝女子失聲驚呼，「小妹！」

這撞破窗戶飛來的正是一位渾身濕透的紫衣少女，容貌秀美，臉色憔悴異常，眉間深含愁容。勁裝男子抬起頭來看著勁裝女子，再看看懷中的紫衣少女，這兩人容貌竟有五六分相似，只是勁裝女子頗見英氣勃勃，而紫衣少女更見嬌柔秀雅。

「她……她怎會從窗外飛來？」勁裝女子在紫衣少女身上一探，紫衣少女身無長物，只懸著一柄長劍，她心中一驚一喜，「小妹竟然習武，難怪我們在她當年被寄養之處尋不到她，但她……她怎會昏迷不醒……又是誰把她送來的？咦……」她從紫衣少女身上摸出一物，「這是……」

勁裝男子凝目細看，那女子從紫衣少女身上摸出的是一枚玉佩，玉佩作羽毛之形，色澤淡紅，甚是少見，其上刻著七個字「無憂無慮方公子」，「方公子？是哪位方公子送回小妹，他又怎麼知曉小妹的身分？」

勁裝男子驚喜交集，「這位方公子必定是小妹的恩人，待小妹醒來要好好詢問，重重有賞。」

勁裝女子出門詢問，門外守衛都道只見一道黃影閃動，紫衣少女便飛進了屋內，究竟是何人帶來，如何離開，卻是誰也沒有看見。

半日之後，微風徐來，暖陽溫柔。鐘春髻緩緩睜開眼睛，茫然地看著屋頂，她……怎麼還不死呢？

卻聽有人在她耳邊溫柔地道：「小妹，可感覺好些？」

聽聲音，是一個年輕女子。她緩緩轉過目光，眼前是一張關切的女子容顏，那生得竟和自己有幾分相似，她是誰？

「我……」

那女子握住她的手，「我姓趙，叫趙宗盈，他叫趙宗靖，小妹，妳是我們的小妹子，本姓趙，叫趙宗蕙。我們是先皇與王皇后之後，現在宗靖大哥身為禁軍二十八隊指揮使，我們找妳很久了。」

鐘春髻一時間不知她在說什麼，茫然地問道：「先皇？」

趙宗盈歡欣道：「是啊，大哥是王爺之尊，而小妹妳正是當朝公主。」

鐘春髻呆呆地看著她，「公主？」

趙宗盈握著她的手，微笑道：「我們早已得到消息，說小妹長成一位相貌美麗、神色憂鬱的妙齡少女，飽讀詩書、才高八斗，妳看妳我相貌相似，不需證明就知道妳是我妹子啊。」

鐘春髻被她握著手，只覺溫暖非常，抬目望去，身邊面含微笑站著一位身材魁梧的青年男子，肩膀十分寬厚，彷彿天塌下來這兩人都能為她托住，頓時眼圈一紅。從小在雪線子身邊，師父神出鬼沒，常年不知所蹤，脾氣更是古怪之極，她從未感受過如此的親情溫暖，眼圈一紅之後，眼淚奪眶而出，她竟放聲大哭起來。

趙宗盈和趙宗靖面面相覷，趙宗靖走過來輕撫她的頭，鐘春髻哭得心碎腸斷，好半晌之後啜泣著問：「我……我真是公主嗎？」

趙宗盈柔聲道：「當然是。」

鐘春髻哭道：「我……我怎會是公主？」

趙宗靖道：「金枝玉葉，皇室所生，當然是公主，不必懷疑。」

鐘春髻只是搖頭，「我……我總是覺得這一切都是假的……都是騙人的，我……我怎會有如此福氣？我怎配……」

趙宗盈和趙宗靖啞然失笑，輕撫她的頭，耐心安慰，低聲細語。

屋外二十步外民房之後，方平齋潛身屋簷之下，凝神靜聽。聽到鐘春髻放聲大哭，趙宗盈柔聲安慰說要帶她回京城見識京都繁華，不會在此繼續停留，他飄然而退。

書眉居內，柳眼依然面壁而坐，玉團兒搬了張凳子坐在門口，望著藍天。方平齋叫柳眼先行避開，結果柳眼所謂的「避開」就是繼續坐在房裡，手中抱著他的笛子。玉團兒催了他幾次到地窖去躲起來，柳眼只當沒聽見，念了幾次無效，玉團兒搬了張板凳坐在大門口支頷望天，心裡打定主意如果有人來搜，她背了柳眼就逃走，至於逃到哪裡去，她自然而然只想到好雲山附近那片山林，那是她長大的地方。

遠處黃影一飄，方平齋紅扇搖晃，左顧右盼地走了回來，眼見玉團兒端凳坐在大門口，遙遙嘆了口氣，「看這種的情形，就知道我那師父完全不聽話，幸好我聰明絕頂，萬分能幹，引開了官兵，否則這後果——真正是可怕、非常可怕啊……」

玉團兒卻問，「你沒有死？」

方平齋頓時嗆了口氣，「咳咳……我為何要死？難道在妳心中，我竟是如此不堪一擊？難道在妳心中，引開官兵就是動手相殺，而動手相殺輸的一定是我，而明知會輸仍然前往應敵的我才是光明偉大英俊可愛的？如果不是，妳就會感到很失望很遺憾很悲哀……」

玉團兒不耐煩地揮揮手，「你沒有死就好，官兵呢？」

方平齋哈哈一笑，「官兵嘛……關於官兵的問題，我只能告訴我那希望外面那座大山突然山崩掉下一塊大石頭將他砸死的好師父。」

玉團兒道：「他哪裡有想要尋死啦？你少胡說八道，他還在裡面。」

方平齋撩簾而入，入目依然是柳眼的背影，「親愛的師父，徒兒我已經將官兵引走，此地安全了。」

柳眼不答。方平齋紅扇揮舞，在藥房內踱步，柳眼不答，他就自言自語，「你知道我是怎麼將官兵引走的嗎？我做了一件驚天動地萬丈光輝說起來都很少有人會相信的事，你想知道是什麼事嗎？」柳眼充耳不聞。方平齋轉過身來，「你很想知道吧，你很想知道吧？我告訴你，我在樹林之中，撿到了當朝公主，我將公主丟進官兵駐地，他們就離開了。」

柳眼聽到此處，眉峰微微一蹙，「公主？」

「當朝琅玡公主，聽說是先皇與王皇后的第三女，滿腹詩書，才高八斗，窈窕美麗，就像天上的仙女一般。」方平齋滔滔不絕地道：「我在樹林之中，撿到了這位琅玡公主，你說是不是很神祕？是不是奇遇？是不是很令人難以相信？」

柳眼冷冷地道：「真是如此，你會把公主丟進官兵駐地？」

方平齋道：「呃……師父你真瞭解我，其實那位琅玡公主，就是差點將黃賢先生送去見閻羅的紫衣少女，我不知道她叫什麼名字，但是看起來相貌雖然美麗，卻實在沒有公主的魅力，沒興趣。」

柳眼閉上眼睛，「她姓鐘，叫鐘春髻。」

方平齋奇道：「原來你認識？認識這樣差勁的女人，果然不是好事，難怪你從來不說。」

柳眼道：「她是雪線子的徒弟，究竟是不是公主，問雪線子就知。」

方平齋「欸」了一聲，「這句話什麼意思？難道說你以為她不是公主？」

柳眼睜開眼睛，眼神冷厲清澈，平靜地道：「我沒這樣說。」

方平齋的手指指到他鼻子上，「但你就是這種意思。」

柳眼冷冷地看著他，一言不發，過了一會兒，閉上了眼睛。

方平齋紅扇蓋到頭上，嘆了口氣，「罷了，我也沒期待你會將故事一五一十完完整整清清楚楚明明白白的告訴我，所以——我不問了。接下來怎麼辦？官兵走了，師父你打算教我音殺絕學了嗎？」

柳眼閉目沉默，靜了很久，方平齋留意的看著他的眼睛，這人的臉皮雖然說血肉模糊，眼皮卻還是完整的，眼睛的轉動很靈活，依然在體現他心底思緒的細微變化。

過了好一會兒，柳眼睜開眼睛，「音殺之術，並不是為了殺人而存在。」

方平齋「嗯」了一聲，誠心誠意地聽著，「然後？」

柳眼道：「人之所以喜歡音樂，是因為樂曲可以表達情感，所以樂之道只是表達心情的一種方法，只是有些人技法高明些，有些人技法差勁些。」他的語氣很平淡，甚至有些冷漠，「縱情之術，練到相當的境界，通過內力激動氣血，就可以傷及聽者的內腑，但音殺之術的根本不是為了殺人，要學音殺，先學樂曲。」

「樂曲？」方平齋皺眉，「什麼樂曲？哪些樂曲可以殺人，哪些樂曲不能？」

柳眼淡淡地道：「樂曲和殺人不殺人沒有關係，你若只是要殺人，不必學曲。」

方平齋低頭咳嗽一聲，「我——當然是用來殺人，以上那句是開玩笑，信不信隨便你。」

柳眼目視前方，淡漠地看了很久，緩緩從袖子裡取出一支竹笛，吹奏了一段旋律。

方平齋凝神靜聽，柳眼突然中斷吹奏，「方才所吹的曲子，若要你擊鼓助興，共有幾處可以擊鼓？」

方平齋目瞪口呆，「幾處？三……三處……」

柳眼冷冷地道：「胡扯！是十七處，這一段曲子共有十七處鼓點，明日此時，我再吹一遍，到時你若擊不出這十七處鼓點，音殺之術與你無緣。」

方平齋呆了半晌，皺起眉頭，紅扇揮到胸前停住不動，仰起頭來看著藥房的屋頂，一動也不動。

他在努力回憶方才柳眼吹奏的那段旋律，雖然只是入耳一次，以他的記性卻是能硬生生記下來，擊鼓之處，若要在曲中擊鼓助興，要擊在何處？十七處……十七處……十七處的鼓點要敲在哪裡？凝思許久，他從袖中摸出一柄小小的飛刀，蹲下身在地上畫出許多奇形怪狀的符號，他寫的當然不是琴譜，只是他自己隨便塗出來的符號，用來記譜，否則硬生生記住的調子過會兒說不定便忘了。

柳眼並不看他，他看著牆，腦中一片空白，他沒有想過方平齋這人……竟然有背譜的天賦。

不是人人都能背譜，能背譜的人，十七處鼓點難得倒他嗎？柳眼看著一片空白的牆壁，教還是不教？他知道他與蒼天做的賭注，還沒開始賭，就已經輸了。

門外玉團兒探了個頭，她聽到曲子的聲音，奇怪地看著方平齋發呆的背影，這怪人終於有安分的時候了，「喂！」她對著柳眼招手，「喂喂，你吃不吃飯啊？我給你做了鴨湯。」

柳眼充耳不聞，過了許久他道：「我不喜歡吃鴨子。」

門外的玉團兒眉開眼笑，「那鴨湯我吃了，我給你另外做魚湯。」

這次柳眼沒有反對，仍是背對著門口，眼望著白牆。玉團兒轉身就走，哼哼唱唱，十分開心，林逋一邊讀書，見了啞然失笑，搖了搖頭。

碧落宮內。

忘蘭閣中。

狂蘭無行體內的毒刺已被逼出，人仍舊昏迷不醒，那是因為中毒仍深，要解他毒刺之毒，需要「綠魅」之珠，但至少他不再受制於毒刺，受那非人的痛苦。梅花易數那日醉酒之後，神情恍惚，好似受了莫大刺激，碧落宮中人不敢再去打擾，想要知道七花雲行客當年發生何事，必須解去兩人身中的黃明竹之毒，否則即使人清醒了也只是徒受痛苦。

逼出毒刺之後，傅主梅回房休息去了。狂蘭無行的門外並沒有守衛，紅姑娘手中提著一個包裹，緩緩而來，推開房門，走了進去。

狂蘭無行依然滿頭亂髮，紅姑娘輕輕撥開他的長髮，露出一張稜角分明，堪稱俊朗的面容，只是年逾三旬，頗受摧殘，面容上深深的憔悴之色恐怕再也無法抹去。嘆了口氣，她打開包裹，從包裹裡取出一瓶粉紅色的藥水，定定地看著狂蘭無行的臉，看了一陣，她把粉紅色藥水收了回去，換了一瓶褐黃色的藥丸，倒出一粒藥丸，輕輕放在狂蘭無行枕邊，再從包裹裡拔出七八枚銀針，提起欲刺入狂蘭無行眉心，微微一頓，終是沒刺，仍然收回包裹。她凝視了狂蘭無行一陣，幽幽嘆了口氣，收拾好包裹，輕輕推門出去。

她在做什麼？屋頂潛伏保護狂蘭無行的鐵靜皺起眉頭，飄然落地，她留下一枚藥丸，這位姑娘狡猾之極，留下的藥丸還是莫碰，他試了一下狂蘭無行的脈門，似乎並無異狀，即刻閃身出去。就在鐵靜閃身出去之後不久，那顆褐黃色藥丸突然爆炸，「碰」的一聲巨響，煙霧瀰漫房屋顫抖，碧落宮弟子聞聲趕來，變色只見狂蘭無行肩頭被那藥丸炸傷了一片，鮮血淋漓，僥倖爆炸之時略偏了一點沒有炸穿咽喉，否則必死無疑。鐵靜剛剛奔向宛郁月旦居住的日愛居，驟聞那一聲巨響，臉色一變，宮主讓這女子留在宮內任意行動，早晚出事，果然——但見那一聲巨響之後，日愛居的大門也打開了，宛郁月旦衣衫整齊，正緩步而出。

「宮主——」鐵靜大叫，「紅姑娘在忘蘭閣內放了炸藥——」

宛郁月旦並不意外，剛剛道：「別進去……」他一句話還沒說完，一條人影如鷹隼掠過，剎那闖進了忘蘭閣。宛郁月旦看不見人影，那掠身而過的風聲他卻是聽見了，當下提高聲音，「別進去——」

宛郁月旦鮮少喊得這麼大聲，鐵靜一怔，隨那人影望去，只見那人影閃電般闖入忘蘭閣，方才進入查看情況的碧落宮弟子已經將屋內的狂蘭無行抱了出來，聽聞宛郁月旦喝令，齊齊飄身後退，突然見一人闖入其中，不禁一怔。就在那人入門的剎那，門內第二聲爆炸響起，隨即碎裂的窗櫺之中瀰漫出了濃郁的紫色煙氣。

「散開，有毒！」鐵靜振聲疾呼，宛郁月旦已走到鐵靜身邊，揚聲叫道：「小傅！小傅！小傅……」

屋裡的紫色煙氣漸漸消散，一人搖搖晃晃的出來，懷裡抱著幾盆蘭花，滿臉塵土，走出七八步，把蘭花放在地上，「唉」地吐出一口氣，卻是笑了起來，「還好好的……」

宛郁月旦聽他聲音，繃緊的眉線微微一舒，「屋裡有毒是不？」

鐵靜皺眉的看著那闖入門內救蘭花的人，那人一身白衣一頭亂髮，正是傅主梅。他不知道這位白衣少年和宮主是什麼交情，十年前傅主梅入碧落宮的時候他還是個孩子，沒有和傅主梅照過面，自然絕不會想到這白衣少年是宛郁月旦的長輩，但此人能逼出狂蘭無行身上那一百多枚毒刺，一身武功十分驚人。這樣的人物闖入正在爆炸的屋內，就為了救幾盆蘭花，實在是……委實不知該說他什麼好。

「毒？」傅主梅渾然沒發覺屋裡有毒，回頭看了仍然在冒煙的屋子一眼，「啊……」他為狂蘭無行逼出毒刺，元功大損，屋裡劇毒彌散，他「啊」了那一聲，微微一晃，仰後栽倒。

「把蘭花收起來，將人扶回房間去。」宛郁月旦神色已平，「碧大哥，叫紅姑娘拿解藥來。」

人群之後，碧漣漪卓然而立，聞言微鞠身，「是。」

鐵靜見傅主梅被抬走，望著仍然在冒煙的屋子，長長吁出了一口氣，紅姑娘在狂蘭無行枕邊留下機關炸藥，炸藥第一次爆炸炸傷狂蘭無行，為風流店滅口，促成他去呼叫宛郁月旦，而第二次爆炸就是為了在宛郁月旦探查狂蘭無行傷情的時候發出劇毒，殺宛郁月旦。如此心機毒計，要不是宛郁月旦智在敵先，不肯進去，真是難以防範。只是沒有傷及宛郁月旦，卻莫名其妙的傷了那白衣少年，這件事不知要如何收尾。

客座廂房。

紅姑娘幽幽地望著隔了幾重門戶的忘蘭閣，兩聲爆炸聲起，人聲鼎沸，她心中卻沒有半分高興。「咯啦」一聲，房門被人輕輕推開，碧漣漪仍然端著一杯熱茶，緩步走了進來。

這個男子很俊朗，很有耐心，很沉默，也很堅定。她望著他手裡的熱茶，「宛郁月旦……沒有死？」

碧漣漪臉上不算有什麼表情，很平靜，「沒有。」

他把手裡的熱茶遞給她，「深秋風寒，這是薑茶。」

她接了過來，淺淺地喝了一口，「既然沒有，你來幹什麼？」

漸入深秋，她手足冰冷，這一杯薑茶捧在手中十分舒服，這些日子以來，只要有暇，碧漣漪都會端一杯滾燙的薑茶給她。他從不多說什麼，但她自然明白。

「解藥。」碧漣漪淡淡地道。

「解藥？」紅姑娘輕笑了起來，「是誰中毒了？原來我沒有全輸，是宛郁月旦叫你來向我要解藥？」

她放下薑茶輕輕站了起來，紅袖拂後，「他自己為何不來？」

「他不來是因為沒有把妳當外人。」碧漣漪道：「既然錯傷了他人，以姑娘的胸懷氣度，應當不會不認。」

紅姑娘嫣然一笑，「我哪有什麼胸懷氣度？誰說我要認輸了？不論是誰中毒，都是好的，否則我花費這許多心思豈不枉然？解藥我是不會給你的，你跟宛郁月旦說，三天之內，我要柳眼的下落和消息。」

碧漣漪凝視著她的眼睛，「這種決定並不高明，也讓我和宮主失望。」

紅姑娘臉色一沉，「啪」的一聲她拍了桌子，「我已在碧落宮虛耗了許多日子，你可知我擔憂思念一個人的苦處？三天之內，我要他的消息！其他的事，我不想聽！」

碧漣漪眉頭微蹙，退開兩步，關門而出。

她端著他送來的薑茶，那姜茶餘溫未退，看著他寧然而去，心裡陡然一陣惱怒，這人……這人不管和他說什麼他都不會動怒，最多說一句失望。失望失望！我憑什麼要讓你們順心如意，要讓你們滿意？誰要你們把我當自己人？誰和你們是自己人了？偌大的碧落宮，滿宮的都是不知道在想什麼的……瘋子！頹然坐下，「乓」的一聲她砸了那杯薑茶，但見熱氣騰起，碎瓷紛飛，尊主尊主……你究竟身在何處？為什麼這麼多日子以來音訊全無？你……你知道小紅心裡……知道小紅心裡有多苦多難嗎？她拿起桌上的茶壺，「嘡」的一聲往地上摔去，摔完了茶壺摔茶杯，摔完了茶杯連茶盤一起砸了，看著滿地狼狽的碎瓷，她呆了半晌，突地伏在桌上，放聲大哭起來。

此時在傅主梅房間裡，聞人壑正在給他把脈，宛郁月旦站在一旁，柔聲問道：「情況如何？」

聞人壑皺眉道：「我從未見過這種劇毒，這似乎和七花雲行客身中的奇毒是同一路數，其中有細微的不同，但我相信應當都是出自黃明竹。御梅……呃……傅公子內力深厚，本來不易為毒侵入，但此時元功大損，兩個月之內難以恢復，不能自行逼毒。而兩個月時間，恐怕毒性已經發作，尋常的解毒丸對這種毒沒有效果。」

宛郁月旦眼角的褶皺微微一斂，「就是說非『綠魅』不可了？」

聞人壑苦笑，「以我銀針之力，或許可以支持一個月，但一個月之後若無『綠魅』，必定控制不了毒性。」

傅主梅此時已經醒了過來，聞言揉了揉頭髮，「啊……」他除了又「啊」了一聲之外，似乎沒有什麼感想。

聞人壑瞪了他一眼，「老夫癡長你幾歲，傅公子也不是初出江湖的稚兒，怎會如此不小心？」

傅主梅對中毒不中毒卻著實並不怎麼在乎，睜大眼睛看著聞人壑，「沒關係……」

聞人壑怒道：「怎能沒有關係？這是天下奇毒，就算你……就算你有驚世駭俗的本事，毒發了一樣一命嗚呼！」

傅主梅搖了搖頭，看聞人壑疑惑不滿的神色，他又搖了搖頭，「人都是要死的。」

聞人壑為之氣結，「你就打算就這樣死了？你……你一身修為，現在江湖滿城風雨，你就不管了？就可以去死了？」

傅主梅張口結舌，又連連搖頭，「不是不是，我……我是想……啊，其實死這種事我想過很久了，我當然本來也很怕死的，但是想得久了也就覺得沒什麼了，不是因為我……不是因為我覺得可以隨便去死。我只是覺得沒什麼好緊張的，該活的自然會活，要是救不了那也沒有辦法啊，人總是要死的……想哭啊，害怕啊，不甘心啊……我都沒有啊，所以不知道該說什麼好。」

聞人壑和一邊的鐵靜面面相覷，兩人見過得不治之症或者不救之傷的人不知道多少，從來沒有見過像傅主梅這樣的，鐵靜輕咳一聲，「你看得很開。」

傅主梅對著他笑了一下，「嗯。」

聞人壑重重的哼了一聲，心裡萬萬不能同意這種放任自流的態度，卻也不好說什麼。

「死……這種事，」宛郁月旦輕輕地道：「未到真的要死的時候，多說無益。」

他這一句話說出來，鐵靜和聞人壑頓時肅然，連傅主梅都屏住氣不怎麼敢說話，只見宛郁月旦微微一笑，「但是綠魅珠之事，非碧落宮能力所及，我會寄信給唐公子，希望他能出手相助。而如果在市井之間有流傳這種稀世珍寶，碧落宮不惜傾宮之財也會為傅公子求取，所以……別談生死，不會死的。」

「小月，阿儷他……」傅主梅睜大眼睛，宛郁月旦纖弱秀雅的斂起了眼角，眉線微微一彎，「他會給你送解藥來。」

這裡是碧落宮，宛郁月旦說出來的話，誰也左右不了，傅主梅皺著眉頭，他心裡一百個不想讓唐儷辭知道這件事，但即使他再反對，宛郁月旦也絕對會把信寄出去。小月決定了的事，就是決定了，不會改變的。

正在此時，碧漣漪緩步而入，「她說三天之內要柳眼的下落和消息，就給解藥。」宛郁月旦輕輕一嘆，「我猜她自己並沒有解藥，但我答應了。」

傅主梅在碧落宮中毒，碧落宮絕不會讓他死，即使傅主梅只是救了碧落宮中的幾盆蘭花。鐵靜和聞人壑都皺起了眉頭，要得柳眼的下落，目前只有一條線索，讓未來的少林寺方丈為某人題詩一首，再磕三個響頭。誰都知道目前少林寺人才零落，最有希望登上方丈之位的就是普珠上師，以普珠上師的修為性格，背負少林寺榮辱之後，怎麼可能向任何人下跪？更何況究竟是誰傳出這等流言還不清楚，縱然普珠上師肯題詩肯下跪，又要向誰題詩、向誰下跪？

第二十五章　雲深不知

未過多久，玉團兒的臉已不再起大變化，雖然不能如十六少女，卻也頗有幾分姿色，柳眼三人告別林逋，踏上了往嵩山的道路。

前往嵩山是方平齋的主意，柳眼從未對他們兩人說明自己叫什麼名字，玉團兒就是「你」啊「你」的叫，方平齋原本叫他「小黑」，現在開口就是「我的親親師父」，再不然就是「我的親親黑師父」，柳眼從不否認。以他如今怪異的容貌，就算小紅在前也未必認得出來，誰也不知道他就是江湖上千夫所指的柳眼，何況生死之事，他本來就不在乎。他在乎的一向只有唐儷辭的命，凡是唐儷辭要做的事，他定要破壞，普珠上師和唐儷辭是一丘之貉，若是能讓普珠當不成方丈，來少林寺一行也是不枉。

而方平齋前往嵩山完全是為了看熱鬧，因為少林寺方丈大會已經開了月餘卻尚未有結果，這幾天是最後的比試，一旦結束，方丈花落誰家就天下皆知了。

同有此心的人很是不少，三人一行尚未踏入嵩山地界，路上已見許多武林中人，或負刀或負劍，都往少林寺而去。

「喂，你看那個人在看我。」玉團兒和方平齋騎著馬，而柳眼坐著馬車，三人沿著山間小路崎嶇而行，本來三人不趕時間，就這麼隨意地走走。路邊有三五個紫衣人坐在一旁休息，瞧見三人路過，玉團兒眉目靈動，頓時有人色迷迷地盯著她不放。

「哎呀！有人看妳那是好事，我早就說過，妳也許會有豔福，會有豔遇，我說的話從來不假。」方平齋紅扇飄搖，「師父你說是也不是？你身邊的小丫頭終於也有人要看嘍，是不是很有成就感？非常的自豪啊？」

柳眼一言不發，玉團兒卻是對著那看著她的大漢笑了笑，「幹嘛看著我？」

那紫衣大漢一怔，「呸」了一聲，一躍而起伸手就向她抓來，「看來這妞兒還喜歡被人看，天生的賤骨！喜歡就跟著大爺來吧！」

玉團兒馬鞭一揮，向他手腕抽下，皺眉道：「幹什麼這麼凶？誰要和你回去了？」

那紫衣大漢「唰」的一聲拔出佩刀，大喝一聲，刀勢如虹，一刀向玉團兒劈下。看一刀之威，非但是要斷她的馬鞭，竟是要連人帶鞭一起劈為兩半。玉團兒手腕一翻，馬鞭鞭稍抖起，圈住紫衣大漢的手腕，運勁一甩，那柄大刀脫手飛出，「噹啷」落在五丈之外。

紫衣大漢目瞪口呆，玉團兒勒馬向他瞧了兩眼，並不生氣，只道：「下次和人說話別那麼凶巴巴的，開口就要罵人，多不好。」她就這麼策馬而過，走了。

一旁坐著的紫衣人轟然大笑，有人笑著學道：「色胚，下次不要開口就罵人，多不好。」

有人差點笑岔了氣，「我就說老末武功練得差，出門遲早給人收拾了，沒想到報應來得這麼快，哈哈哈，當真給盤龍寨丟臉啊！」

又有人慢吞吞地道：「好色也就罷了，差點被色給好了，阿彌陀佛……」

紫衣大漢惱羞成怒，「這……這……妳給我站住！」他對著玉團兒追了上去，「站住！小妞！妳是哪門哪派的？對著長輩，這麼沒大沒小的？」

此言一出，身後的紫衣人越發哄堂大笑，笑得東倒西歪。

「我說這位仁兄，」方平齋勒馬轉過身來，嘆了口氣，「一個人如果沒有第一流的武功，就要有第一流的頭腦，如果沒有第一流的頭腦至少要有第一流的運氣才能混跡江湖，你麼……上下非常之優秀，武功——沒，頭腦——沒，色相——沒，財產——沒，更不用說眼光和運氣了。你看這種品相——」他以馬鞭指指玉團兒，「在你眼中也能當作美女，可見你不是眼瞎就是目斜，所以眼光你沒。而運氣——放心，聽我說沒錯的，兄弟你絕對沒有半路豔遇的運氣，如果你覺得有，一定遇到女鬼。」他突然之間說了這麼一大堆，紫衣大漢聽得一頭霧水，等聽完最後一句才聽懂一半，總之不是什麼好話，當下大喝一聲，一拳往方平齋的馬頭打去。

紅影一搖，紫衣大漢「碰」的一聲跌坐於地，兩眼迷茫地看著那馬頭——他分明一拳打了出去，馬頭卻不知為何不見了，自己為何會突然摔倒也是莫名其妙之極。翻身站起，他回頭往自家兄弟看去，卻見方才笑作一堆的人已紛紛站起，臉色嚴肅，有個紫衣中年人大步走向前，「在下『九天盤龍』東方旭，寨內兄弟得罪了閣下，回去在下必將嚴加管教，還請海涵。」

紫衣大漢大吃一驚，驚怒交加地看著騎在馬上的黃衣少年，這人竟然是個連老大都不敢輕易招惹的高手？

方平齋一出手，東方旭就知此人武功高得超乎尋常，讓大洪摔個跤已是手下留情許多，頓時起了結交之心，於是開口客氣得很。

方平齋滿臉笑容，紅扇揮舞，「好說好說，各位應當是剛從少林寺下來的吧？不知寺裡選方丈情況如何了？」

「情況？呃……已經連說了一個月的佛法，」東方旭苦笑，「本來寺裡看熱鬧的人很多，一個月來已經走了許多，老和尚小和尚都在說佛法講故事，沒趣得很。」

方平齋「哦」了一聲，紅扇一揮，「佛法？勝出的是誰？」

東方旭道：「到今天早晨，勝出的是大成、大識、大慧、大寶四位禪師，還有普珠上師和三劫小沙彌。」

方平齋「嗯」了一聲，「不知道少林寺的規矩是不是真正公平，不知道胸懷廣闊的各位大和尚小和尚老和尚是不是真正只尊佛法，虔心向佛，如果真是這麼光明正大無私，我這寺外之人進去說法，萬一贏了，不知各位大師認是不認呢？哈哈哈哈……」

東方旭一呆，奇道：「你……你要去說法？」

方平齋又是「嗯」了一聲，「難道佛法只有少林寺的和尚才可以說？我家裡有很多書我都背得清清楚楚，我也有滿心的思想滿腹的道理，難道我就不能說？磨嘴皮的功夫我最厲害，強項！優勢！走。」他一提馬韁，悠悠然走了。

東方旭大奇，竟然有人要進去和少林寺的和尚比說法，而且這人還不是和尚，這等稀罕事不看熱鬧豈不可惜了？招了招手，盤龍寨幾人悄悄地跟在方平齋三人身後，折返嵩山少林寺。

「你真的要去說法？」玉團兒皺眉，「什麼叫說法？」

方平齋眼睛微閉，意態甚愜，「說法就是講古，就是講故事。」

玉團兒茫然不解，「為什麼少林寺選方丈要比賽講故事？」

方平齋紅扇在她頭上一拍，「因為這是一個很深很深，深到以妳的頭腦永遠無法理解的困難的問題，所以我就不詳細說明了。我告訴妳一句話就好，和尚就是愛騙人。」

玉團兒又不笨，瞪眼道：「講故事就是騙人，你要去和和尚比賽講故事，就是說你很會很會騙人了？」

方平齋一怔，「欸……呃……」他以紅扇拍了拍自己的頭，「陰溝裡翻船，是是是，我很會騙人，我真正很會騙人，我承認，行了麼？師姑大人。」

玉團兒嫣然一笑，「就算你很會騙人，我相信你也不會騙我。」

方平齋道：「妳還對我真有信心，不怕太失望？」

玉團兒搖了搖頭，策馬向前，那馬的蹄聲甚是歡快。

這兩人究竟是誰？還有這兩人身邊的馬車中坐的又是誰？東方旭跟在後邊，越想越是奇怪，頓時揮了揮手，對大洪輕輕說了句話，要他下山給後邊的人捎個信去。看樣子，今日的少林寺會有趣得多，等後邊的人上來之後，就算少林寺想要息事寧人，那也是萬萬不可能的。

在三十里外的，是碧落宮一行七人，雖然只有七人，卻有三輛馬車，二十匹馬。馬車上懸掛玉珠金鈴，馬都是銀鬃白馬，銀蹄如雪，三輛馬車聽說一輛坐著宛郁月旦，一輛坐著一隻小兔子，還有一輛空著，不知是什麼意思。七個人三個趕車，另四個騎馬，剩下十六匹駿馬沒有人騎，有些駝著各種各樣的包裹，也不知是什麼意思。

碧落宮果然是江湖神祕之宮，就算是步入江湖，行事也是一樣透著讓人捉摸不透的異樣，而這三輛馬車二十匹馬招搖而過，江湖上下竟是沒有一個人敢動它一根寒毛。

好雲山。

唐儷辭在看信，他看任何文書都看得很慢，這封來自碧落宮的信又寫得很長，導致他拿在手裡看了好半天，也還沒翻過一頁。邵延屏幾次想奪過來看完了再告訴他，但總是不敢，忍耐了整整一個時辰，唐儷辭終於把信看完了。

「如何？碧落宮此番來信說什麼了？」邵延屏急急地問。

唐儷辭扶額倚床，神態甚是疏懶，將信紙遞給邵延屏，微微一笑。

邵延屏一目十行一掠而過，駭然道：「宛郁月旦要你去取皇上冕上的珍珠？這……這……你當真要去？你若去了……」你若去了萬一風流店的餘孽再度出現，那要如何是好？

唐儷辭緩緩起身下床，他自上次傷後一直在休息，受黑衣人一番偷襲，有驚無險之後精神卻是好了很多，身體是早已痊癒了。他是疏懶了，邵延屏和成緼袍幾人待他卻仍是小心翼翼的。

「邵先生，少林寺方丈大會還沒有結果？」唐儷辭下床之後，倚著他那雕花嵌貝的衣櫥，一身樸素的灰袍。

邵延屏和他相處日久，知道這位爺平時衣著喜愛樸素，要是哪日他穿了盛裝，那不是要殺人就是說明他心情非常不好，打量了兩眼，吐了口氣，「沒有，聽說還在講經說法，幸好我還沒去就回來了，否則悶也給悶死了。」

唐儷辭微微一笑，「有件事，本來在少林寺方丈沒定之前不想讓邵先生知道，但既然我要回京，此間之事全息託付邵先生，此事不得不說。」

邵延屏一怔，「什麼事？難道是關於那黑衣人？」

唐儷辭頷首，邵延屏七竅玲瓏，一點即通。

「我說的話，邵先生信得幾成？」他隨意道來，語氣一貫的溫雅平靜，如蘊白玉。

「唐公子的話在下自然是十成十的信，絕無懷疑。」邵延屏惭惭地道：「絕不敢懷疑。」

唐儷辭微微一笑，「我說過黑衣人的身分未到少林寺方丈大會結束，不宜多說，但此時事有所變……黑衣人究竟是誰？邵先生當真毫無懷疑嗎？」他緩緩地道：「那夜黑衣人夜襲邵先生，善鋒堂內是誰不在現場？那日黑衣人出手殺我，是誰讓成大俠前往名醫谷？是誰叫紫雲探路，又是誰不在現場？善鋒堂是什麼地方，當真有人能如入無人之境，來去自如嗎？」

邵延屏臉現駭然之色，吃吃地道：「你說……你說……但是她……但是她……她是普珠上師的摯友，女流之身又怎能有這樣一身驚人的武功？」

唐儷辭從身後的櫥子裡慢慢拉出一件破碎的粉色衣裙，「好看麼？」

邵延屏乾笑一聲，「這是……」

唐儷辭微笑道：「這是原本穿在那黑衣外面的裙子。」他手裡的這件桃色衣裙，就是那天西方桃出手殺人，成縕袍破門而入那一瞬之間，西方桃一把撕下的外袍。那日傅主梅馭刀追擊，西方桃被迫退走，無暇取走這件粉色衣裙，便被唐儷辭一直擱在櫥子裡。

「她難道每日都在裙子底下穿一身男人的勁裝？」邵延屏不可思議地看著那粉色衣裙，「那天出手殺你的分明是個男人。」

唐儷辭的語氣溫雅徐和，非常有耐性，「一個溫柔美貌的女子，會隨時在裙子底下穿男人衣服嗎？」

邵延屏臉色漸漸變得沉重，「唐公子的意思是……」

唐儷辭眼角微挑，眼神含笑而非笑，「我的意思是——世上只有喜歡在衣服底下穿女人衣服的男人，恐怕沒有喜歡在衣服底下穿男人衣服的女人。」

邵延屏駭然道：「難道她……難道她是個男人？」

「不錯。」唐儷辭斜倚的身子微微一側，伸手從衣櫥裡拿出一個晶瑩剔透的碟子，碟子上有個柔黃色的錦緞小包，他撩起衣擺在桌邊坐下，打開錦緞小包，裡頭是兩個小小的碧璽杯子和一個白玉小瓶。碧璽顏色絢麗，那兩個杯子一個半黃半紫，一個半紅半綠，顏色非常奇特耀眼，杯身通透異常，是難得的寶物。打開白玉小瓶，瓶中散發出一股濃烈的甜香，他將瓶中之物倒在碧璽小杯裡面，將其中一杯輕輕推向邵延屏面前，「她是一個男人，不但是一個男人，還是一個服用過九心丸，增強了功力，很有頭腦的男人。」

邵延屏看著那白玉小瓶中倒出的是一種濃稠的白色甜漿，看起來柔滑細膩，很是誘人，但唐儷辭倒出來的東西他卻有些不敢喝，不知這位爺心裡打的是什麼主意，說不定這位爺心情一時不好，給他喝毒藥也難說。雖然他心裡上下不定，頭腦卻仍舊清醒靈活，立刻明白如果西方桃是個男扮女裝的男人，她所圖謀的是什麼，她大約是哪路來歷。

「僅憑一件撕破的衣裙，恐怕難以證明桃姑娘就是那位黑衣人，我當然是相信唐公子，但中原劍會並非只有邵某一人。」他正色道：「何況那位黑衣人武功高強之極，連唐公子也不敵，如果桃姑娘其實並非黑衣人，後果如何，唐公子聰明絕頂，當不必我多說。」如果西方桃並非那黑衣人，中原劍會若對西方桃採取行動，必定給予那黑衣人黃雀在後的機會；冤枉好人是其次，重要的是劍會此時謹慎的戒備狀態會被打破，各種各樣潛伏的危機就會爆發，江湖必然興起軒然大波，首先得罪的就是少林寺普珠和尚。

「邵先生低估了形勢。」唐儷辭舉起碧璽小杯慢慢地喝了一小口，「假如劍會對她群起而攻之，合眾人之力，就算能生擒此人，她只需矢口否認，一切仍然沒有著落。少林寺仍然會有質疑，甚至潛伏於各門派中服食過九心丸的弟子都會對劍會有所指責，結果不是結束風流店的圖謀，而是中原劍會的失勢和敗亡。」

邵延屏長長嘆了口氣，「需要證據！」

唐儷辭微微一笑，「不錯，需要證據，需要鐵證。」

邵延屏心頭怦怦直跳，劍會中竟然存在這樣危險邪惡的人物，而竟然對她無可奈何，「怎樣才會有鐵證？」

唐儷辭微微張開唇，舌頭輕輕舔在朱紅色的碧璽小杯杯緣，慢慢地舔了一小圈，「鐵證……就在普珠上師身上。」

「從何說起？」邵延屏微微一凜，「為什麼這件事在普珠上師登上方丈寶座之前不能說？這和少林寺方丈之位有什麼關係？」

唐儷辭雪白修長的手指夾著那朱紅碧綠交輝的晶瑩小杯，慢慢地推上臉頰，以臉頰的溫度溫熱杯中羊脂般的甜漿，「西方桃男扮女裝，處心積慮花費數年時間引誘普珠上師，所圖謀者必大，你說她在少林寺方丈大會上不會替普珠做手腳？而當普珠上師身登方丈之位後，她到底圖謀什麼……我們很快就會知道。」他眼神靡麗，似笑非笑，碧璽小杯在他臉頰上慢慢地磨蹭，「她所圖謀的一定不是好事……不是麼？」

邵延屏恍然大悟，「你——你說要等到普珠明白她的真面目，讓少林寺普珠方丈來宣布這件事，那威望和可信度就比我們說的高得多。」

唐儷辭柔聲道：「要普珠看破他們這些年來的『友情』，能坦然公布真相，恐怕不容易。要封殺西方桃所有的出路，除了寄望普珠上師以少林方丈的身分證實他是操縱一切的惡魔，還要柳眼出面指認這人是他背後的首腦，其三不管人是死是活，都要撕破他喬裝的面目。」

邵延屏連連點頭，「不錯，如果江湖正邪雙方都證實她是幕後的奸賊，真面目被揭穿之後，縱使中原劍會收拾不了她，江湖之大臥虎藏龍，總有人收拾得了她！」

唐儷辭含笑頷首，邵延屏嘆了口氣，「但要普珠和柳眼證實她是幕後的奸賊何其困難！依我看不管是普珠還是柳眼都被她收拾得服服帖帖的，不幫著她收拾我們就很好了，怎麼讓他們開這個口？」

「耐心、機遇、技巧、信心……」唐儷辭柔聲道：「至少你要相信普珠上師不是助紂為虐的人。」

邵延屏咳嗽了一聲，「你相信佛性？」

唐儷辭淺笑，舉起碧璽杯呷了一口，「我相信。」

邵延屏長長地吐出一口氣，皺起眉頭細細地想了這其中許多問題，換了個話題，「唐公子準備啟程回汴京，不知幾時出發？」

唐儷辭微微一笑，「等我將劍會弟子全部練過一遍之後。」

邵延屏一怔，奇道：「練過一遍？唐公子打算教他們武功？」

唐儷辭道：「不是武功，我只是希望離開之後，劍會弟子在遇敵之時，能夠多些保命的伎倆，少死幾人。」

邵延屏心裡又是驚奇又是疑惑，唐儷辭究竟要教什麼給眾弟子？這個毒若蛇蠍心思難測的公子爺，難道真的有幾分心關切中原劍會？

第二日。

唐儷辭將劍會弟子召集在大堂，劍會的首座弟子劉涯玨又驚又喜，不知這位才智絕倫武功高強的貴公子到底要指點大家什麼。

唐儷辭灰衣銀髮，步履徐緩地走入大堂，回身看著中原劍會六十餘弟子，微微一笑，「各位精神可好？」

劉涯玨鞠身回答，「我等大都年紀尚輕，身體康健。」

唐儷辭手指一抬，白玉般的指尖指向劉涯玨，「劍會長於劍術，各位日夜在一起習劍，想必練習有劍陣之術，不知可否讓唐某見識一二？」

劉涯玨微微一怔，唐儷辭這一指指得讓他心頭微微一跳，卻也說不上到底是哪裡有異，

「我等練的是前輩所傳的七星劍陣之術，七人一組，各站北斗之位，隨敵而轉。」

唐儷辭下巴微抬，「以你為敵，七位弟子出來使一下七星劍陣。」

劉涯珏飄然下場，站在當中，「彭震、何珀、張三少你等七位列劍陣。」

唐儷辭道：「且慢，我要另點七位。」

劉涯珏訝然，「但劍陣我等都是練慣了的，若是換人，恐怕施展不開。」

唐儷辭的目光從各位弟子臉上緩緩掠過，徐步上前，在其中一人肩上一拍，「你……你……」他一連拍了七人，「你等七人列七星劍陣讓我瞧瞧。」

那七人面面相覷，這七人在劍陣中原本各有位置，被唐儷辭這一打亂，相同位置的各有兩人，要如何列陣？

劉涯珏遲疑道：「唐公子……這……恐怕不妥。」

唐儷辭臉色一沉，「你們是在練劍，還是在演戲？大敵當前，容得你招呼彭震、何珀、張三少師弟嗎？要是一時找不到人，你要如何是好？」

劉涯珏語塞，各人再度面面相覷，心中暗想這在平日練習中倒是沒有想到，早該每人熟悉各個位置，臨敵之時只需湊足七人即可。唐儷辭緩步退回桌前，一手撫在桌上，「如果敵人當前，找不到七人，只有六人，你們怎麼辦？」

劉涯珏啞然，「這……這只能憑各人本身所學，和敵人一拼。」

唐儷辭淺笑旋然，「要如何拼？」

劉涯玨道：「這個……這個……臨敵之時千變萬化，不能一概而論。」

唐儷辭眼睫微抬，似笑非笑地看了他一眼，「那以我為敵，你挑選五位弟子，一起向我攻來。」

劉涯玨欣然答允，立刻從劍會弟子裡挑選了五名功力較深、劍法精湛的師弟，擺開架勢，隨著劉涯玨一聲清喝，六把長劍寒光閃爍，帶起一片劍鳴齊齊往唐儷辭身上刺去，招式一模一樣，都是一招「白虹貫日」，煞是好看。劉涯玨一面出劍，一面忖道雖然唐公子武功高強，但我等六人合力，要是傷了他也是不好，一個念頭轉到一半，乍見唐儷辭傾身後仰，手指輕推，數柄長劍自他身前身後穿過。他暗叫一聲不好，手中劍勢使老，那招一模一樣的「白虹貫日」頓時向著對面的師弟招呼了過去，「叮」的三聲脆響，六劍互斬，僥倖六人功力相當，倒是誰也沒受傷，各自躍回，望著唐儷辭，心中駭然。

唐儷辭仍然倚著那桌子，面上含笑，「各憑本身所學和人一拼，要如何拼是不是一門學問？」

劉涯玨長長吐出一口氣，慚慚地道：「是。」

唐儷辭緩緩的問，「一擁而上的結果好麼？」

劉涯玨苦笑，「不好。」

唐儷辭問道：「錯在哪裡？」

劉涯玨望了對面的師弟一眼，只得如實答道：「我等不該團團包圍，站得太近，劍勢交錯，一旦落空就會錯手傷人。」

唐儷辭道：「要中原劍會的弟子聯手抵禦的敵人必是強敵，各位練習劍陣之術，都必須考慮手中劍一旦落空，其一不會傷及自己人、其二不會傷及無辜。」

劉涯玨頓時汗顏，肅然道：「唐公子教訓得是。」

唐儷辭唇角微勾，「那你思考好了要如何做麼？」

劉涯玨苦笑，「請唐公子指點。」

唐儷辭緩緩伸手，將劉涯玨身旁的彭震拉了過來，兩人側面相對，「舉劍。」

兩人應聲舉劍，劍刃交錯。

「搶攻之時，不要介入自己人劍下所能籠罩的地方。」

大堂之中眾人齊聲應「是」，唐儷辭在彭震肩上一拍，「再來。」

六人一起退開，劉涯玨低聲道：「六人太多，分兩次上，三人成犄角之形劍勢就不會向著自己人招呼，我三人攻他上盤，你三人攻他下盤。」

其餘五人紛紛點頭，當下劉涯玨一揮手，三人長劍點出，各攻向唐儷辭前胸背後幾處要害。

灰影一飄，唐儷辭躍身而起，穿出三人的劍勢，剎那上了屋梁，隨即身影閃了幾閃，竟然陡的失去蹤影，不知躲在了何處。地上三人劍勢正要攻出，突然不見了敵人蹤跡，頓時呆在當場，眼神茫然。

「敵人脫出劍陣，隱入死角，局面變得和計畫全然不同，你要怎麼辦？」唐儷辭的聲音從頭頂傳來，似在空中盤旋，全然不知來自屋梁何處。

劉涯玨唯有苦笑，「這個……這個……」

唐儷辭緩緩地道：「失去進攻的方向，敵人潛伏暗處，你要怎麼辦？」

劉涯玨和身邊五人低聲商量了一陣，嘆了口氣道：「那……那只好退走。」

「如何退走？」唐儷辭柔聲問。

劉涯玨越發尷尬，「當然是一起退走。」

唐儷辭緩緩地道：「等你猶豫三刻，決定退走的時候，你的師弟們如何？」

劉涯玨一回頭，才驚覺身後五個師弟竟有三個無聲無息之中被唐儷辭自屋梁射出的暗器封住了穴道：「天！我……」

唐儷辭的灰色衣角緩緩在屋梁上露了出來，「當情況有變，難以確定之時，作為劍會弟子，不但要懂得如何拼命，還要懂得如何退走。」

劉涯玨長長吐出一口氣，腦子漸漸變得比較靈活，「我明白了，在你躍起的時候我就該指揮師弟們退走，當你躍上屋梁準備暗器出手的時候，我們已經安全退出。」

唐儷辭自屋梁上躍下，仍是站在桌前，淺淺一笑，「很好，那方才那七位以你為敵，各位讓我瞧一瞧……你們如何想好了進攻、又如何想好了退走。」

劉涯玨心中叫苦，只得握住長劍，凝身以對。身邊七位師弟面面相覷，低聲商議了一陣，都是躍躍欲試，當下劍光舞動，八人動起手來。一陣劍刃交鳴，幾人鬥得氣喘吁吁之後，突地發現唐儷辭不知什麼時候已經離開了，桌上留下一杯茶，只喝了一口，而茶也不知道是他什麼時候端來的，白瓷精緻秀美，尚茶煙嫋嫋，散發著淡雅的幽香。

劉涯玨長劍歸鞘，望著那杯清茶，想及方才唐儷辭伸指一點，一番指教，心頭不知是什麼滋味。其實對於這位汴京來的唐公子，雖說智武絕倫，他也並非十分欽佩，比之成縕袍的嫉惡如仇，比之孟輕雷的大義凜然，唐儷辭缺乏一種能令尋常人追隨的熱情，他所思考和追求的境界距離常人太遙遠，很多事讓人難以理解。但今日一次指點，他突然興起一種親近感，唐公子依然是唐公子，但和他原來所想似乎並不相同。

唐儷辭走了，離開的時候並沒有對任何人說，也幾乎沒有帶走任何東西，擱下一杯喝了一口的清茶，人不見了，他就是走了。邵延屏得到消息的時候和劉涯玨一樣唯有苦笑，這位爺行事依然出人意表，誰也難料他下一步到底要做什麼。

去汴京，入皇宮，取帝冕之珠，不知取珠之時，唐儷辭是否也是白衣錦繡，倚窗而笑？

洛陽。

杏陽書坊。

阿誰抱著鳳鳳在書坊門外曬太陽，鳳鳳白皙的臉頰粉嘟嘟的，在陽光下睡得甚是滿足，阿誰輕輕拍哄，坐在門前目望遠方。日子過得安逸，平靜無波，她的心頭卻不平靜，江湖風波難平，唐儷辭、柳眼、小傅、紅姑娘……都是她關心的人，自己的平安究竟是一種無關緊要的離開，或者是一種極端的自私呢？

「咿唔……嗚嗚……」鳳鳳在她懷裡翻了個身，突然睜開眼睛坐了起來，趴在她肩頭往後看。她輕輕的摸了摸鳳鳳柔軟的頭髮，回頭一看，只見街市之上一輛馬車飛馳而過，遙遙往國丈府的方向奔去。

最近在汴京和洛陽之間走動的人很多，她雖然不是刻意留心，但仍是注意到許多異常之處，這已經是第三輛去向國丈府方向的馬車，車裡坐的究竟是誰？

「姑娘，買本書。」門前有人吆喝了一聲，她轉過身來，在書架上為客人拿了一本《易經》，書坊前買書的客人俊朗瀟灑，衣冠楚楚，腰間掛著一柄長劍，模樣像是武林中人。阿誰不免多看了兩眼，微微一笑，「先生可是外地人？」

那佩劍的客人笑道：「我姓楊，叫楊桂華，來自華山，不知姑娘如何稱呼？」

阿誰道：「小女子本無姓名，先生稱我阿誰便可。最近洛陽外地人來得多，書坊的生意比往常好些。」

楊桂華拿起《易經》，翻閱了一下，「這是我見過刻板裡最好的，阿誰姑娘心細，最近來往洛陽的外地人的確是多了些，不知姑娘可有留心大家多是去了何處？」

阿誰眼神清澈，「似乎是都往東街去了。」

楊桂華拱了拱手，「多謝姑娘。」

言罷將一錠銀子輕輕放在檯前，掛劍而去。她凝視著楊桂華的背影，本想向這位佩劍人打聽洛陽和汴京之間將發生什麼事，不料這人也是打聽消息而來，心中一股憂慮隱隱湧動，目光轉向案檯上的銀子。

出手一錠銀子，不是尋常路人能出手的價錢，她翻過銀錠，底下一個清晰的印符，這是官銀，方才那人不是江湖中人，而是官府中人。為什麼官府中人要打扮成遊學書生的模樣，他出手官銀，是一種含蓄的示威麼？

必定有事要發生了，她抱著鳳鳳站了起來，沉吟良久，往東街方向緩緩走去。

國丈府。

一輛馬車疾馳而來，停在富麗堂皇的國丈府門前，一人撩簾而下，雪白的雲紋繡鞋踏在地上，鞋子是新的，踏在地上愈顯地面灰暗不潔。門前看門的紅衣廝僕見人一呆，大叫一聲，「少爺！」

馬車上下來的人一身白衣，滿頭銀髮，正是唐儷辭。那紅衣廝僕將手中握著的掃把一丟，轉身衝入府內，「老爺！老爺！少爺回來了！回來了回來了，好生生的呢！您快出來看啊！」

府裡一陣軒然大嘩，唐為謙帶著府裡一群下人奔了出來，一見唐儷辭站在庭院之中，唐為謙破口大罵，「你還知道要回來？不是聽說你死了嗎？怎麼還活靈活現的？我打你這四處亂跑，連個消息也不往家裡捎的狐妖！」他揚手就打，「我打死你！打死你看你能復活幾次？大半年上哪裡去了？你眼裡還有這個家？還有我嗎？啊？」

唐儷辭姿態恭敬，安眉順眼的任唐為謙揮拳痛毆，直到唐為謙打累了，他扶住氣喘兮兮的義父，對圍觀的眾人微微舉袖，「各位請。」

眾位廝僕眼見唐儷辭回來，一句話不敢開口，急忙退下，讓唐儷辭把唐為謙扶回客堂裡。「你到底是跑到哪裡去了？」唐為謙在客堂坐下，接過唐儷辭端上的一杯茶，喝了一口，脾氣稍平，「大半年的杳無音信，竟然還有人說你死了，真是……真是荒唐至極！你有想過你的身分嗎？有想過你在外面胡作非為、亂花銀子，旁人要怎麼看我、怎麼看妘妃嗎？你……你說你也不是孩子了，成天瞎逛胡鬧，除了會賺錢，你還會什麼？」

唐儷辭應了聲是，撫了撫唐為謙的背，柔聲道：「義父別太擔心了，孩兒在外面很好。」唐為謙勃然大怒，「誰擔心你了？你不是死了嗎？你怎麼不死？你怎麼還不死？」他怒氣衝衝地指著唐儷辭的鼻子，重重一摔袖子，「等你死了再來見我！」言罷拍案而去，頭也不回。

唐儷辭端起桌上自己的茶，淺淺呷了一口，將茶碗的扣輕輕放回，目望地面，一派安然。一個十二三歲的小廝怯怯地靠近唐儷辭，「少……少爺……」

唐儷辭回過頭來，溫和一笑，「元兒。」

那小廝點了點頭，「少爺……」

唐儷辭將他拉近身邊，摸了摸他的頭，就如他時常撫摸鳳鳳的頭，「什麼事？」

元兒眼眶頓時紅了，「老爺……老爺罵我。」

唐儷辭拍了拍他的頭，「老爺也時常罵我，不礙事，他罵你是因為他在乎你。」

元兒點了點頭，哽咽道：「元兒明白，可是……可是老爺罵我，是不許我給少爺捎消息……老爺病了，病得可重了，大夫說只有……只有大半年的壽命了。」

唐儷辭微微一震，「什麼病？」

元兒指著胸口，「老爺胸口長了個瘤子，老痛。」

唐儷辭把他摟了過來，又拍了拍他的背，「好孩子，這事真是要向我說，別怕，沒事的。」

元兒滿眼含淚，「少爺你會治好老爺嗎？」

唐儷辭微微一笑，「當然，別怕，該幹什麼幹什麼去。」

元兒應了一聲，跑出去兩步，又回過頭來，「少爺……」

唐儷辭端起茶碗，白玉般的手指輕攔繪著青藍松柏的瓷面，「什麼事？」

元兒遲疑了一下，「我聽說妘妃也病了……」

唐儷辭眉頭微微一蹙，「我知道了。」

元兒退下，他呷了口茶，輕輕嘆了口氣。

未過半刻，有個人影從大門走入，拱手一禮，「少爺，丞相府聽聞少爺回府，請少爺前往有事相談。」

唐儷辭放下茶碗，「我知道丞相想談的是什麼事，你去回話，丞相府不保我國丈府上下平安，我不會和他談。」

那紅衣廝僕表情尷尬，「來的是丞相府的馬護院。」

唐儷辭身子後移，慵懶地倚在椅背上，指尖輕敲白瓷，「馬護院也好，牛護院也罷，這樣吧……你告訴他到今年臘月十八，如果我滿府上下包括妘妃都平安無事，我就和他談他很想知道的那件事。如果趙丞相不願意，那便算了，反正那人和我沒多大關係，是死是活我也不關心。」

紅衣廝僕唯唯諾諾，退了下去，心裡顯然很是詫異。

唐儷辭望著紅衣廝僕的背影，緩緩站了起來，往唐為謙的房間走去。

從窗外望去，可以清晰地看見唐為謙的背影，他對著桌案在擺弄什麼。唐儷辭站到床前，並不掩飾身形，抬目望去，只見唐為謙手裡拿的是一瓶藥丸，正顫顫巍巍的要放進嘴裡。他微微嘆了口氣，推門而入，把唐為謙扶住，倒了杯清水給他送藥。

「你……你來幹什麼？」唐為謙服下藥丸，喘了幾口氣，「我叫你死了以後再來見我！反正在你眼裡本來就沒我這個義父！你來幹什麼？出去出去！」

唐儷辭並不解釋，等候唐為謙怒罵之後，柔聲問道：「聽說妘妃病了？」

唐為謙一怔，「你從哪聽說的？」

唐儷辭微微一頓，輕輕嘆了口氣，「那就是真的了？」

唐為謙沉默了起來，過了好一會兒，他捂住胸口狠狠地道：「病得不輕，我去見了一次，什麼也不說，只問你什麼時候回來。」

唐儷辭不再說話，突地併起雙指，點中唐為謙胸口兩處穴道。唐為謙驀然受制，張口結舌，驚愕地看著這個他從水井裡撈起來的義子，「你——」

唐儷辭並不理睬唐為謙的驚愕，輕輕解開他的衣襟，只見在胸口正中生了個雞蛋大小的瘤子，生相甚是可怕。他不通醫術，手掌按在唐為謙胸口，一股真氣傳入，順血脈流動，只覺這瘤子裡氣血流動，並非單純的肉瘤，似乎和體內較大的血脈相通。「嗒」的一聲輕響，他出手截脈之術點住唐為謙胸口處與那肉瘤相通的血脈，掌下真力加勁，一股炙熱無比的真氣逼入那肉瘤之中。唐為謙一聲大叫，剎那只覺是一把烈火燒在胸口，「你這妖狐！給我施了什麼妖法……」但見皮肉剎那灼焦，肉瘤乾癟焦黑，渾然是被火焰烙死了，然而卻沒有流出半點血。唐為謙張口結舌，體內灼熱的真氣仍在流動，唐儷辭閉目凝神，真元所凝的內力推動唐為謙氣血循環運行，片刻之後，他便覺得渾身暖洋洋的，彷彿精力充沛，四肢百骸到處都舒服得很，剛才胸口的劇痛似乎是久遠之前的事了，「你給我施了什麼妖法？」

唐儷辭舉起左手按在唇上，「噓——閉上眼睛，好好睡一下。」

不必等他說，唐為謙也覺得神志睏頓了，勉強睜了睜眼睛，未過多時便沉沉睡去。唐儷辭掌下真力仍然源源不絕地渡入，唐為謙胸前所生的瘤子究竟是什麼他並不清楚，但以烈陽真力將其焚毀比之塗抹、服用藥物要直接得多。然而這瘤子連接血脈，截脈之術不能永遠封住流血，要止住傷口往外噴血，只能在唐為謙氣血流轉的時候渡入真氣封住傷口，一直到血脈自凝傷口結疤，在整個過程之中不能停止真氣渡入，否則傷口鮮血噴出，人立刻就死。

下午的時光漸漸過去，一整夜唐為謙都睡得很沉，等他睜開眼睛的時候，日頭已經很高，暖暖的曬著他的被角。唐儷辭還坐在身前，只是自己已被放到了床榻上，胸口尚有點痛，但傷口已上了藥包紮了起來，前日來看病說自己大限將至的大夫也在一旁，滿臉驚喜地看著他。

唐為謙老臉一沉，「你來幹什麼？」

那大夫連連鞠身，「老爺，您這胸口的禍根是澈底的去了，性命已經無礙，多虧了國舅爺醫術如神、妙手回春，這是在下萬萬不及的。」

唐為謙惱怒地抬了下身子，唐儷辭將他按住，溫言道：「李大夫，義父已經無礙，李大夫就先退下吧。」

那大夫如蒙大赦，立刻匆匆退了出去。

「你也出去出去，我要休息！」唐為謙轉過頭去，背對著唐儷辭。

「是。」唐儷辭面對唐為謙一貫安眉順眼，從不反駁，起身往門外去，走到門前微微一頓，「義父胸口傷勢未癒，切勿莽動。」

唐為謙只作未聞。

「還有，今日我會見妘妃一面。」唐儷辭柔聲道，右手拂後，負袖走了出去。

唐為謙轉過頭來，老眉深深皺起，似乎本想說什麼，卻終是沒有說出來。

阿誰抱著鳳鳳在街上走著，國丈府離此尚遠，她走出去百餘步，輕輕嘆了口氣，對著國丈府的方向行了一禮，折返回杏陽書坊。

一個時辰之後。

一輛馬車緩緩自東街而來，華麗的雕花和修飾，懸掛著碧水般的簾幕，馬車搖晃，那簾幕如水動漣漪顫動，華美無限。馬車慢慢停在杏陽書坊門前，一人撩簾而下，白衣如雪，嶄新的雲鞋，腰間輕垂羊脂白玉，容顏在衣著的映襯之下更是秀麗絕倫。來人一步一徐，衣袂拂然，正是唐儷辭。

阿誰抱著鳳鳳站在門前，眼見唐儷辭緩步而來，她鞠身行禮，本該說什麼，卻是默然。唐儷辭面含微笑，他看來似乎和之前一樣，並沒有什麼不同，「許久不見了，阿誰姑娘別來無恙？」

「勞煩公子操心，我過得很好。」她微笑回答。唐儷辭走上前，輕輕撫了撫鳳鳳的頭，她伸手將鳳鳳遞給他，他順勢抱了起來。鳳鳳眉開眼笑，揪著唐儷辭的銀髮，突地張開嘴巴

「啊啊」的叫了兩聲，兩手撲進唐儷辭懷裡，一口咬住他的衣襟，含含糊糊地道：「妞……妞妞……」

唐儷辭一怔，阿誰也是一怔，突然忍不住笑了起來，「他剛剛在學說話，我教他叫娘，他怎麼也學不會，剛才……剛才他可能是想喊一聲娘……」

唐儷辭將鳳鳳舉了起來，遞回阿誰懷裡，「我只是路過，許久不見，來看看姑娘過得如何。」

阿誰抱回鳳鳳，「唐公子要去何處？」

「我要入宮，稍微繞了點路。」他微微一笑，拍了拍鳳鳳的頭，「姑娘渴求平淡，我就不再打擾，告辭了。」他說得平淡而客套，彷彿在好雲山那夜的決裂從未發生過，語言和眼神仍是那樣溫柔而關切，風度依然翩翩。

「唐公子請便。」她並不留人，看著唐儷辭登上馬車離去，汴京和這裡是兩個方向，他是特地前來看望她她自然明白。但特地來看她又如何呢？他所要的她不願給，她所求的和他全然不同。

他為什麼突然從好雲山回來了？是特地要入宮的嗎？如果是特地回來，那就是為了見宮中的誰一面……她望著唐儷辭離去的方向，神思稍稍有些飄渺。懷裡的鳳鳳「咿唔」了幾聲，她低下頭來，只見鳳鳳揪著她的衣服，小小聲地扒在她懷裡嗚咽，偷偷地哭，眼淚糊了一臉。

她吃了一驚，連忙擦掉他的眼淚，柔聲問道：「怎麼了？肚子餓了？」

鳳鳳拉著她的衣袖，小小的手指指著唐儷辭離去的方向，放聲大哭，「妞妞……妞妞……哇哇啊啊啊……妞妞……」

她心下惻然，抱緊了鳳鳳，他想念唐儷辭，可是唐儷辭……終究不可能永遠是鳳鳳的「妞妞」啊……

唐儷辭登車離去，駿馬賓士，往汴京而去。其實杏陽書坊距離國丈府或者距離汴京都遠，但唐儷辭自然不在乎這些，車行數個時辰之後，天色已昏，他入西華門上垂拱殿給太宗請安，求見妘妃。

太宗聽聞唐儷辭求見妘妃，心下驚疑詫異兼而有之，唐儷辭那「狐妖」的傳聞甚囂塵上，他也有所耳聞，對這位乾國舅他本就忌憚，平日更是能不見則不見，此時他突然求見妘妃，不知有何居心？

沉吟半晌，太宗緩緩答道：「妘妃近日染病，不便見客，國舅還是請回吧，過些日子等妘妃好些，自然相邀。」

唐儷辭微微一笑，「臣便是聽聞妘妃染病，病勢甚沉，特地前來一看究竟。臣素有玄奇之術，或許太醫不能治之病，臣便能治。」

太宗心裡本就忌憚，聞言更是駭然，心忖這……這東西看來不能當面得罪，萬一他當真是妖狐精怪，日後另請高明悄悄除去即是，此時斷不能惹惱了他，先答應為是，若是他當真救了妘妃，也是一樁好事。

「既然國舅另有治病之法，朕當為妘妃求之。王繼恩，通報慈元殿說國舅求見。」

大太監王繼恩領命而去，唐儷辭目注太宗，仍是秀雅微笑，「皇上近來為民緝捕盜賊、犒賞亡軍家眷、開糧賑災，又為兩京囚人減刑一等，甚得民心，臣一路聽聞，深為吾皇喜之。」

太宗近來的確頗為此事自詡，不禁微露笑容，「百姓果真是如此說？」

唐儷辭自袖中取出一物，緩緩放在桌上。

太宗目注那物，「這是？」

唐儷辭道：「這是今年秋天田地裡收的蘿蔔。」

太宗面露喜色，「這可是……」

唐儷辭淺笑，「皇上所料不差，這就是七月飛來石落下之處，被落石激起的江水淹沒的那數百里農田所新出的蘿蔔。」

七月有飛來石落於階州福津，龍帝峽江水逆流，毀壞田地數百里，而唐儷辭正是帶回了一把新生的蘿蔔。太宗龍心大悅，七月飛來石一事，他本暗自以為是天罰，但看這蘿蔔生長如此迅速，也許飛來石一事不是天罰，而是瑞兆。正在兩人相視而笑的時候，王繼恩恭敬回報，妘妃在慈元殿垂簾等候國舅。唐儷辭向太宗告辭而去，步伐端正，儀態莊然。

這個人……當真是狐狸所變？太宗看著他徐行而去的步伐，再看著桌上那一把蘿蔔，心下倒是減了幾分反感。

慈元殿外雕以琴棋書畫為主，各配牡丹，窗上刻畫蝠紋和魚紋，蝙蝠垂首銜幣，魚紋則做鯉魚躍龍門之形，寓意富貴有餘。唐儷辭邁入殿中，殿內簾幕深垂，透著一股幽幽的芳香，不知是何草所成，兩個粉衣小婢站在一旁，給他恭敬地行了個禮。

「聽聞妘妃娘娘近來有恙，臣特來看望。」唐儷辭柔聲道：「不知病況如何？」

簾幕之後傳來輕柔動聽的聲音，語氣幽然，「不就是那樣，還能如何……春桃、夏荷，退下吧，我要和國舅爺說說家常。」

兩位粉衣小婢應是退下，帶上了殿門。唐儷辭站在殿中，背脊挺直，並不走近簾幕，也不跪拜，面含微笑。

簾幕後的女子似乎坐了起來，翠綠的簾幕如水般波動，「你我許久不見了……你會來看我，說實話我很意外。」妘妃幽幽地道：「說吧，是為了什麼你來看我，咳咳……想打聽什麼，還是想要什麼……咳咳咳……」她倚在床榻上咳嗽，咳聲無力，煞是蕭索無依，「無所求你不會來……」

唐儷辭柔聲道：「妘兒，在妳心中我終究是這樣無情的人嗎？」

「是。」妘妃的語音低弱，語氣卻是斬釘截鐵，隨即輕輕一笑，「咳咳……但我……但我總捨不下你，不論你要什麼，我都會給你的，說吧，想要什麼？」

唐儷辭微微一笑，「我要帝冕上的綠魅珠。」

妘妃似乎微微一怔，隨即笑了起來，「綠魅、綠魅……當真是千人求萬人捧的寶物，哈哈哈……」她低聲道：「你可知你已不是第一個和我說綠魅的人？哈哈，我這病……其實並不是病……」翠綠色的簾幕輕輕的撩開，簾幕之後的女子婉約清絕，肌膚如雪，嬌柔若風吹芙蕖，只是臉色蒼白，唇色發黑，「有人給我下了毒藥，逼迫我在一個月之內為他取得『綠魅』之珠，下在我身上的毒藥只有『綠魅』能解，他料定我不敢不聽話。」

唐儷辭眼波流轉，淺淺地笑，「是誰？」

妘妃幽幽地道：「帶話的是戚侍衛的小姪子，幕後之人自然不會是他，不過是個被人利用的棋子罷了。但聽說要取『綠魅』的人，是為了解熱毒，綠魅不是能解百毒之物，我遣人私下打聽，對症之毒不過幾種，一種是黃明竹、一種是豔葩、一種是孤枝若雪。三種都是奇毒，除了綠魅，無藥可救。」

唐儷辭柔聲道：「妳一貫很聰明。」

妘妃淒然而笑，「聰明……我若再聰明十倍，你會憐惜我麼？」

唐儷辭眼睫微揚，淡淡地道：「不會。」

妘妃別過頭去，「那你何必贊我？」長長吸了口氣，她接下去道：「我身上中的是豔葩之毒，我猜求藥之人也許中的也是豔葩。」

唐儷辭眼眸微動，「他如果夠謹慎，只怕中的不是豔葩之毒。我要綠魅，是為了解黃明竹之毒。」

妘妃轉過頭來看了他一眼，淡淡一笑，「你沒有中毒，那是為誰求藥？」

唐儷辭道：「幾個朋友。」

妘妃目不轉睛地看著他，「一顆綠魅，救不了幾個人……」

唐儷辭沒有回答，她停了一會兒，慢慢地問：「你……要我為你的朋友……去死嗎？」

唐儷辭臉色不變，仍舊沒有回答。

一顆眼淚自她臉上滑落，她緩緩放下了翠綠色的簾幕，將自己留在垂簾之後，「我明白了……三日之後，翠柳小荷薰香爐內，綠魅之珠，憑君……自取。」她是唐為謙的女兒，當年唐為謙從井中救起唐儷辭，是她在床頭悉心照料，而後傾心戀慕上這位風姿瀟灑，全才全能的義兄……然而唐儷辭獨行自立，並不為她的柔情所動。之後她入宮為妃，這段心事已全然不堪，但唐儷辭他……從未對她之不幸流露過任何同情……

少時讀過多少書本，戲看傳奇，多說郎君薄情，當真……是好薄情的郎君啊……

「妘兒，我給皇上說我能治妳的病。」簾幕之外，唐儷辭卻不如她的想像轉身離去，傳入耳中的語調依舊溫柔，甚至依然輕輕含笑，彷彿她之心碎腸斷全然不曾存在，「若是治不好，就是欺君之罪。」

妘妃微微一震，「你……」

「我不會醫術，但不會撇下妘兒。」唐儷辭柔聲道，腳步聲細緩，他向床邊走來，一隻手穿過垂簾，白皙柔軟的手指輕輕撫了撫妘妃的頭髮，「明白嗎？」

妘妃全身僵硬，「我不明白……」

唐儷辭仍是柔聲，「我會救妳。」

妘妃緩緩地問，語音有纖微的顫，「你要救我……是為了你，還是為了我？」

唐儷辭只是輕輕撫了撫她的臉頰，「別怕。」

妘妃一把抓住他的手，顫聲道：「儷辭，我在你心裡……我在你心裡可有一絲半點的地位？平日裡……平日裡除了我爹，你可有時會想起我？颳風的時候，下雨的時候，皇上生氣的時候，你……你可曾想起過我？」

手中緊握的手指輕輕地抽了回去，簾外的聲音很好聽，「當然。」

妘妃纖秀的唇角微微抽搐了幾下，「你騙我。」

唐儷辭並不否認，柔聲道：「我明日會再來，為妳帶來解毒之藥。」

妘妃默然無言，唐儷辭的腳步輕緩的離去，片刻之後，腳步聲再度響起，卻是兩名粉衣小婢輕輕返回，兩邊撩起垂簾，細心以簾勾勾起，輕聲問道：「娘娘，可要喝茶麼？」

妘妃振作精神，露出歡容，「和國舅閒聊家常，精神確實好多了，叫御膳房進一盤新果來。」一粉衣小婢鞠身應是，一人輕輕退了出去。

唐儷辭離開慈元殿，緩衣輕帶，步態安然。太宗帝冕上的珍珠是太祖所傳，就算是得寵的妘妃，想要從中作手調換，也非易事，關鍵在於為太宗更衣的大太監王繼恩。要他出手盜珠或者搶珠並不困難，困難的是皇宮大內之中高手眾多，一旦落下痕跡，國丈府難逃大劫；而轉嫁他人出手盜珠本是上策，卻有人先下手為強，逼迫妘妃下手盜珠……這是一箭雙雕之計麼？目的究竟真是綠魅、或是國丈府？又或者是……梅花易數、狂蘭無行，甚至……傅主梅？他見過妘妃，消息必定會傳出去，妘妃既然說出三日盜珠的期限，想必盜珠之計早就想好，而綠魅將經由妘妃落入自己手裡也必在他人意料之中，三日後翠柳小荷之中會有一場苦戰。但即使是妘妃盜珠之計成功，即使是自己順利得到綠魅，國丈府也難免遭逢一場大難，能盜綠魅之人有幾人，皇上心裡清楚得很……不論成敗，唐府都會是犧牲品。

如何變局？他眼眸微動，眼神含笑。

一人自庭院的轉角轉了過來，眼見唐儷辭，欣然叫了一聲，「儷辭。」

唐儷辭抬起頭來，迎面走來的是步軍司楊桂華，「楊兄別來無恙。」

楊桂華和唐儷辭交情不算太深，但卻是彼此神交已久了，難得見到唐儷辭在宮中出現，頓時迎了上來，「儷辭何時回來的？聽說你徜徉山水，將天下走了個大半，不知感想如何？」

唐儷辭微笑道：「楊兄何嘗不是足跡遍天下？這話說得客套了，行色匆匆，這次又是從哪裡回來了？」

楊桂華坦然道：「進來京畿不太平，許多身分不明的人物在兩京之間走動，職責所在，不得不查，只是目前來說沒有太大線索，還難以判斷究竟是針對誰而來。」

唐儷辭眉頭揚起，笑得甚是清朗，「不是針對皇上而來，步軍司便不管了麼？」

楊桂華哈哈一笑，「但凡京畿之內敢鬧事者，楊某責無旁貸，只是不知儷辭有否此類相關的線索？」

唐儷辭笑道：「若我有，知無不言。」

楊桂華道：「承蒙貴言了。」他一抱拳，匆匆而去。

唐儷辭拂袖前行，唇邊淺笑猶在。

楊桂華麼……其實是一個好人，忠於職守，聰明而不油滑，就是膽子小了點，從來不敢說真心話。近來京畿左近諸多武林中人走動，目的——是為綠魅麼？或是為了唐儷辭？又或者……真是為了皇上？如今宋遼戰事方平，楊太尉屍骨未寒，有誰要對皇上不利？國仇？家恨？

又是一人迎面而來，本是前往垂拱殿，眼見了他突地停住，轉過身來。唐儷辭微微一笑，停住的這人大袖金帶，正是當朝太保兼侍中趙普。

趙普轉身之後，大步向他走了過來，「唐國舅許久不見了。」

唐儷辭頷首，他雖然貴為妘妃義兄，但並無頭銜官位，趙普位列三公，卻是唐儷辭站著不動，趙普向他走來，面上微露激動之色，「唐國舅……恕本公冒昧，不知你……從何得知他的消息？他……他現在好麼？」

唐儷辭眸色流轉，神態淡然，「實話說，他現在不算太好。」

趙普露出些微苦笑，「是如何的不好？」

唐儷辭唇角微勾，探手從懷裡摸出一樣東西，緩緩遞到趙普面前。趙普見那是一團紙張的殘片，接過打開，卻是一塊破碎的扇面，其上金粉依然熠熠生輝，而扇面斷痕筆直，扇骨正是為劍所斷。持扇在手，趙普全身大震，熱淚幾乎奪眶而出，顫聲道：「他……他現在身在何處？」

唐儷辭的神色依舊淡淡的，語言卻很溫柔，「若有恰當的時機，也許會讓你們見上一面。」

趙普深吸一口氣，勉強抑制自己激動的心情，「你想要什麼？」

唐儷辭緩緩的道：「皇上若是要找國丈府生事，我希望趙丞相能夠多擔待點，我義父對皇上忠心，絕不敢做欺君犯上之事，那是毋庸置疑的。」

趙普心中一凜，知他話中有話，唐儷辭淺淺一笑，看了他一眼，「至於其他……那也沒有什麼……」

趙普胸口起伏，心中千頭萬緒，突地厲聲問道：「他……我兒可是落入你的手中？」

唐儷辭頭也不回，衣袖垂下，拂花而去，步履徐徐，「他……從來不會落入任何人手中，不是嗎？包括你……」

趙普呆在當場，看著唐儷辭離去的背影，心中驚怒憂喜交集，竟不知如何是好，怒的是唐儷辭言語溫柔，實為要脅；喜的是三年多來，終於得到小兒的點滴消息，低頭看著手中碎裂的扇面，老淚潸然而下，舉袖而拭，悲喜不勝。

唐儷辭出了皇宮，回首看漫天紫霞，星月隱隱，微微嘆了口氣，親情……父子……

他登上馬車，讓車夫策馬奔向洛陽，杏陽書坊。

杏陽書坊內，阿誰剛剛餵飽了鳳鳳，給孩子洗了個澡，抱在床上。鳳鳳在床上爬累了，把頭擱在兩個枕頭中間就睡著了，也不怕憋壞了自己。阿誰輕輕挪開一個枕頭，看著鳳鳳認真的睡臉，白裡透紅的臉頰，俯下身輕輕親了下，若一切就此停滯不前，那有多好？

「篤篤」兩聲輕響，有人叩門。

這麼晚了，是誰？她眼眸微微一動，心下已有所覺，起身開門，果然夜色之中，敲門之人是唐儷辭，出乎她意料的不是唐儷辭，而是他手裡提的酒。

夜色深沉，已過了晚飯的時辰，唐儷辭白衣珠履，手裡提著一壇酒，另一隻手提著疊油布綁好的陶碟子，食物的香氣撲面而來。阿誰訝然看著他，隨即微笑，「進來吧。」

唐儷辭提酒進門，將酒罈和碟子擱在桌上，阿誰將陶碟子一個一個放平，一碟子辣炒竹筍、一碟子醬油烏賊乾、一碟子五香牛肉、一碟子蒜蓉黃瓜、一碟子生薑拌豆腐，香氣襲人。

「唐公子今夜想喝酒？」她去找了兩副碗筷擺開，「好香的下酒菜。」

唐儷辭拍開酒罈的封口，風中傳來的是一股淡淡的冷香，和她平日所聞的酒全然不同，「這是冰鎮琵琶釀，世上少有的珍品，喝了很容易醉，但不傷身子。」他微微一笑，自懷裡取出兩個杯子，這杯子阿誰看了眼熟，纖薄至極的白瓷小杯，和那夜荷塘邊他輕輕咬破的那個一模一樣。

她亦是微笑，「既然唐公子有興，阿誰亦有幸，今夜自然陪公子醉一把。」

唐儷辭笑了起來，自斟一杯，屋內充滿了馥鬱清冷的酒香，「有沒有人說過妳是個很細心的女人？」言下他將那杯酒一飲而盡，「但是太體貼會讓男人少了許多傾訴和賣弄的機會，有沒有人說過和妳在一起很難談得起來？因為對著妳……很多事不必說，妳卻懂。」他伸出修長白皙的手指，輕輕挑起阿誰的下巴，「做這樣的女人，妳不累麼？」

阿誰輕退一步，避開唐儷辭的手指，臉上的神色不變，「有沒有人說過唐公子雖然驚才絕豔，卻是個沒有朋友的人？」她凝視著唐儷辭，「沒有朋友、沒有知音……做這樣的男人，你不累麼？」

唐儷辭唇角微勾，幾乎要笑了起來，柔聲道：「每當妳說這種話的時候，我就想挖了妳的眼睛……」他再給自己倒了一杯酒，「妳說在妳心裡——以為今夜我為何要喝酒？」

「因為……唐公子沒有朋友，」阿誰輕輕嘆了口氣，「你想找個地方喝酒，卻不想在家裡喝醉，對不對？」

唐儷辭真的笑了起來，臉頰微有酒暈，笑顏如染雲霞煞是好看，「我難得喝醉，幾乎從來不醉。」

阿誰端起酒杯，也給自己倒了杯酒，淺淺喝了一口，「我酒量不好，但從來不醉。」她看著唐儷辭，「唐公子今夜是存心要醉？」

唐儷辭再喝一杯，含笑道：「不錯。」

阿誰又喝了一口酒，「唐公子可想要吟詩？」

唐儷辭微笑道：「不想。」

阿誰笑了，「那就是在撒嬌，想要一個你其實並不很是欣賞的女人想法子哄你開心了。」

唐儷辭又笑了起來，「說這句話……聽起來有些像朋友……」

阿誰微微沉默了一陣，嘆了口氣，柔聲道：「你我本就是朋友，阿誰只盼唐公子莫要壞了這份朋友的情分。」

唐儷辭舉杯再飲，也柔聲道：「世道總是和妳所盼的完全不同……」他臉頰暈紅，眼波含豔，看起來似乎甚有醉意，舉起一根手指按在唇上，悄聲道：「或許日後不是我壞了這情分，而是我在還沒壞這情分之前就已死了……」

阿誰吃了一驚，「別這樣說，今天究竟出了什麼事？」她凝視著唐儷辭，「在我心中，唐公子從來不敗，絕不氣餒。」

「父子之間……情人之間……親人之間……」唐儷辭喝下今夜第七杯酒，微笑著問：「朋友之間，究竟要怎麼做……才不會讓大家都失望？一個對於江湖大局毫無意義，人生同樣毫無意義的女人的命……為什麼不能拿去換一些對江湖大局將很有作為，人生與眾不同的男人們的命？一個幾年來杳無音信的兒子、一個其實不是自己親生兒子的兒子……甚至是一個會給自己帶來數不盡麻煩的兒子的消息……當真就能要脅一位歷經數十年朝政風雲的重臣麼？我在想……」

阿誰聽著，緩緩地問：「想什麼？」

唐儷辭的紅唇緩緩離開第九杯酒的杯緣，「我在想……父子之間、情人之間、親人之間、朋友之間……人的感情。」

阿誰看著他喝酒，像他這樣喝法，再好的酒量也真的會醉，不由得輕輕嘆了口氣，「其實……唐公子不是在感慨為何不能換、為何能要脅……你……你難道不明白你是怎麼了麼？」她眼望他手中的酒杯，溫柔地低聲道：「你是覺得傷心，因為你有『不換』和『相信父子親情』的心，但別人不明白，連你自己也不明白……所以你傷心，你想喝酒，你想喝醉。」她柔聲道：「你心裡其實沒有存著惡念，但是……但是別人都不明白，他們都怕你，都覺得你心機重，是不是？」

唐儷辭倒了第十杯酒，淺淺地笑，眼神暈然，「這個……我的確不明白……也許妳說得不錯，也許妳是全然錯了……」他喝了第十杯酒，幽幽地嘆了口氣，「但我想我很羨慕別人有個會掛念兒子的爹……」

阿誰為他倒了第十一杯酒，微微一笑，「會掛念人的爹……我也羨慕，但你我都不是小孩子了，與其記掛著想要個疼惜自己的爹，不如做個會疼惜孩子的爹吧。」

唐儷辭微微一怔，兩人目光同向床上睡得香甜的鳳鳳望去，不禁相視一笑。唐儷辭舉起第十一杯琵琶釀，「敬妳！」阿誰將自己杯中的酒一飲而盡，微微一笑，「吃菜。」

唐儷辭持起筷子，為阿誰夾了一塊黃瓜，阿誰盈盈而笑，「我該為這一筷子做首詩了，今宵如此難得……嗯……盈風卻白玉，此夜花上枝。逢君月下來，贈我碧玉絲。」

唐儷辭淺笑旋然，「白玉指的明月，花上枝是什麼東西？」

阿誰指著那碟醬油烏賊乾，「這不就是『花枝』？」

唐儷辭喝了第十二杯酒，朗朗一笑，扣指輕彈那酒罈子，發出一聲聲「嗡嗡」之音，卻是鏗鏘沉鬱，別有一番意味，聽他縱聲吟：，「秋露白如玉，團團下庭綠。我行忽見之，寒早悲歲促。人生鳥過目，胡乃自結束。景公一何愚，牛山淚相續。物苦不知足，得隴又望蜀。人心若波瀾，世路有屈曲。三萬六千日，夜夜當秉燭。」

阿誰拍手而笑，這李白詩吟得鏗鏘有力，氣勢縱橫，頗有瀟灑行世的豪氣。然而一詩吟畢，唐儷辭一躍而起，人影已上牆頭，她堪堪來得及回頭一望，只見他微微一笑，飄然離去。

十二杯酒，一首詩。

他說他今夜要在此醉倒，然而空餘一桌冷酒殘羹，他不守信諾，飄然而去。

阿誰望著滿桌殘菜，望了好一會兒……方才有短短的一瞬，她當真相信今夜他會在此醉倒，當真歡喜……他今夜會在此醉倒……

嗅著清冷的酒香，她手握纖薄的酒杯，悠悠嘆了口氣，她想要個家，而唐公子所要的……不是一個能將他留住的地方，卻是一個能讓他放心離開的地方。

她想他要的是份歸屬、是份依靠……對著空寥的牆頭，她的目光掠過牆頭，眺望星月……只是就像他那份顏色多變的靈魂一樣，非但別人不明白，連他自己也不明白。

第二十六章 如月清明

嵩山五乳峰。

少林寺建於北魏太和十九年，時為孝文帝為安置印度高僧跋陀而建，北魏孝昌三年，印度高僧菩提達摩來到少林，在五乳峰影壁面壁九年，首傳禪宗。至唐初李世民伐王世充的征戰之中，少林寺志堅、曇宗等十三棍僧立下汗馬功勞，自此少林寺聲名遠播，少林武功名揚天下。此後時人登少林，無不心馳前塵，莊嚴敬畏之情油然而生。

柳眼三人到了五乳峰下，棄馬步行，柳眼仍舊用一塊黑布遮起了臉，方平齋和玉團兒都是生面孔，這幾日少林寺外人眾多，模樣古怪的為數不少，倒也無人在意。東方旭跟在三人身後，一行人都是武林中人打扮，邁入少林寺三門之內，門口的小沙彌並不阻攔，齊齊合十行禮。穿過三重院落，東方旭快行一步，帶領眾人進入少林寺內最大的佛殿，千佛殿。

少林寺千佛殿內供奉的是毗盧佛，毗盧佛後北、東、西壁都繪有「五百羅漢朝毗盧」壁畫，氣勢宏偉，寶相莊嚴。此殿是少林寺最大的佛殿，此時當中空出一片，一個灰袍草履的老和尚盤膝坐在當中，正自緩緩說話，「……是以在老衲心中，信能度諸流，不放逸度海，精進能度苦，智慧得清淨，以上種種即為佛心。」

東方旭擠在人群中張望，「這是大慧禪師，不知道他說的什麼。」

玉團兒好奇地看著那光頭的和尚，「他們為什麼都沒有頭髮？」

方平齋也跟著探頭探腦，順口答道：「和尚很忙，有頭髮很麻煩……妳覺得他們幾個裡面哪個能當方丈？」他指指坐在人群最前面的幾人，正是大識、大成、大寶、普珠和三劫小沙彌幾人。

玉團兒瞧了一眼，指著普珠上師的背影，「他。」

方平齋哈哈一笑，紅扇一搖，「為什麼？」

玉團兒悄聲道：「因為他有頭髮啊。」

方平齋咳嗽一聲，「我也有頭髮。」

玉團兒皺起眉頭，「你又不是和尚。」

她拉拉柳眼的袖子，指著坐在中間的大慧禪師，「他在說什麼？」

柳眼搖搖頭，他不信佛，不知道大慧在說什麼。

方平齋紅扇一揚，「他說的是一段故事，《阿含經》裡寫過佛祖釋迦牟尼和帝釋天的一段對話，帝釋天問佛：雲何度諸流，雲何度大海？雲何捨離苦，雲何得清淨？然後釋迦牟尼回答說：信能度諸流，不放逸度海。精進能度苦，智慧得清淨……」

玉團兒打斷他的話，「你說的我也聽不懂。」

方平齋嘆了口氣，「我覺得——其實我就算解釋得再清楚，妳也不——」玉團兒眼睛一瞪，方平齋嗆了口氣，「呃……其實帝釋天就是問佛祖：怎麼樣度化河流？怎麼樣度化大海？怎麼樣能不受苦？怎麼樣能得到清淨？然後佛祖回答說信佛能度化河流，不放縱能度化大海，勤奮不放鬆能夠遠離痛苦，智慧的人就能得到清淨……妳有沒有覺得很無聊很沒有意義？這難道不是在說如果妳覺得痛苦就是因為妳不夠勤奮，如果心不清淨就是缺乏智慧……難道當真非常勤奮的人就不會覺得痛苦了嗎？其實心不能清淨之人多半就是因為太多智慧……」

玉團兒很不耐煩地看著他，「反正你說的我就是聽不懂，你別說了。」

方平齋張口結舌，他滿腔長篇大論才說了個開頭，玉團兒轉過頭去，柳眼不知低聲說了句什麼，突然之間她笑顏逐開。方平齋連連搖頭，紅扇拍頭，世上之懷才不遇、遇人不淑、明珠投暗、翡翠當作西瓜黃金看作純銅冰水澆上熱炕頭不過如此，唉！無奈啊！轉過頭來，倒是東方旭一行人甚是佩服地看著他，方平齋紅扇一拂，卻只作不見，繼續抬頭往前看去。

大慧禪師已經說完，此時千佛殿內的議題是「何謂佛心」，最後一位登場說法的是普珠上師，這一場說法已經整整比了一個月又十三天，少林寺內大部分僧侶都參加了。等到普珠這最後一講說完，少林寺眾位長老將要選出四位高僧在殿內一試武藝，佛學修為若是都甚精妙，少林寺以武學名揚天下，四人之中以武功最高之人出任方丈一職。

普珠上師相貌清俊，一頭長長的黑髮，一身黑色僧衣，在一干老少光頭和尚中頗顯鶴立雞群，他一站起，千佛殿中頓時寂靜不少。普珠踏上空地中心，盤膝坐下，不同於一干老和尚雙目微閉，緩緩說話，他清冷的目光直往人群中掃去，眾人被他目光一掠，心裡都是一震，不約而同閉上嘴巴，不敢再胡說八道。普珠雖然聲名響亮，但五戒不守，殺人不少，如果他成為少林方丈，不免會有非議，所以今日最後之說法非常重要，是普珠為自己行不守戒之道做解釋的機會。

「阿彌陀佛。」普珠坐下之後，就淡淡地說了這一句。

眾人面面相覷，不明所以，千佛殿內刹那落針可聞，一干老小和尚沉默不語，玉團兒卻問：「什麼『阿彌陀佛』？」

她一發問，眾人的目光紛紛往她身上轉來，心中均想這位姑娘不知是誰，居然敢在少林寺方丈大會上朗聲發言，膽色倒是不小。

方平齋哈哈一笑，紅扇一搖，「他說他的佛心，就是『阿彌陀佛』，就是一聲佛號，佛在心中不需解釋，他就是佛佛就是他，他雖然殺生，卻是佛之殺，佛殺非是殺人，而是除魔。」

此時寂靜，方平齋並沒有提高聲音，卻是人人都聽見了，各自心中一凜，這話說得充滿挑釁之意，來者不善。

玉團兒柳眉一蹙，正要說話，卻聽普珠上師冷冷地道：「生亦未曾生，死亦未曾死。萬生萬物皆是如此，世人自以為生，於萬物而言便真正是生麼？世人自以為死，於萬物而言又真正是死麼？生非生，不過名喚為生；死非死，不過名喚為死。」

「阿彌陀佛。」

聽到普珠上師說出「生非生，不過名喚為生；死非死，不過名喚為死」，地上盤膝坐的大小和尚一起合十，口宣佛號，也不知是贊成還是反對。

方平齋連連搖頭，「大放狗屁！如果生非是生，死非是死，生死對於寰宇萬物而言其實沒有差別，那麼請問普珠和尚殺人何罪？如果你這謬論有人信服，不但和尚殺人無罪，天下千千萬萬人殺人也無罪了？大大的狗屁！胡說八道！」他說話一向囉囉嗦嗦，這一次居然說得理直氣壯，擲地有聲。聽者不禁微微點頭，雖說看破生死是胸襟，但若是說因為生死沒有差別殺人就無罪，那未免難以服眾。玉團兒看了方平齋一眼，臉露笑意，顯然方平齋這段話說中她的心聲，她很是開心。

「阿彌陀佛，」普珠的聲音仍很清冷，絲毫不為所動，「殺人就是殺人，生死就是生死。」

方平齋被他嗆了口氣，和尚說話果然反反覆覆，果然不是一般人能夠聽得懂的，「既然——」

他還沒說完，地上一名垂鬢老僧突然道：「殺人就是殺人，生死就是生死，那為何要殺人，為何要說生死不是生死？」他聲若洪鐘，這一問問得眾人肅然起敬，知曉打起了禪機。

普珠的目光往那老僧掃去，那老僧卻是閉目，不看他的眼睛，普珠冷冷地道：「殺人就是殺人，殺人有罪，進一步是殺人，退一步是不殺人，人會殺人，退一步不殺人，人所殺之人是我所殺？非我所殺？進一步殺人，殺人之罪是我之罪？是他人之罪？生死就是生死，生死亦非生死，他生他死，我生我死，天地迴圈，不必掛懷。」

老僧道：「殺人就是殺人，生死就是生死，你殺人你有罪，他人殺人他人有罪，你之罪與他人之罪，有何不同？」

普珠冷冷地道：「並無不同。」

老僧合十，「阿彌陀佛，是大慈悲。」

眾和尚再宣佛號，如東方旭之流卻是聽得莫名其妙，只知道普珠說了這一堆殺人不殺人之後，少林寺的和尚們似乎對他頗為贊許，方平齋仍是連連搖頭，玉團兒拉了拉柳眼的衣袖，低聲問：「有頭髮的和尚在說什麼？」

柳眼凝目看著普珠上師，過了良久，他淡淡地答：「他說他可以殺人可以不殺人，但世人總會相殺，相殺就有罪孽，他寧願殺惡人以減少無辜者，他願意代替惡人承擔殺人之罪以消弭罪惡，這就是他的佛心，他的慈悲。」

玉團兒皺起眉頭，「這和尚是個好人，但怎麼總是殺人殺人的？我討厭殺人。」

方平齋嘆了口氣，「殺人殺人，難道除惡除了殺人就沒有別的辦法？你是和尚，你不能度化惡人嗎？你不能感化世間嗎？你不能使奸邪向善盜賊洗手？你不能讓男盜女娼變成善男信女？少林寺偌大名聲，難道廟裡的和尚只會殺人？」

這句話說了出來，少林寺中老小和尚一起睜眼，齊齊往方平齋身上望去，雖然並不言語，卻讓人凜然生畏。

方平齋並不畏懼，紅扇輕拂，黃衫耀眼，站在人群之中搶眼之極，柳眼淡淡看了他一眼，這人究竟是天生喜歡囉嗦狡辯，還是有心而來，專門和普珠過不去？

普珠的目光也往方平齋身上望去，「阿彌陀佛。」

他仍是淡淡地說了這句，倒是一旁的三劫小和尚面露忿怒之色，「大慧師叔生平度化三百三十一名惡人，大寶師叔雲遊四方，所勸向善者五千四百九十九人，大識師叔與麻風病人同行，以大慈悲之心度化二十四人得大智慧，普珠師兄劍下殺四十九人，無一不是罪大惡極之徒，少林寺雖然偶有不肖之徒，卻從不愧對數百年來偌大名聲。」

「哦……你這話深深的有問題，小和尚你明顯對大成和尚心懷不滿，否則大慧、大寶、大識、普珠你人人讚譽，唯獨不提大成，同為少林寺中吃齋念佛掃地抹桌挑水砍柴無所事事的和尚，竟然也明爭暗鬥勾心鬥角，實在是可怕、可怕！」方平齋搖扇哈哈一笑，三劫小沙彌年方十七，勃然大怒，霍然站了起來，指著方平齋的鼻子，「你……你三番四次挑撥離間，辱我少林，居心何在？」

「我想說什麼就說什麼，人嘛——一生不過短短數十年，總要活得隨心所欲，想吃什麼就吃什麼，想罵人就罵人想殺人就殺人，想好色就好色想放屁就放屁才有滋味。」方平齋踏入那眾人圍成的空圈子，踱步而行，神色自若，「看無滋無味自以為絕欲無情滿腹慈悲的出家人動嗔發怒，也是一種不同的滋味，你說呢？」

「好狂傲的妄人！」圍觀眾人之中有一位青衣大漢站了起來，「你是什麼人？竟然敢在少林寺眾位高僧面前大放狗屁？這裡是佛門清淨之地，沒有你說話的地，快點出去，否則我青龍刀下絕不容情！」

方平齋紅扇一揮，「你是說你要殺我？」

青衣大漢怒道：「你若再不閉嘴，哼！」

方平齋背過身來搖了搖頭，「愚昧、頑固、愚蠢、毫無悟性……普珠上師，他方才說要殺我，依照你方才的佛論，你是不是該出手先殺了他，以替他承擔殺我的罪孽？」

青衣大漢一呆，普珠上師緩緩站了起來，黑髮飄動，眼神卻很冷靜，「施主前來少林，究竟居心為何？」

方平齋黃袖一拂，「我說了我是隨心而來，少林寺既然擺開大會推選方丈，難道只有少林寺的和尚才能登壇說法？我若是佛理武功都贏了在座諸位……」他霍然轉身，紅扇背袖一合，「那少林寺讓不讓我當方丈？」

此言一出，千佛殿內頓時像炸開了一大鍋，不僅是圍觀的武林中人，連地上坐中的和尚也都變了臉色，竊竊私語。

普珠上師臉色不變，冷冷地道：「少林寺佛尊達摩禪宗，武推少林絕藝，如果施主禪宗佛學及少林絕藝都在我少林寺之上，少林寺絕無內外之分，恭迎施主上座開壇指點。」

這句話說下來，四下的議論漸漸停了，眾人均心忖：比禪宗心法，這狂人自然是遠遠不如，再比少林絕藝，自然更無人勝得過少林寺和尚，要當少林方丈，自然要尊禪宗佛學和少林武藝最高的那人，倒也不能說普珠上師這幾句話是討了便宜又撐了面子。

方平齋哈哈一笑，正要開口答允下場比試，突然千佛殿外有人說話，聲音柔和，纖弱溫柔，不含絲毫真氣，「如此說來，如果我禪宗心法和少林武藝勝過了少林寺各位高僧和這位紅扇先生，我也可以居身少林方丈之座了？」

這蘊含笑意的一言說得並無敵意，心氣平和，甚至是頗為輕鬆。普珠上師和方平齋雙雙回頭，只見千佛殿大門外人群紛紛閃開，讓出一條道來，一行人緩步向殿內邁入，當先一人容顏纖弱秀雅，年紀甚輕，邁入殿中之時卻自然而然眾人的目光都往他身上望去。

他身上穿的一身近乎白的藍衫，左手上繫著一條細細的綠色絲線，絲線上什麼都沒有，但就這一條纖細的綠色絲線，以及他身後那六位碧衣劍士，已讓人興起了震撼般的想像。

正在寂靜之時，突然有人低低叫了一聲，「宛郁月旦！」

千佛殿內頓時再度譁然，碧落宮宮主宛郁月旦親臨少林寺方丈大會，出言要爭少林寺方丈之位，這實在是駭人聽聞。

「宛郁宮主。」普珠上師對宛郁月旦合十一禮，「施主言笑了。」

宛郁月旦踏入千佛殿內，身後一行人走到人群之前，同他人一樣坐了下來，宛郁月旦站在場內，正站在普珠和方平齋之前，「少林寺名揚天下，宛郁月旦對少林寺絕無不敬之心，方才妄言，還請各位大師諒解。」他言語溫柔謙遜，方才那句又並非針對少林寺，而是針對方平齋而言，他卻仍舊出言道歉，眾人一聽便心中一鬆，都對這位碧落宮主大生好感。

「阿彌陀佛。」地上坐的大寶禪師緩緩道：「不知宛郁宮主親臨少林寺，所為何事？」

宛郁月旦黑白分明的眼睛微微一動，眼角的褶皺緩緩舒開，「宛郁月旦先向各位大師致歉，今日的確是為少林寺方丈之位而來。」

大寶禪師一震，他雖然修為深湛，卻從未想到少林寺方丈之會竟會引動各方江湖異人逐鹿，今日之事，已難善了，「施主身為碧落宮主，有大名望大煩惱，亦非佛門中人，為何執著少林寺方丈之位？」

宛郁月旦並不隱瞞，朗聲道：「江湖傳言，少林寺方丈三個響頭一首詩，可換風流店柳眼之下落。我有尋人之心，卻不欲少林寺受辱，所以——」他語音錚錚，說話清晰無比，「今日前來，是希望少林寺能暫將方丈之位傳我，碧落宮願以三個響頭一首詩，換風流客柳眼的下落。」

此言一出，千佛殿內又是一片譁然，宛郁月旦有大義之心是不錯，但少林寺方丈之位何等莊嚴，豈可視如兒戲說傳就傳？何況柳眼之下落乃是江湖傳言，江湖傳言能信得幾分？要是今日傳位之後，那人卻不現身，又如何？有些人嘖嘖讚美宛郁月旦身為碧落宮主，有為江湖大義捨身受辱之心，有些人卻冷笑他輕信胡來，還有人幸災樂禍地看著方平齋，看來今天少林寺方丈之爭，越爭越是精彩了。

柳眼戴著黑布面紗，靜靜地坐在人群中，一言不發。他是第一次見到宛郁月旦，這位名聲響亮的少年宮主和他從前想像的不同，沒有傳說中鐵腕冷血的殺氣，看起來溫柔纖弱，沒有半點威勢，然而……卻和他很像。突然之間心底一股厭惡衝了上來，他冷冷地看著宛郁月旦，隱約從宛郁月旦身上看到唐儷辭的幻影，殺氣情不自禁地湧了上來，然而過了片刻，他眼裡的殺氣漸漸淡去，慢慢消於無形。

唐儷辭身上，沒有這麼真實的感情。他淡淡地看著宛郁月旦，這人言語溫柔，令人如沐春風，似乎言談之間頗有心機，然而他卻不說假話。堂堂碧落宮主，領袖江湖一方風雲，為人竟然並不虛偽，那一雙傳聞什麼都看不到的眼睛，眼神裡透露的是真實的感情——他想要什麼、想做什麼、想得到什麼、必須得到什麼——他半點也不掩飾，絲毫不畏懼被人察覺。

他想要的東西從來不怕得不到，這就是宛郁月旦的王者之氣。柳眼淡淡地看著宛郁月旦，和唐儷辭完全不一樣，他能給別人安全感，自身就可以作為他人的依靠，即使他很年輕、不會武功，他卻是人群的支柱。而阿儷他……柳眼的眼神漸漸的空茫了，阿儷他並不是這樣的人……

阿儷想得到的東西，從來都得不到……

這就是他們之間的差別，就像彼此照著鏡子，非常相似，卻又完全相反。

少林寺眾僧低聲討論了一陣，大成禪師站起身來，緩緩說話，「雖然宛郁施主此言出於至誠，但本寺數百年聲望，方丈之位卻不能輕易讓出，何況施主並非出家之人。」

眾人紛紛點頭，看向宛郁月旦，暗忖他將如何回答？

宛郁月旦微微一笑，「若少林寺應允暫讓方丈之位，宛郁月旦當即削髮為僧，皈依少林。」

東方旭聽到此處，忍不住「啊」的一聲叫了起來，身邊和他一樣驚訝之人比比皆是，宛郁月旦以少年之身，碧落宮主之位，竟然說到要出家為僧，皈依少林……這實在是犧牲太過。坐在宛郁月旦身後的鐵靜微微一震，宛郁月旦說到要出家為僧，他雖然意外，卻不是十分震驚，在聞人暖死後，宛郁月旦的生活清心寡欲，簡單到近乎沒有波瀾，雖說並不吃齋念佛，但與出家人也相去不遠。

「這……」大成禪師相當為難，沉吟不語。

普珠上師冷冷地道：「宛郁施主，少林寺從不排外，如施主有心為我等講經說法，修為在我等之上，少林寺眾僧自然敬服。」

宛郁月旦微笑，「那依然談佛心如何？」

普珠上師緩緩地道：「願聞其詳。」

宛郁月旦對他合十一禮，「如月清明，懸處虛空，不染於欲，是謂梵志。」

普珠上師微微一怔，身邊卻有人說，「喂，不知道你們有沒有聽過一個故事？」

眾人的目光齊齊往方平齋身上看去，方平齋手揮紅扇，一直站在普珠和宛郁月旦身前，此時紅扇一停，「有一頭顏色青黃，長得像狗一樣的小狐，會發出似狼非狼的聲音。這頭小狐有一天自稱是獅子，霸占了一塊樹林，結果依然是刨開老鼠洞和死人墳吃老鼠和死屍為生，牠想要發出一聲獅子吼，結果叫出的還是一聲狼不像狼，狗不像狗的聲音。這個故事出自

《長阿含經》第十一卷，各位高僧包括這位口出佛偈的小朋友，不知知也不知這隻小狐叫什麼名字？」

宛郁月旦道：「哦……這位紅扇先生所說的，可是野干？」

方平齋淡淡地道：「野干稱獅子，獨霸一空林，欲作獅子吼，還作野干聲。天下武林，浩渺如海，少林寺不過其中一把沙礫，少林寺方丈縱然德高望重，登高一呼也不過如野干一吼，自以為是獅子而已。要讓人信服佩服尊重敬重，那就拿出膽魄和誠意來，今天你我三隻野干，就在千佛殿內做一做獅子吼，最後不管是誰稱了獅子，也莫要忘記野干不過是野干——天下之外，另有天下，獅子永遠不在眼前，而在天外。」

普珠上師眼神一亮，宛郁月旦面含微笑，「紅扇先生果然有豪氣，那便請少林寺出題，我等接招便是。」

大成禪師緩緩嘆了口氣，「從各位言談可見，均精通佛經，兩位施主善於言辭，佛論之說不談也罷，佛心不在言辭，而在平日一言一行、一花一木。老衲想三位是否虔心向佛，在座各位心中自有公論，要比就比武藝吧。」他的聲音平緩，並無激動的情緒，「少林寺習武素來只為防身，今日方丈大會更不願見有人血濺當場，所以要比，只比一招。」

一招？東方旭越聽越奇，少林寺選方丈，比武只比一招？不知是哪一招？斜眼一看，身邊玉團兒的眼神也很茫然，一招？方平齋武功不弱，普珠上師更是高手，宛郁月旦不會半點武功，能和這兩人比什麼「一招」？

「各位可見懸於東梁的那塊銅牌？」大成禪師手指東邊的屋梁，「那塊銅牌是唐太宗李世民所賜，重三百八十八斤，誰在一枚銅錢落地的時間裡，以少林嫡傳『拈花指法』擊中銅牌，讓它來回搖晃三下卻不發出聲響，就算勝了。」

他這題目開出，滿地坐的客人均在想：好難的題目，莫說一枚銅錢落地的時間以拈花指法隔空讓它搖晃三下，我看就是我伸手去扳，在一枚銅錢落地的時間裡都未畢能把它搖晃三下，少林寺出這樣的難題，顯然對普珠上師很有信心。

「三下？那要是搖晃四下五下都算輸了？」方平齋搖頭晃腦，望著那靈芝狀的銅牌，「少林拈花指力素來無形無相，我曾經在五年前中原南嶽劍會上見過，當時普珠上師尚未成名，然而一手拈花無形劍出類拔萃，令人印象深刻。」

此言一出，滿堂又驚，五年前受邀參與南嶽劍會之人都是當世名流，如果方平齋當日參與其中，又怎會籍籍無名，今日要來爭奪少林寺方丈之位呢？他究竟是誰？

普珠上師聞言微微一怔，五年前南嶽劍會他尚未涉足江湖，在劍會中小試身手，也未奪冠，這人竟然記得他一手拈花無形劍，難道當日他的確身在其中？如果當年他在劍會之中，又會是座上何人呢？

「施主是當日何人？」

方平齋哈哈一笑，「路人而已，普珠上師先請。」

他紅扇一抬，眾人均覺此人雖然能言善辯囉唆可惡，卻也不失風度。

普珠上師合十一禮，對宛郁月旦道：「來者是客，宛郁宮主可要先動手？」

宛郁月旦微笑得甚是溫和愉快，「我不會武功，拈花指法究竟是什麼模樣我也不知，不如請普珠上師先行教我，我再動手如何？」

眾人又是一呆，宛郁月旦不會武功盡人皆知，但他竟然要普珠教他一招，然後他去動手，他以為自己是什麼習武奇才能在片刻間速成，勝過這一干武林高手？簡直是異想天開，胡說八道！

普珠上師皺起眉頭，「拈花指法並無招式，外相而言只是五指向外揮出，內相的真氣順指而出，依個人修為不同，真氣所達的遠近和強弱各有不同。宛郁宮主不練少林內家心法，倒是無法傳授。」

宛郁月旦抬起右手，「原來是向外揮手即可，還請普珠上師告訴我那銅牌所在的方位。」他是眼盲之人，既看不到銅牌，又不會內力，憑空這麼揮一揮手能有什麼效果？眾人又是驚駭、又是好笑，只見普珠上師將宛郁月旦引到面向那銅牌的位置，大成禪師手持一枚銅錢，宛郁月旦對眾人微微一笑，他也不運氣作勢，就這麼手掌一揮，往那面銅牌揚去。

他的手掌白皙柔軟，這揚手一揮的姿勢頗為好看，只是既無內力又無章法，就算是蚊子也未必拍得死一隻。方平齋和普珠上師一起注目在那銅牌上，就在眾人都以為那銅牌絕不可能會動的時候，屋梁發出「吱呀、吱呀」的沉悶聲響，那銅牌竟猶如神助一般搖晃起來。「錚」的一聲大成禪師手中的銅錢落地，那銅牌不多不少正好搖晃了三下，隨即靜止不動。

倏然搖晃，倏然而止，真如鬼魅一般。眾人本是看得目瞪口呆，此時長長吐出一口氣，都覺一陣寒意湧上心頭，這世上當真有鬼。普珠上師和方平齋面面相覷，柳眼和玉團兒也是駭然，這許多高手炯炯盯著宛郁月旦和那銅牌，那銅牌究竟是怎麼晃起來的？若是有人出手相助，那人的武功豈非高得讓人無法想像？

「普珠和尚，」方平齋目不轉睛地看了那銅牌許久，突然道：「我不比了。」要爭少林寺方丈之位，其心最烈的是他，現在說不比就不比了？難道是宛郁月旦這神鬼莫測的一擊讓他膽寒？眾人凝視著他的臉，卻見他臉色慎重，絲毫沒了方才從容悠閒之態，雖是萬眾矚目，卻仍是牢牢盯著那銅牌，也不知從銅牌上看出了什麼。柳眼瞳孔收縮，方才那銅牌搖晃顯然不是宛郁月旦內力深厚所致，看碧落宮眾人也是面露驚訝，並不是碧落宮事先安排，倒是宛郁月旦神色從容，好像盡在他意料之中，這是怎麼回事？

方平齋緩緩走回他原先的位置，紅扇也不搖了。

玉團兒扯了扯他的衣袖，「你怎麼了？為什麼不比了？」

方平齋瞪著那銅牌，「這個……因為——」

但聽「錚」的一聲脆響，大成禪師手中的銅錢又是落地，普珠上師未受方平齋退出的影響，拈花指力拂出，只見銅牌應手揚起，正要搖晃之際，突然硬生生頓住，一動不動。萬籟俱靜，眾人皆目瞪口呆地看著這種奇景，少林寺眾人一起站起，「阿彌陀佛，這……」

這顯然是有人暗助宛郁月旦，從中作梗！

宛郁月旦踏出一步，衣袂皆飄，朗聲道：「此陣是宛郁月旦勝了，若少林寺言出不悔，此時此刻，我便是少林方丈！」他轉過身來，面向千佛殿那尊毗盧佛，「是誰要受宛郁月旦三個響頭，還請出來！閣下既然有三丈之外手揮銅牌的絕頂武功，何必躲躲藏藏，請出來見人吧！」

眾人的目光紛紛往那尊毗盧佛背後望去，只見毗盧佛後一個人影向側緩緩平移而出，竟如毗盧佛的影子一般，其人戴著一張人皮面具，卻故意做得和毗盧佛一模一樣，渾身黑色勁裝，看起來既陰森又古怪，「哈哈……」那人低沉地笑了一聲，聲音也是無比古怪，就如咽喉曾被人一刀割斷又重新拼接起來一般，「我本來只想受少林寺方丈三個響頭，不料竟然可以將碧落宮主踩在腳下，真是痛快……」

少林寺眾僧情緒甚是激動，三劫小沙彌怒道：「你是何人？躲在毗盧佛後做什麼？鬼鬼祟祟……」

大成禪師口宣佛號，打斷他的話，「少林寺竟不知施主躲藏背後，愧對少林寺列位宗師，罪過、罪過。」

普珠上師目注那黑衣人，「你是誰？」

「我？」那人陰森森地笑了一笑，牽動毗盧佛的面具，笑容看起來詭異至極，「我只是個討厭少林寺、討厭江湖武林的人。」他那古怪的頭顱轉向方平齋這邊，「六弟，好久不見了，你依然聰明，若是你出手，我絕對不會阻止你的。」

方平齋嘆了口氣，「我明白比起看宛郁月旦磕頭，你更喜歡看我磕頭，所以——你放心，我立刻放棄了。只是這麼多年不見，你這喜歡看人磕頭的脾氣依然不變，不是六弟我總是危言聳聽潑你們的冷水，人生縱然是需要隨心所欲，但過分任性胡作非為漫天做夢，總有一天會翻船。」

「是嗎？」那黑衣人並不生氣，陰惻惻地道：「這種話由你來說，真是完全不配。」他的目光看向宛郁月旦，「磕頭，磕完頭之後為我七步之內題一首詩，否則——」他冷冰冰地道：「我一掌殺了你！」

「磕頭可以，」宛郁月旦緩步走到黑衣人面前，「還請閣下告知柳眼的下落。」

黑衣人仰天而笑，「哈哈哈哈……」

柳眼仍舊淡淡地坐在人群中，在他心中並沒有在想這位黑衣人是否真的知道他的下落，也沒有在想為何方平齋會是這怪人的「六弟」，他的頭腦仍是一片空白，什麼也沒有想。偶爾掠過腦中的，只是宛郁月旦和唐儷辭交錯的面孔，阿儷從小到大，擁有的東西很多，但他想要的從來都得不到。

那是他的報應。

柳眼眼觀武林奇詭莫辯的局面，心中想的卻是全然不著邊際的事。

「我也不是斤斤計較的小人，一個月之後，柳眼會出現在焦玉鎮麗人居，江湖武林不管誰要找他算帳，去麗人居一定能找到他。只不過——」黑衣人陰森森地道：「他已被人廢去雙足，毀了容貌散了武功，已是一個廢人。如果是想看風流客如花似玉的容貌，已經晚了，看不到了。」

眾人都是「啊」的一聲驚呼，柳眼何等武功、何等風流，竟然已經是一個廢人！

宛郁月旦眼角溫柔的褶皺微微一開，「閣下又是如何知曉他的消息？」

黑衣人哈哈大笑，「這江湖天下，有誰是我不知道的？磕頭吧！」

宛郁月旦揮了揮衣袖，眾人都暗忖他要下跪，卻聽他柔聲道：「鐵靜，帶嬰嬰來。」

鐵靜站起身來，未過多時，從門外帶入一個莫約五六歲的小娃娃。眾人凝視這娃娃，這娃娃頭髮剃得精光，穿著一身僧衣，臉頰紅潤煞是可愛，一雙眼睛圓溜溜的東張西望，顯然什麼也不懂，見了宛郁月旦便搖搖晃晃地走過去拉住他的衣袖，十分依戀。

這小娃娃是誰？

「嬰嬰來，」宛郁月旦拉住他的小手，柔聲道：「乖。」他泛起溫柔慈善的微笑，「我現在把少林寺方丈之位傳給你，好不好？」

眾人又驚又怒又是好笑，堂堂少林寺方丈之位，豈能讓他如此兒戲？

卻聽那小娃娃乖乖地應了一聲「好」。於是宛郁月旦引他在毗盧佛前跪下，磕了幾個響頭，然後指著黑衣人的方向，「嬰嬰乖，給這位怪叔叔磕三個頭。」

那小娃娃怯生生地看了相貌古怪的黑衣人一眼，乖乖地跪了下去，磕了三個響頭。

宛郁月旦摸了摸他的頭，「給這位怪叔叔念一首詩。」

嬰嬰緊緊抓著宛郁月旦的衣袖，奶聲奶氣乖乖地念，「鵝鵝鵝，曲項向天歌。白毛浮綠水，紅掌撥清波。」

宛郁月旦微笑道：「很好。」

千佛殿內一片寂靜，突然方平齋哈哈大笑，紅扇揮舞，笑得萬分歡暢，「哈哈哈……真是妙不可言，妙不可言！」

隨著他的大笑，一片哄笑聲起，大家又是駭然又是好笑，這小方丈的詩真是讓人大開眼界，哭笑不得。

玉團兒揪著柳眼的袖子，笑得全身都軟了，「少林寺的小方丈……」

柳眼飄忽的神智被滿堂的笑聲一點一點牽引回來，不知不覺，隨著牽了牽嘴角。

黑衣人目瞪宛郁月旦，似是不敢相信他竟會做出這種事來，頓了良久，他也哈哈大笑，「碧落宮主，好一個碧落宮主！一個月之後，焦玉鎮麗人居，等候宮主再次賜教！」他一甩衣袖，就在眾目睽睽之下，大步自千佛殿走了出去，目無餘子，衣袂揚塵，卻是誰也沒有阻攔他。

柳眼眨了眨眼睛，這個時候他的神智才突然清醒了起來，一個月後焦玉鎮麗人居，這人怎能確定一個月後自己必定會前往那裡？他怎會知道自己的下落？除非——他的視線轉向方平齋，方平齋紅扇一搖，哈哈一笑。

柳眼低聲道：「你……」

方平齋道：「我從來都知道。師父你——從來都不是一個擅心機的人，這樣行走江湖十分危險，真的隨時隨地都會被人騙去。幸好你的徒弟我目前沒有害你的心，否則……」他以扇搭額嘆了一口氣，「我把你賣了，你真的會替我數錢。」

玉團兒攔在柳眼身前，低聲問：「喂！你這是什麼意思？你知道什麼了？」

方平齋滿面含笑，紅扇拍了拍玉團兒的頭，「我的親親師父是個江湖萬眾憎惡，尤其是良家婦女非食之而後快的大惡人大淫賊，妳不知道嗎？」

玉團兒皺起眉頭，「我知道他是個大惡人，那又怎麼樣？」

方平齋壓低聲音，在她耳邊悄聲道：「妳也行走江湖許多天了，沿途之上，難道沒有聽說江湖上人人都在尋找一位面容俊美，武功高強，擅使音殺絕技的大惡人的下落嗎？就算妳耳聾沒有聽見，剛才宛郁月旦不惜三個響頭的危險，非要做少林寺方丈，為的是什麼，難道妳沒有看見？」

玉團兒也悄聲回答，「為的是柳眼啊，你剛才說的是柳眼是不是？」

方平齋紅扇一搭她的頭，「傻呆！我是說我的親親師父，妳的心上情人就是這位江湖非殺之而後快的大惡人大淫賊，風流客柳眼。」

玉團兒低聲道：「哦！」她並不怎麼在乎柳眼到底是什麼身分，卻道：「原來你早就知道他是誰啦，那你為什麼不說出去？」

方平齋悄聲道：「這個……自然有很多很多原因。」

玉團兒瞪眼道：「你不就是想學音殺嘛！你也是個大惡人，剛才那個怪叔叔說他知道柳眼的下落，一定是你告訴他的！你也壞得不得了！」

方平齋連連搖頭，「冤枉我了，我發誓我從來沒對任何人說過師父的下落，我天天和你們在一起，哪有時間去外面聯繫別人？他知道柳眼的下落，必定是因為他派人跟蹤我，順帶得了師父的消息。」

玉團兒看了他一眼，「那個怪叔叔是誰？他幹嘛叫你六弟？」

方平齋嘆了口氣，「他——他叫鬼牡丹，即使做兄弟做了十年，我也不知道他的真名叫做什麼。」

玉團兒低聲道：「你笨死了！」

方平齋道：「是是是，我很笨、笨得無藥可救。」

玉團兒道：「喂！一個月之後，別讓柳眼去什麼焦玉鎮麗人居，我們去別的地方，才不理你的怪兄弟想幹什麼。」

方平齋臉泛苦笑，悠悠嘆了口氣，「我儘量，但是——」

柳眼突然淡淡地道：「我去。」

玉團兒怒視著他，「你再不聽話我打你了！」

在他們三人低聲議論的時候，宛郁月旦拉著嬰嬰的手，柔聲道：「嬰嬰乖，把方丈的位子傳給這位和尚哥哥好嗎？」

嬰嬰仰頭看著黑衣長髮的普珠上師，仍是怯生生地說：「好。」

普珠上師滿臉僵硬，少林寺眾僧面面相覷，只見嬰嬰伸手去拉普珠上師的手，搖搖晃晃的拉著他要向佛像下跪，普珠上師站著不動。

宛郁月旦柔聲道：「普珠上師，難道你要少林寺當真尊這孩子為方丈嗎？我得罪少林，甘願受罰，但方丈之位還盼上師莫要推卻，這是眾望所歸，不得不然。」

普珠上師臉色煞白，仍是站著不動，大成禪師突地合十，「阿彌陀佛，普珠師姪，個人名譽與少林寺一脈相承，孰輕孰重？」

大成禪師此言出口，少林寺眾僧齊聲念佛，普珠上師身子微微一顫，終是隨著嬰嬰拜了下去，這一場讓人難以置信的方丈大會，結果卻在意料之中。

宛郁月旦轉過身來，對著普珠上師深深拜倒，「宛郁月旦今日對少林多有得罪，不論少林寺設下何等懲罰，宛郁月旦都一人承擔。」

普珠上師冷冷地道：「你將方丈之位視如兒戲，辱沒少林寺百年聲譽，即使你已卸去方丈之位，仍應依據寺規，處以火杖之刑。」

宛郁月旦微微一笑，「那請上火杖吧。」

所謂「火杖」，乃是燒紅的鐵棍，以燒紅的鐵棍往背脊上打去，一棍一個烙印，那本是少林寺苦行僧的一種修行之法。宛郁月旦不會武功，這燒紅的鐵棍往他身上一揮，一條命只怕立刻就去了十之七八，眾人面面相覷，宛郁月旦不願對黑衣人磕頭，卻寧願在少林寺受刑。普珠上師臉色不變，「上火杖。」

當下兩名弟子齊步奔出殿外，片刻之後，提了兩支四尺長短，粗如兒壁的鐵棍，那鐵棍上不知塗有什麼東西，仍舊火焰熊熊，棍頭的一段已經燒得發紅透亮。

鐵靜和何簷兒見狀變色，宛郁月旦不會武功，這東西要是當真打上身來，要是有什麼三長兩短，碧落宮將要如何是好？

兩人一起站起，異口同聲的道：「宮主，火杖之刑，由我等代受！」

宛郁月旦搖了搖頭，「在少林寺眾位高僧面前，豈能如此兒戲？」他在毗盧佛面前跪了下來，「請用刑吧。」

「行刑。」普珠上師一聲令下，兩名弟子火杖齊揮，只聽「呼」的一聲，宛郁月旦背後的藍衫應杖碎裂紛飛，兩支火杖在他背後交錯而過，火焰點燃了飛起的碎衣，卻沒有傷及他半點肌膚。人人只見點點火焰飄散而下，宛郁月旦的背脊光潔雪白，不見絲毫傷痕。兩名少林弟子收起火杖，對普珠上師合十行禮，「行刑已完。」

普珠上師頷首請二位退下，合十道：「阿彌陀佛，少林寺大事已畢，此間不再待客，諸位施主請回吧。」

眾人紛紛站起，告辭離去，心中都暗忖今日的方丈大會精彩之極，若是前幾日偷偷溜走，必定遺憾終身。碧落宮幾人給宛郁月旦披上一件外套，宛郁月旦牽著嬰嬰的手，抬起頭來，悠悠吐出一口氣，「走吧，晚上要趕路了。」

何簷兒看著那小娃娃，這娃娃是碧落宮婢女嚴秀的兒子，宮主把他借了出來，原來就是為了做下少林小方丈，難怪嚴秀問他為什麼要把嬰嬰帶出來，宮主總是微笑不說呢！宮主做事有時候也真是……他揉揉頭，真是孩子氣。

千佛殿內形形色色的人物漸漸散去，普珠上師一直留意的是黃衣紅扇的方平齋，卻見他和一路同來的一名少女和一位黑布蒙面客說說笑笑，如常人一般緩步而去。此人有心爭奪方丈之位，不知為何突然放棄，放棄之後宛若無事，拿得起放得下，雖然言語囉嗦討厭，卻也不失瀟灑。他說當年劍會之上曾經見過自己的拈花無形劍，其人究竟是誰？而方才得知柳眼下落的黑衣人口稱「六弟」，似乎兩人乃是同路，而又不同行而去，究竟內情如何？這兩人必定是江湖中一股暗流，不可不查，不可不防。

第二十七章 逢魅之夜

少林寺方丈大會已然結束，普珠上師在各位大字輩師叔的指引下行過了身為方丈的禮數，正式成為少林寺新任方丈。

今夜月明，秋夜清朗寂靜，不聞蟬聲，唯有微風拂過樹梢的聲響，沙沙茫茫，宛若雨聲。普珠推開自己的僧房，明日之後，他將搬到方丈禪房，這裡將不再是他的房間。

清風朗月，窗欞半開，柔和清澈的月光射入房內，他看見一地如霜的景色，抬起頭來，只見桌上那坪棋局開了，黑子白子下了一半，似乎戰況正烈，兩杯清茶尚嫋嫋飄散著幽香。卻沒有人。

普珠微微一怔，房內一片寂靜，不聞任何人的氣息，只有一局殘棋，彷彿不久之前有人在這裡等了很久，等得委實寂寞，於是自己和自己下了半局棋。他沒有看見等候的人，心中隱隱約約有些失望，目光隨即被桌上那殘棋吸引了。

黑子和白子勢均力敵，征戰得很激烈，各有勝望，然而有兩粒白子三粒黑子掉落在地上，棋盤上有殘缺。普珠拾起棋子，拈在雙指之間，沉吟片刻，在黑子之中落了一子，然而凝思半晌，他又拿起那枚黑子，遲遲不能落下。這棋局變化繁複，以他的棋力竟然不能判斷這幾個殘子原來究竟是落在何處？普珠凝身細思，端起桌上的清茶喝了一口，過了足足半個時辰，他落下一枚白子一枚黑子，其餘棋子尚不能全功。

漸漸的，他覺得夜風似乎凝滯了起來，眼前除了棋盤，一切都很朦朧，耳邊似乎聽見了聲音，然而心中卻不能確認。正在恍惚之際，一隻纖纖素手伸了過來，她從普珠手上取下一枚白子，落在了天元上。普珠拾起一枚黑子，下在了天元之旁，那女子再下一子……不知不覺之間，兩人各下數十手，那女子落下最後一枚白子，柔聲道：「你輸了。」

我……普珠抬眼望去，眼前是一片朦朧，連平日熟悉無比的棋盤都朦朧起來，女子的聲音很熟悉，也很動聽，然而很遙遠……他覺得自己似乎要從椅上傾斜跌倒，本能地伸手往前抓住點什麼——手中握到了一隻溫暖柔膩的手掌，眼前的一切化為空茫，剩餘一片白茫茫……

普珠僧房內桃衣俏然的女子盈盈而笑，將失去神志的普珠橫抱了起來，衣袖一揚，僧房窗櫺閉上，月光頓時被關在了門外。僧房床榻的簾幕垂落，燈柱熄滅，除了一桌零亂的殘棋，一切似乎並不太可疑。

秋夜凝霜露，明月照芙蕖。

國丈府花園之中，唐儷辭搭了個琴臺，在琴臺上放了一具古雅的瑤琴。這琴並不算什麼好琴，是唐為謙年輕的時候從家鄉背到汴京來的舊物，音色不能算最好，但也不壞。唐儷辭在家中很少彈琴，今日去見了妘妃一面，夜裡回來突然說要架琴臺，府裡上下都頗為詫異。

少爺身上有酒氣，元兒為唐儷辭奉香架琴，看著他醉顏酡紅，心裡暗暗擔憂。唐儷辭是海量家裡人人都知道，要他喝醉，那真不知道是喝了多少酒了，今夜看公子的神色，真的有些醉了，和平日不同。

「少爺，琴架好了。」元兒退下一旁，唐儷辭坐在庭院中一塊光滑的大石上，五指略扣琴弦，「錚」的一聲微響，琴聲悠越，如明月清輝。元兒凝神靜聽，少爺雅擅音律，無論是什麼樂器都彈奏得很好，只是以往聽時，總覺得音色韻律美則美矣，宛若缺乏了靈魂一般，不能讓人笑、也不能讓人哭……但今夜琴聲一響，突然之間，他就明白了何為微醺。

少爺彈了一段很短的曲，靜了下來，過了一陣，他抬手又重彈了一遍，再靜了下來，過了一陣，再彈了一遍……元兒靜靜聽著琴音，唐儷辭就這麼顛來倒去的彈著那段不過三五句的旋律，大半夜之後，緩緩伏琴睡去，除彈琴之外，一句話也沒有多說。

他很少服侍少爺，所以不知道少爺是不是常常心情不好，但至少知道少爺很少喝醉。見唐儷辭伏琴睡去，元兒猶豫了好一陣子，怯生生地伸手摸了摸他的額頭，放心地吐出一口氣，將一件淡紫色的外袍輕輕披在唐儷辭身上。

少爺治好了老爺的病，大夫說過那病治不好了，少爺卻輕易治好了，他真的是狐妖嗎？

元兒探頭看了看唐儷辭有沒有尾巴，又仔細地看了看他的鼻子，再拉起他的手檢查有沒有爪子。唐儷辭的手掌溫暖柔潤，和常人並沒有什麼不同，元兒將他的手輕輕放回琴上，心裡突然想……如果少爺其實不是狐妖，老爺這樣對他，他的心……是不是很難過？望著醉顏紅暈的唐儷辭，難過……少爺是不會難過的吧？少爺是不會遇到難題、不會難過、不會傷心、不會煩惱的人，沒有什麼是少爺辦不到的，就像神仙一樣。

唐儷辭伏在琴上，睡了片刻，緩緩抬起頭來，伸手扶額。他額上幾縷銀髮隨指而下，風中微飄，姿態慵懶秀麗，「元兒，你先回去吧。」

「少爺還沒回房休息，元兒怎麼能先回去？」元兒恭敬地道：「如果少爺想在院子裡坐，元兒在走廊後邊站著，什麼都不會聽見，也什麼都不會看見的。」

唐儷辭眉線微微一彎，「天快亮了，老爺那邊白天也是你伺候吧……回去吧，沒什麼事要你伺候，回去休息。」

元兒遲疑了一下，輕聲告退，回房去了。

月色已然到了最明的時刻，唐儷辭抬起頭來，看了明月一眼。東西京之間突然多了許多來歷不明的外地人，有人潛入宮中逼迫妘妃盜取「綠魅」，目的究竟為何？皇上對他有殺心，但他寵愛妘妃信任義父，所以暫時還不會動手，如果他此時挑撥了皇上的耐心，後果難料。而中毒在身的梅花易數、狂蘭無行和傅主梅究竟能撐到什麼時候，以及……在他離開的這段時間，西方桃難道沒有任何行動？柳眼失蹤多時，少林寺方丈將現，三個響頭的流言是真是假？柳眼現在又身在何處呢？

紛繁複雜的問題接踵而至，稍有不慎，後果……不堪設想……唐儷辭棄琴站起，垂袖往房間走去，必須在一兩日內解決的問題是——妘妃的毒傷，以及妥善的取得綠魅。腳步邁過門檻，他右手從懷中拔起小桃紅，順勢一揮，左手腕鮮血迸湧，再往前一步，傷口正好扣在桌上擺放的薄胎光面銀盃上，他的血不知道能不能解豔葩之毒，姑且一試罷了。如果血清不能解豔葩之毒，那麼綠魅之局就必須提早。

取綠魅不過是一件小事，唐儷辭望著銀盃中自己的鮮血，淺淺抿起嘴角，微微一笑。

第二日，唐儷辭再次乘車前往皇宮，為妘妃帶去血藥，並親自動手灌注到她的血液中去，在慈元殿內坐了一陣，妘妃並無任何不適的反應，他便告辭離去。太宗對唐儷辭醫治妘妃之事並不放心，見他為妘妃帶藥而來，退朝之後急急派遣御醫前往探查，自己也親往探視。然而妘妃氣色好轉，唐儷辭帶來的「藥」似乎頗具神效，並無異常。御醫把過脈之後說娘娘的病情略有好轉，然而病根未去，仍需休息，如果唐國舅所用之藥正確無誤，也許娘娘再用個十天半個月，身子就好了。太宗喜怒參半，喜的是妘妃終於好轉，怒的是唐儷辭果然乃是狐妖，御醫不能醫之病症在他手中竟然好轉，不知他對妘妃用的是什麼藥，如此具有奇效？

過不多時，太宗自慈元殿中出來，身後跟著幾個太監，匆匆往垂拱殿而去。御花園極盡巧思，秋景怡人，太宗一眼也未多瞧，只管埋頭趕路。突然之間，「嗖」的一聲微響，一支長箭驟然自太宗身畔掠過，太宗駭然回首，只見身邊迴廊頂上，光天化日之下有人身穿太監服飾，彎弓搭箭正對著自己，幸好他戎馬半生，反應堪稱敏捷，見狀往旁急閃，「鐸」的一聲第二支長箭亦是掠身而過，未中身體。

「有刺客！救駕——」跟在太宗身後那幾個太監頓時尖叫起來，有兩人一起擋在太宗身後，另一個尖聲呼救，「來人啊！有刺客！來人啊——」

御花園內幾位侍衛聞聲趕到，屋頂上的刺客箭如流蝗，只聽慘呼聲起，幾人中箭受傷，太宗慌忙往前頭的院子奔去，只見前面不遠處花樹之下正有人行走，聞聲剛剛轉過身來。太宗奔逃而至，一支長箭如流星追月疾射而來，堪堪觸及太宗的後心，花樹下的那人長袖順勢拂出，右腕一帶將太宗拉至自己身後，「啪」的一聲長箭落地，屋頂挽弓的刺客一呆，他這一箭灌注了全身真力，就算是隻老虎也一箭穿了，這人只是長袖一拂，便讓他長箭落地。

太宗死裡逃生，驚魂未定，此時長吁一口氣，才見擋在身前的人銀髮白衣，儀態端莊優雅，正是唐儷辭。對面屋頂追來的刺客眼見人聲鼎沸，片刻之間自己就被禁衛軍包圍，咬了咬牙，自袖中抽出一支顏色古怪的斑駁長箭，「嗖」的一聲全力向太宗頭上射來。

箭聲破空，帶起一陣淩厲的呼嘯，唐儷辭嘴角微勾，蘊含的是一絲似笑非笑，拂袖橫擋，不料長箭觸及衣袖，「呲」的一聲竟腐蝕衣袖，自袖中洞穿而過。太宗大吃一驚，唐儷辭反應奇快，左手反抓一扯，太宗往左傾斜，那支長箭「嗖」的一聲自他頭頂穿過，只覺頭頂一輕，數粒珍珠跌落塵埃，長箭「鐸」的一聲射入身後菩提樹內，入木兩尺！

「抓刺客！保護皇上！」禁衛軍一擁而上，頃刻間便制服了這行刺皇上的凶手，然而皇宮之內戒備何等森嚴，這人究竟是如何潛入到慈元殿，又是怎樣知道皇上會路過這裡呢？各人雖然抓了刺客，心裡都是一片冰涼，皇上要是怪罪下來，難逃失職之責。

太宗瞪著眾人將那刺客五花大綁，又看了救了自己一命的唐儷辭一眼，心中驚駭仍在，張了幾次嘴都說不出話來。

唐儷辭將他扶穩，傳了股真氣助他通暢氣血，壓驚定神，過了好一會兒太宗才道：「壓下去，交代大理寺仔細審查，此事一定要給朕一個交代，查不出原因理由，今日當值之人統統罪加一等！」

趕來的侍衛紛紛跪倒，齊聲道：「是！」

太宗握緊了唐儷辭的手，身後驚魂未定的小太監匆匆拾起地上跌落的珍珠，幾人匆匆離開花園，前往福寧宮。

進了福寧宮的大門，不等太宗吩咐，裡外都加派了人手護衛，太宗坐了下來喝了口茶，這才好好看了唐儷辭幾眼，舒了口氣。

「國舅武功高強，救駕有功，你說朕賞你什麼好？」

唐儷辭微笑行禮，「臣不過湊巧偶然，不敢居功，更不敢求賞。」

太宗不禁一笑，「朕賞你什麼，只怕你都不放在眼裡，這樣吧，朕賞你兩個字『賦閒』如何？」

唐儷辭行禮稱謝。

太宗道：「不想知道何謂『賦閒』嗎？」

唐儷辭柔聲道：「皇上取笑臣了。」

太宗哈哈大笑，「風流瀟灑，清閒無事能走遍天下，清閒能看花聞柳、能修煉玄奇，也才有能耐在剛才救駕。朕說得不當麼？」

唐儷辭鞠身道：「方才之事，不過偶然而已。」

太宗拍了拍他，「朕明白你無害朕之意，那就夠了，蒼天將你賜予朕，那自是有天意，或許天意是要你來助朕一臂之力。」

唐儷辭淺笑微微，恭謙而答，太宗越笑越是歡暢，幾乎忘了方才的危機。大太監王繼恩幫太宗將上朝戴的冕冠取下，那冕上掉了幾顆珍珠，都是稀世珍寶，但受箭氣所激，又撞擊地面，幾顆珍珠的表面都有了劃痕，不復光潔鮮亮。王繼恩將已毀的珠子放在另外一個盒內，讓內務府另配顏色、形狀與舊珠子一模一樣的新珠，吩咐小太監將盒子送去內務府，自己再為皇上更衣。

天牢內大理寺立刻拷問了刺客，不過一個時辰之後便送來了大致的結果。原來剛才行刺的刺客是遼人，潛入皇宮刺殺太宗，是為宋遼征戰所結下的仇怨。但問他是如何進來，又如何知道皇上會途經慈元殿，以及那支沾有劇毒的長箭是如何而來的？那人卻說不清楚，只說他預謀此事已久，卻一直尋不到入宮的方法，昨夜突然有人傳書與他，畫明了入宮的地圖，給了他這支沾有劇毒的長箭，只因那書信寫的乃是大遼文字，故而主使之人多半乃是遼人。

太宗頗為震怒，然而遼宋之戰大宋一直未占便宜，縱然他心中大怒，卻也難以奈何，當下吩咐加派人手保衛宮內安全，今日刺客之事若是外傳，斬立決！

當夜皇宮大內繁忙勞碌，誰也沒有留心那盤送往內務府的珍珠，其中一顆已非綠魅，而是一顆和綠魅顏色大小重量都十分相似的海珠。唐儷辭陪伴太宗到深夜，告辭離去，臨走的時候聽說禁衛軍一個失手，將那刺客打死，宮中又起軒然大波，正在調查究竟是誰失手打死了刺客。

夜風清朗，頭頂卻有陰雲蔽月，使月光看起來並不非常溫柔，帶有一絲冰涼的寒意。唐儷辭出宮乘上馬車，車夫將車趕往洛陽的方向，馬車搖晃，簾幕之外夜風陣陣侵入，煞是清寒。深夜的街道空無一人，但見這華麗孤單的馬車踟躕前行，清脆的馬蹄聲遙遙傳去，像敲著寒砧的夢。

一個人躍上屋頂，目送這輛馬車離去，夜風之中衣袂飄風，看了良久，微微一嘆。屋頂上的人是楊桂華，那意圖行刺的刺客怎會突然得到地圖和毒箭？又是怎樣突然而死……他不是沒有有所懷疑，但這個人做事太曲折太乾淨了，老練得沒有留下絲毫線索和證據。如果是他，他這樣大鬧宮廷，究竟為了什麼？為了博得皇上的歡心嗎？楊桂華以為並不是，那究竟是為了什麼，非詳查不可。

唐儷辭坐在馬車裡，身後有人追蹤他很清楚，今日之事是變局，瞞不過聰明人的眼睛。但楊桂華……他微微一笑，不是對手。深夜的霧氣飄渺，絲絲侵入簾幕之內，他抬起左手，手腕上兩道傷痕尚未痊癒，此時第三道仍在流血。

嵩山少林寺。

初任方丈的普珠已有一日未出僧房，大成、大寶幾人不以為意，少林寺乃清修之地，即使有和尚十天半個月不出僧房，那也沒有什麼。僧房之內，普珠黑衣長髮，默默坐在桌前，一言不發，並非在思考佛法，也不是在修煉武功。

房內再無旁人，卻隱隱約約留有一種芳香，普珠臉色沉鬱，望著桌上一局殘棋，過了良久，深深嘆了口氣。

「……你……不再是聖人了……」恍惚之間，記起有人在耳邊柔膩溫柔地道：「普珠……普珠……你可知從當年楊柳谷初見，我就知道你其實並不適合出家，你的心太熱，對這個世間……有太多留戀……太積極……對我也……太好……」那動聽的聲音在他恍惚之間變得越來越陌生，「你是喜歡我的，是喜歡我的……是一個男人喜歡一個女人的感情……」

他聽到他自己說話，聲音非常僵硬，「但你——原來並不是女人……」

「哈哈哈……心無掛礙，眾生平等的方丈，也會在意男女之別嗎？」那人輕輕地笑，「男比丘女比丘，都是佛徒。」

他低聲道：「你——你——」

「我要你幫我做一件事……」溫柔的聲音說：「放心，我不會要你做違背良知殺人放火之事，只是要你……率領少林寺，對於中原劍會已經發生和即將發生的事，莫發議論。」

普珠低聲道：「你要少林寺對江湖風波獨善其身？」

那柔美的女聲道：「暫時是。」

普珠的聲音冷了起來，「你想在中原劍會內做什麼？」

那女聲柔聲道：「普珠……」聲音甜膩嫵媚，「你不信我嗎？」

普珠滯住，「我……」

「噓……我不會做損害少林之事，你放心。」那女聲仍舊甜蜜溫柔，但聽在普珠耳內，卻已是全然不同的滋味。她並未如何威脅，但普珠深深明瞭，少林寺方丈之身，竟然在剛剛身任方丈的一夜做下此等不倫之事，與他同床之人還是一個男子，這等醜事若是傳揚出去，他自己聲名掃地也就罷了，少林寺數百年的清譽就此毀於一旦，淪為江湖笑柄。為了少林寺，他不能反抗，何況……何況對這謎似的桃衣女子……他心底深處，仍然寄望著一個解釋。

不知不覺，普珠緩緩嘆了口氣，平生第一次，他有手足無措，難以面對自己，也難以面對將來，更難以面對少林的感覺，如果此時有強敵來襲，他便拔劍一戰，若能就此戰死，那就是蒼天對他莫大的仁慈。

但少林寺已有數百年未逢強敵了，即使是前日那戴著面具的黑衣人也不敢堂堂正正走入少林，即使有人敢稱天下第一，但面對百來名修為不俗的少林僧人，正面動手也是毫無勝算。

「篤篤」兩聲輕響，普珠的僧房之外有人敲門，普珠低沉地道：「進來。」

進門的是一位小沙彌，對普珠方丈行了一禮，「方丈，山門外有人寄來一封書信，說要給方丈過目。」

普珠站起身來，接過書信。小沙彌合十退下，他嗅到了房內淡淡的香味，卻並未往深處想。

書信是邵延屏寄來的，內容是寫了一些恭賀他身任方丈的言語，滿篇囉嗦之後，邵延屏寫了一句「如逢魔障，邵延屏誠心掃榻，清茶相待，候方丈下榻」。普珠眉心微蹙，心潮起伏，全然不能平息，如果是過往，他心如明鏡，不論紙上有多少雙關之語都可以視作不見，但前夜之後，便是一絲一點的弦外之音也足以讓他心亂如麻。邵延屏寫這句話是什麼意思？難道是他一早看出了自己會遭遇魔障？但不論邵延屏如何智慧，也萬萬想不到他面對的是這樣的死結……突然之間，普珠滿手冷汗，俯首聽令絕對不是辦法，事情也不可能永遠隱瞞，是坦誠說出、聽由寺規處理，自己再自殺謝罪，還是離開少林去到一個無人相識的地方？或者是——就此默默自盡，將偌大少林寺拋在一旁置之不理？無論何種方法，都違背了他為僧為人的本心，要如何選擇、如何放棄？

「方丈。」房門外有人緩緩說話，「老僧可以進來嗎？」

普珠微微一震，說話的是大成禪師，當下低聲道：「大成師叔請進。」

「咿呀」一聲，房門又開，身材高大，頷下留著一髯白鬚的大成禪師走了進來，眼見普珠手持邵延屏的書信，臉色不變，緩緩地道：「方丈，你該搬去方丈禪室，此地會有沙彌接管，該帶走的物品，應該已經整理好了吧？」

普珠微微一怔，為之語塞，「這……」

「阿彌陀佛，」大成禪師宣了一聲佛號，「方丈若是不放心，僧房可由老僧打掃，而這封書信也交給老僧吧。」

普珠剎那變了臉色，驀然站起，「你——」

大成禪師緩緩說話，語氣平和，「桃施主的話，方丈莫非忘了？她要你保住少林一脈，莫與中原劍會聯絡，你忘記了嗎？」

普珠全身瑟瑟發抖，臉上青一陣白一陣，「你——你——」

大成禪師合十，「老僧絕無不敬方丈之意，只是有些事老僧不提，方丈也切莫忘記，否則對少林寺有大害，還望方丈三思。」

普珠看著他，看著那張布滿皺紋，慈眉善目的老臉，看不出這德高望重的大成禪師竟然是西方桃一黨，她……她何時收羅了大成禪師？難道……難道施行的也是色誘之計？一時之間不知是驚是怒是瘋狂還是嫉恨，三十餘年來從未嘗過的種種情緒湧上心頭，胸口真氣逆沖，當下便「哇」的一聲嘔出一口鮮血來。

大成禪師冷眼看他，「方丈身擔重任，還請保重身體。」他就待告辭出去。

「且慢！」普珠厲聲道：「方丈……方丈之事，可也是她要你助我……助我……」

大成禪師微微一笑，「若非如此，以方丈往昔所作所為，要升任少林至尊、武林泰斗，只怕困難。大寶、大慧、大識諸僧難道當真有哪裡不如方丈嗎？阿彌陀佛，方丈盡可三思、再三思。」

他合十退去，普珠驚怒交集，站在房中，三十餘年堅信的世界突然崩潰，原來……原來……原來一切是如此……她、她……數年的好友、無數次月下談心的歡愉，好友啊，你設下如此險惡的棋局，要我如何相信你？你當真是如此惡毒之人？要少林寺袖手旁觀，你到底想將中原劍會如何？想將少林寺如何？想將我……如何？

第三天下午，唐儷辭再次帶著自己的血藥入宮，妧妃的毒傷已經有所好轉，眼見他再次帶藥而來，妧妃摒退左右，讓唐儷辭把藥注入她的血液之中。等一切妥善完成，妧妃垂下簾幕，輕輕嘆了口氣。

「妘兒可覺得身上好些？」唐儷辭柔聲問，他依然白衣珠履，今日的衣裳繡有淺色紋邊，紋邊的紋樣乃是團花卷草，吉祥華麗。

妘妃幽幽地道：「好些了。明日午時，翠柳小荷薰香爐旁，我會把綠魅……」

唐儷辭打斷她的話，「不必了。」

妘妃微微一怔，「難道你——」

唐儷辭舉起一根手指按在唇上，輕輕的「噓」了一聲，「那給妳下毒，逼迫妳取綠魅之人可有繼續傳話於妳？」

「有。」妘妃撩起了水綠色的垂幕，目不轉睛地看著唐儷辭，他取得了綠魅，那是怎麼取得的？真有如此容易嗎？

唐儷辭眼神下垂，眼角卻輕輕飄起，「妳怎麼答覆？」

妘妃長長吐出一口氣，「我說——」她緩緩地道：「我說唐國舅正在給我治病，我已經有了起色，所以……不怕豔葩之毒，綠魅我是不會取的，我沒有那麼大膽子去動皇上的東西。」

唐儷辭微微一笑，「他的反應呢？」

妘妃搖了搖頭，「自從我回過這番話之後，戚侍衛的小姪子就沒再來過，不過我想……」她低聲道：「我是把你……害了。」

唐儷辭有法子解豔葩奇毒，或許他也能解其餘兩種劇毒，任何人都會做如此想。所以他們放棄妘妃和綠魅，改而針對唐儷辭可能性很大。唐儷辭並不在意，柔聲道：「那明日翠柳小荷薰香爐旁的消息，妳原是如何安排的？」

妘妃的眼神很蕭索，「我本是想叫夏荷替我將綠魅送去，但我不曾說過交給她的是什麼東西。」

唐儷辭眼神流轉，「哦……綠魅那邊妳可以罷手，但翠柳小荷之行仍然要去，今日午時就可以去，我會在翠柳小荷等人。」

妘妃幽幽地道：「你總是要把事情解決得如此澈底嗎？也許你我默不作聲，他們心知失敗之後就會退去。」

唐儷辭負袖轉身，柔聲道：「妘兒，妳知道我一向不喜歡息事寧人。」

妘妃抬起視線，看了他的背影一眼，「我說過很多次，你這脾氣不好。」

唐儷辭緩步離去，「嗯……可惜……妳從來不能說服我。」

他走了。

妘妃目中的眼淚滑落面頰，這是她第幾次為了他哭？她已數不清楚。

可惜……妳從來不能說服我。

這句話很殘忍，卻不是她聽過的最殘忍的一句，他曾經對她說過多少讓人傷心的語言？而可笑的是……她能一一聽入耳中，心底深處始終存有一絲一點的喜悅——他對她毫不掩飾，是不是對他而言，她與旁人仍是有些不同？

毫不顧忌的傷害，也是一種感情嗎？

至少他救了她的命，她對他來說並非單薄如葦草，不管是為了他日後的利益、是為了國丈府，或者是為了他的大局，至少……他救了她的命。

那就足夠讓她繼續活下去了。

唐儷辭離開慈元殿，臉上略含淺笑，似乎心情甚好。今日所輸入的血藥之中，含有綠魅珠的粉末，妘妃身上的劇毒應是無礙，剩下的只是必須在翠柳小荷解決的問題了。離開慈元殿不遠，問心亭中有人等候，眼見他出來，拱手為禮，「儷辭。」

「楊兄。」唐儷辭停下腳步，「今日當值？」

楊桂華微微一笑，「不錯，儷辭今日看來心情甚好，不知可有什麼喜事？」

唐儷辭報以秀雅淺笑，「妘妃病勢大好，我自是高興。」

楊桂華站在亭中，深深吸了口氣，「儷辭，有些事我以朋友相問，你可願以誠相待？」

唐儷辭看了他一眼，「哦……我以誠相待，不知楊兄是否也以誠相待？」

楊桂華微微一震，「當然！」

唐儷辭看著他的眼神變得曖昧而含笑，「你問吧。」

「昨夜宮中之事，是不是與你有關？」楊桂華沉聲問。

唐儷辭眼睛也不眨一下，「不是。」

楊桂華低聲問道：「你當真是以誠相待麼？」

唐儷辭道：「你不該信我麼？」

楊桂華一滯，「當真不是你？」

唐儷辭面含微笑，搖了搖頭，「說罷，你在汴京查到什麼蛛絲馬跡，翊衛官在懷疑什麼？」

楊桂華輕輕吐出一口氣，「近來宮內侍衛被殺了一十六人，都是半夜裡無聲無息被點了死穴，其中幾人的武功不在楊某之下。十六人被殺的地點各不相同，但卻是越來越接近福寧宮，有些人死後全身浮現紅色斑點，和近來江湖上流傳的『九心丸』之毒十分相似，焦大人和我都猜測……有人混入宮中，在禁衛軍裡發放毒藥，但到底服用之人有多少，只怕誰也不知道。」

唐儷辭秀眉微蹙，「如果是服用了毒藥，又怎會被點了死穴？」

楊桂華的表情十分嚴肅，「那或許是不願服從施毒者號令的緣故，死的侍衛都是個性耿直，容易衝動的粗人。若當真有人在軍中散播毒藥，汴京內外岌岌可危，我朝與大遼兵戰未息，若是禁衛軍失控，後果不堪設想。」

唐儷辭沉吟了一會兒，「在禁衛軍裡發放毒藥，最大的可能是為了什麼？與大遼勾結？或是有造反之心？或是……二者兼而有之？」

「我不知道。」楊桂華緩緩地道：「此事我們尚未向皇上稟報，還請儷辭包涵一二。」

唐儷辭柔聲道：「那我自是什麼都不曾聽見了。」

他微微閉了閉眼睛，睫毛揚起輕輕睜開，「楊兄，看著慈元殿，也許——你會有什麼收穫。」

楊桂華臉色微微一變，「你的意思是……」

唐儷辭往前邁步，錯過他肩膀之時低聲而笑，「春桃、夏荷……」

楊桂華變了臉色，「她們……」

唐儷辭衣袂飄起，他已走了過去，並不回頭。

楊桂華望著唐儷辭的背影，緊緊握住拳頭，春桃、夏荷，妘妃的婢女。如果事情當真與她們有關，妘妃的病便大有文章，而給妘妃治病的唐儷辭又豈能全然不知情呢？他說出春桃、夏荷，究竟用意何在？

唐儷辭的步態很徐和，宛如在國丈府的庭院中散步，他打算在御花園裡消閒大半個時辰，而後就到翠柳小荷去。而說出「春桃、夏荷」四個字後，楊桂華毋庸置疑會跟在他身後，此時此刻，皇宮大內微妙的局面，多一個幫手，說不定會有出乎意料的好處。

昨日大遼刺客行刺太宗自然是他設下的局，寫一封遼文的書信丟給流浪街頭的浪人，識得遼文的人不多，但他擲下的地方很微妙，不久之後，書信就傳到了看得懂的人手裡，之後的事情盡如所料。刺客長箭射來的時候，他推了太宗一把，箭射斷了綠魅，在落地之前收起了綠魅，放下了珍珠，一切都做在眾目睽睽之下，但誰也沒有看見。眾人眼中所見都是刺客。至於刺客被失手殺死在牢中，那的確並非他的本意，雖然這位刺客之死必定另有文章，卻已不是唐儷辭手腕裡的事了。楊桂華對他的確以誠相待，但可惜對唐儷辭而言，信諾也罷，泛泛之交的朋友也罷，都未必足以珍惜。

他這一生珍惜的東西很少，傷害的東西很多。

秋風蕭瑟，御花園裡盛開的都是秋菊，即使品種珍異，菊花畢竟是菊花，永遠沒有牡丹、芍藥的富麗華貴。唐儷辭垂袖而行，繡有團花卷草的衣袖在菊花叢中漫拂而過，染上一層淡淡的翠綠色汁液，風吹著菊花的殘瓣，一地翻滾凋零。他走得很慢，從慈元殿外走到翠柳小荷走了將近半個時辰，楊桂華遠遠的跟在他身後，瞧見唐儷辭在池塘邊略略一停。那池塘裡有塊壽山，壽山上趴著隻老蛙，在秋風中瑟縮，唐儷辭走過池畔，「啪」的一聲一物擊在那老蛙頭上，剎那間血肉模糊。楊桂華微微一驚，待他再看時，唐儷辭已頭也不回的離去，冷風徐然，只有那隻死蛙頭頂上的一枚白玉在日下閃閃發光。

那是一枚雕作壽桃之形的羊脂白玉，只有拇指大小，但玉質細膩柔滑，少說價值也在千兩左右，唐儷辭將它當作暗器隨手擲出，射死一隻老蛙。如此舉動讓跟在他身後的楊桂華渾身都起了一陣寒意，此人……彷若妖魔附體，一舉一動似帶妖氣，讓人不寒而慄。

大半個時辰之後，唐儷辭終是到了翠柳小荷，這是皇宮大內之中一處偏僻的小亭，亭內有一座巨大的薰香爐，臨近紫雲廟。在他來到翠柳小荷之前，亭內已有一人，看那衣裙樣貌正是夏荷，眼見唐儷辭到來，她給唐儷辭行了一禮，不知說了什麼，告辭而去。唐儷辭並不挽留，等夏荷離去，他從翠柳小荷的薰香爐內摸出一物，拍了拍其上的香灰，放入自己懷裡。

這是在做什麼？楊桂華心頭微凜，瞧起來像是一場交易，但……他腦中一念尚未轉完，亭內驟然有人影閃動，幾道黑影自花叢中竄出，兩道掌影、一道劍氣一起向唐儷辭後心重穴招呼過去。楊桂華吃了一驚，但見唐儷辭回掌反擊，數招之內，那三道黑影已紛紛躺下，竟是快得未發出什麼聲息。好身手！楊桂華眼眸微動，只聽身側依稀有極其輕微的響動，略略一側，卻見遙遙的樹叢裡有人一閃而去，他不假思索貓腰跟上，一時之間心無雜念，卻是未能分神去想唐儷辭方才究竟在做什麼？

三招之內，唐儷辭放倒了三個以黑色斗篷蒙住全身和頭臉的怪客，揭開黑色斗篷，斗篷底下是三個面貌不熟的宮中侍衛。唐儷辭的白色雲鞋輕輕踏在其中一人胸口，那人面容冷峻，閉上雙眼，打定主意不論唐儷辭要問什麼，他都絕不回答。不料只聽「咯啦」一聲脆響，唐儷辭什麼都還未問，足下先踏斷了他一根肋骨，這人「啊」的一聲慘呼，猛地坐起身來，臉色慘白，「你……你……」

踏斷他一根肋骨的人微笑得秀雅溫柔，「痛嗎？」

那人惡狠狠地瞪著他，「呸！不痛……」一句話未說完「咯啦」一聲，胸口的肋骨又斷了一根，唐儷辭柔軟修長的手指解開他胸口一枚衣扣，那人正痛得渾身大汗，突然胸膛裸露了出來，他親眼瞧見折斷的肋骨自皮肉中穿了出來，驟然大叫一聲，整個人都軟了。唐儷辭那支嶄新的雲鞋依舊踏在他胸口，伸指去解他衣上第二枚衣扣，那人如逢魔咒，全身動彈不得，突地慘嚎起來，「別……別……別再……我說……我說我說……」

修長雪白的手指在他衣扣上停了下來，沿著衣扣慢慢的劃了個圈，唐儷辭卻不問他，回過頭對著地上躺著的其他兩人微微一笑，「不知是三位聽命於春桃、夏荷，或是春桃、夏荷聽命於三位高人呢？」

「是春桃、夏荷聽命於我們，給妘妃下毒，然後監視她從皇上那裡盜取『綠魅』都是她們……她們的事……」被他踩在腳下的那人一迭聲地道：「但我們只是……只是看住她們的人而已，這事絕不是我們主使的，我們哪有這麼大的狗膽敢去打妘妃的主意？實在是……實在是上頭交代下來，不得不為啊！」

「誰交代下來？」唐儷辭目注另外一人，那人的臉色霎時由紅潤變得青鐵，「上頭……上頭就是上頭，發……發藥的人。他們說……那種……那種藥太霸道，要用極寒至冷的藥物來中和，也許會更好。」

唐儷辭眼眸一動，「發藥的人是誰？」

「每個月十五子時，有個背生雙翼，長得猶如蝙蝠一般的怪物會飛入宮中，發放一種神藥，不論是頭疼腦熱還是傷風咳嗽，或者是練武久無長進，吃了那藥都會有奇效，所以宮中侍衛服用的人很多。」那人吞吞吐吐地道：「但那……那不是人，人哪有背生雙翼，長得豬鼻子豬眼的……」

唐儷辭嘆了口氣，柔聲道：「既然你們認識背生雙翼、生得猶如蝙蝠一般的怪物能治病，我想區區皮肉之傷應當不在話下。」

那人臉現駭然之色，只聽「咯啦」數聲，唐儷辭伸足踩斷了剩餘兩人的肋骨，三人痛得滿地打滾之餘，只聽唐儷辭淡淡地道：「下一次，讓我知曉有人對妘妃不敬，我折了他的手足塞入他嘴裡去，聽見了沒有？」

三人忍痛答應，「嗒」的一聲，唐儷辭揮手擲過一個淡綠色小玉盒子，拂袖而去。其中一人拾起玉盒，打開一看，盒子裡是一層淡綠色泛著清香的藥膏，那人呆了一呆，突然大叫一聲，「青龍！」

這竟然是對斷筋接骨最有效的藥膏之一，五夜小青龍！聽說敷上這種傷藥，再嚴重的外傷也會在五夜之內大致痊癒，這藥珍貴非常，千金難買。三人看著那青龍，喜悅之情剎那間遠遠勝過了斷骨的疼痛。

唐儷辭離開皇宮，大內蝙蝠妖之事楊桂華必會謹慎處理，今天算是他送了楊桂華一個人情。若非如此，縱然是焦士橋和楊桂華也未必摸得著那蝙蝠妖的蛛絲馬跡，如此詭祕之事歷經如此之久竟然尚未揭破，可見那蝙蝠妖行事謹慎小心，已到了匪夷所思的地步。而綠魅……原來有心人想用綠魅中和九心丸的毒性，綠魅珠舉世罕見，即使是能夠中和毒性，所救之人也是寥寥，敢將主意打到皇上身上，可見其人的狂性。是誰要中和九心丸之毒？能驅動如此多人手，必定是個非常重要的人物——是誰？西方桃嗎？如果是西方桃、或者是像西方桃這樣武功絕高的高手，為什麼不能闖宮取珠呢？不能——是因為其人武功不夠高，或者是分身無術？

九心丸之事，時間拖延得越久，便會越複雜。唐儷辭乘上回府的馬車，隔窗望著草木蕭蕭的官道，舉手掠了下微亂的銀髮，阿眼……九心丸的解藥若是再不現世，局面隨時都會失控，到時候誰也控制不了，九心丸會將江湖和朝政導向哪裡……誰也不知道。

但在說九心丸的解藥之前，必須先找到阿眼，而他的人又在哪裡呢？沈郎魂不知所蹤，那日他和阿眼兩人離開之後……以他的猜測，沈郎魂不會輕易殺柳眼，但一番折辱是難免。這兩人失蹤之後，他讓池雲追查，結果池雲因此而死……之後他便未再追查，柳眼竟也銷聲匿跡，宛如真的死了一般。

如果說……是因為他未再追查，所以柳眼當真死在沈郎魂手中，那……

唐儷辭坐在車中，翻下車壁上嵌著的茶盤，為自己倒了一杯茶，淡淡喝了一口。

那……救活傅主梅之後，大家一起死吧！方周死了、池雲死了、柳眼死了……很多他想要挽回的人、事、物，全都離他而去，失去……幾乎成為一種習慣。

他很少失敗，卻常常失去。

唐儷辭再喝了一口茶，勝利往往得不到任何東西，贏得越多的人似乎越孤獨……但勝利得不到的東西，也許死可以……

馬車轆轤，走得不快不慢，夜色清寒，月光如醉。突然之間，馬車停了下來，「少爺。」車夫叫了一聲，「前面這是什麼奇怪的東西？」

唐儷辭撩起簾幕，只見漸漸降臨的夜色之中，蕭瑟空曠的官道中間，伏著一個棕色長毛的巨大物體。夜風吹拂，那棕色的物體似有翅膀，伏在地上的巨大雙翼隨著夜風輕輕的起伏，竟似會呼吸一般。

「少……少爺……」車夫駭得全身都軟了，越是細看，越覺得那是一頭怪獸，「夜裡……夜裡行車果然……果然見鬼了，我們快逃吧！那必是妖物！」

唐儷辭溫和地道：「不怕，我在這呢，我們從它旁邊繞過去。」

車夫定了定神，突然想起身後的少爺是個「狐妖」，說不定狐妖就專制地上那長毛的怪獸呢？但手上仍是發抖，「少……少少少爺……它……它不會突然跳起來咬我……吧？」

唐儷辭柔聲道：「我保證不會，繞過去，不怕。」

車夫壯起膽子，讓馬車從那棕色怪獸身邊緩緩而過，車行越近，他便將那怪獸越看越清楚，只見月光之下，那褐色的毛髮的確在隨著呼吸起伏，然而越看越不似活物，似乎是一塊巨大的牛皮……馬兒從怪獸的邊緣繞了過去，車行到一半，突然之間駿馬立起狂嘶，慘呼一聲往側摔倒，刹那分為了兩半，血肉横飛，竟是被攔腰斬斷！那車夫張大嘴巴，竟是嚇得呆了，一句話也說不出來，突然身子一輕，唐儷辭帶著他沖天而起，一躍而上官道旁的大樹。

那車夫眼睜睜看著一把光亮的長柄大刀臨空砍過，地上的長毛怪獸一躍而起，竟是一個身負雙翼，面貌奇醜的怪人，手握四尺長柄彎刀，一雙精光閃爍的小眼正冷冷地看著他。

媽呀！這是什麼妖怪！車夫一心只想昏去，但緊張過度，竟一時不昏，仍舊大眼瞪著那怪人，這一瞪卻讓他看出些門道來——這人其實並非背生雙翼，而是身上穿著一件極其厚重的鎧甲，那鎧甲乃是用一種古怪動物的皮毛製成，那動物生有雙翼，這怪人未將雙翼剪去，就這麼草草剝皮後穿在身上，才差點讓人看作妖怪。但這人生得豬頭豬腦，就算少去那雙翼也和妖怪相差不遠，倒也不能說被冤枉了。他呆呆地看著這妖怪，一時間覺得自己已入了地獄，突然腰間一緊，唐儷辭扯下腰帶將他牢牢縛在樹上，隨即躍下樹來，轉身掠向遠方。那頭奇形怪狀的皮毛妖怪緊追不捨，提著長柄大刀急追而上，兩人幾個起落就消失在車夫的視線之中。那車夫呆了半日，望著腳下那橫死的馬匹，頭頂淒風冷月的天空，「少爺——少爺——」他扯起嗓門大叫起來，「過會我要怎麼下去啊——」

唐儷辭白衣秀雅，他的輕功身法自是高絕，今夜他也沒有和這長毛怪人動手的意思，然而越奔越快，剎那間兩人已向西奔出去三里有餘，那長毛怪人竟然越追越近。唐儷辭眼角微微上揚，回頭一望，那怪人身穿那套看似笨重的鎧甲，那鎧甲上巨大的披毛肉翼在他奔走之時托起氣流，將怪人沉重的身體托起了一大半，雖然做不到真的臨空飛翔，卻是別具妙用。那怪人對這身古怪裝束十分熟悉，偶爾遇到複雜地形，還能短暫臨空滑翔，比之唐儷辭自然是便利許多。眼見擺脫不了，他驀地停住，那怪人也跟著猛地停下，身後的肉翼一抖，整個人飛飄起來離地二尺有餘，而後緩緩落地。

長毛怪人仍是那張古怪的豬臉，一雙陰森森的小眼睛看著唐儷辭。唐儷辭卻是看著他身後的那雙翅膀，那會是什麼？而這張奇形怪狀的臉分明是張面具，面具底下的究竟是誰？

輕咳一聲，他對著長毛怪人微笑，「閣下可就是在宮內侍衛之間十分有名的蝙蝠妖？」長毛怪人並不說話，目光卻是落在他胸前。唐儷辭探手自懷裡取出剛才他從翠柳小荷那薰香爐內帶走的錦袋，柔聲道：「原來閣下是為了這個而來？」他輕輕往前一拋，那錦袋「嗒」的一聲落在地上，袋口未繫，裡面的東西露了出來，卻是一串瑩潤的玉珠。

長毛怪人的目光刹那憤怒起來，喉嚨底下發出一聲深沉的嘶吼，「呃——」

唐儷辭面帶微笑，「這東西，若是閣下喜歡，送給閣下也無妨。」

長毛怪人雙拳當胸一撞，發出一聲驚天動地的巨嘯，向他撲了過來。這人雖然面目不清，聲音嘶啞，身手卻是出奇的靈活，力大無窮，招式靈活，疾撲進攻之時身後那雙肉翼帶起凌厲的風聲，擊中亦能傷人。唐儷辭足下輕點，退後閃避，衣袂飄蕩，跌宕如仙。兩人交手數十招，各自心下有數，唐儷辭眼角越發揚起，月色下看來輕略有一點笑，「地上的東西若是喜歡，儘管拿去，夜色已深，再打下去閣下難道不累麼？」他勝了這長毛怪人不只一籌，這輕笑出口，心頭突然微微一凜，有些事錯了……

就在他心頭驚覺的一瞬間，那長毛怪人長嘶一聲，縱身撲上，掌指如刀往他頸項插落，唐儷辭掌切他腹部，「啪」的一聲手掌切實，一下將那怪人推了出去，「哇」的一聲那怪人口吐鮮血。便在出手傷敵的同時，唐儷辭已感身後微風惻然，驀然回身一掌向前拍出，「碰」的一聲雙掌接實，身後偷襲之人，竟然又是一位身穿肉翼鎧甲、面貌如豬的怪人！而且這一掌接實，這偷襲之人的武功比方才那位高了不少。唐儷辭心念一閃而過，方才讓他警覺的就是如果所謂的蝙蝠妖只是這樣有勇無謀的莽夫，如何能夠讓皇宮大內的侍衛俯首貼耳？果然做如此打扮的怪人不只一人，奇異的裝束只是掩人耳目的手法而已。

兩個怪人聯手圍攻，唐儷辭招招防守，漸生退意，突然身後乍覺一陣寒意，一個熟悉的聲音陰森森地道：「我真是非常討厭唐公子，但卻是不管要做什麼，都能和唐公子『巧遇』呢……」

唐儷辭衣袖一揚，一股勁風湧出，將兩個怪人各自逼退一步，「韋悲吟！」身後好整似遐，悠閒看戲的人正是韋悲吟，「我聽說這種牛皮翼人和尋常人不太一樣，他們惟命是從，只會吼叫，不會說話，也不會思考。不知道對付這種人，你那冠絕天下的音殺還奏不奏效？哈哈哈……」韋悲吟手指上把玩著他那把鏽跡斑斑的短刀，「茶花牢那一晚，我對唐公子可是念念不忘，真是承蒙賜教了……」他陰森森地道：「我可是閉關修煉了七天，新練成了一種能閉合七竅的內功心法，正想和唐公子比劃比劃，究竟是你的音殺厲害，還是我的新功夫了得！」在韋悲吟說話之際，唐儷辭身側驟然又多了兩名牛皮翼人，四人看起來一模一樣，一樣發出嘶吼，力大無窮。這些人武功都屬一流，身上穿著特異鎧甲，唐儷辭手中沒有兵器，要一招制敵還真是不易，剎那之間陷入包圍之中，白衣飄蕩，瞬間有白色碎布飄起半天，恍如成形的月光，悠悠落地。

「哈哈哈……風流店這批牛皮翼人整整練了十年！十年的成效用來殺你，就算這四頭豬在這裡死光死絕，也是不枉了！」韋悲吟看著那白色碎布仰天而笑，短刀刀光閃爍，如箭更似箭頭那一寸三分地，眼未瞬，已到了唐儷辭心口！他就是要將他一刀戳出個窟窿來！

「噹」的一聲，一物自唐儷辭袖中揮出，火光四濺，先架住了韋悲吟一刀，瞬間橫撞直劈，點打挑刺，那四個牛皮翼人紛紛受創，各自踉蹌退開數步。唐儷辭臉露淺笑，韋悲吟怒上心頭，他手中握的一支銅笛，就憑這一笛在手，他也能獨冠群雄！嫉恨與怨毒交加，韋悲吟一聲大喝，「皇府開天！」他短刀十三行之中最凌厲的一招發了出去，刀光格立如橫行直走，如木匠虔心雕刻那巍峨宮殿，富幻著鬼斧神工的奇跡，海市蜃樓般的一刀對唐儷辭胸前劈去。

「噹」的一聲脆響，韋悲吟一刀劈出，刀影奇幻，驀見半片刀刃驟然倒飛掠面而過，「撲」的一聲頂入官道旁的大樹，他幾乎是呆了一呆，才知刀到中途、刀已斷！而唐儷辭是什麼時候架住他這一刀、刀又是為何斷的？他竟然渾然不知！就在他一呆之際，那四名牛皮翼人紛紛慘呼倒地，手足骨折，紛紛傷在唐儷辭一支銅笛之上！

這是什麼樣的武功！換功大法竟有如此神奇、竟然能成就近乎神跡一樣的事實……韋悲吟心頭卻是一陣狂喜——如果能得到《往生譜》、如果能學會這種武功，以他的根基，必定是天下無敵！只是想要天下無敵之前，無論以何種手段，必須先殺了唐儷辭才是……正在這時，唐儷辭微微一晃，退後一步，伸手按住了腹部。

他依然淺笑旋然，只是落在韋悲吟眼中卻是完全不一樣了！

「哈哈哈哈……」韋悲吟仰天狂笑，「一招傷五敵，唐公子，普天之下能一招斷我刀刃，又能將他們四人打成這樣的人只怕再也沒有了！你好辣的手！好高明的功夫！不過人家說一口吃不了兩個包子，一招傷五敵，對你自己來說，滋味不好受吧？何必逞強呢……你也受傷了，今天就乖乖的把綠魅交出來，我可以讓你死得很痛快，否則——」他陰森森地道：「我將你拖回去，剮碎了釀在丹方裡當酒喝！」

唐儷辭的唇角微微勾起，沾血的銅笛握在手中，那鮮血自然的順著笛身滑落，一滴、兩滴……唰的一聲，一柄短刀插到他肋側，刀光閃，刹那橫切、斜插、點刺、劈落、外挑五下變招一氣呵成，嘯聲滿天，剛才摔倒的牛皮翼人又跌跌撞撞的爬起，大聲呼喊著橫刀砍來。

刀影閃爍，人影如虹。

「啪」的一聲微響。

夜空中有箭射過，黑色的箭，無聲無息，如夜歸的飛鳥。

鳥過無聲，夜空中只有濺起的血花。

韋悲吟哈哈大笑，「哈哈哈……想不到吧？今夜為了綠魅，我們可是——」話聲戛然而止，「噗」的一聲悶響，他往前撲倒，身下一大灘血滲了出來。「撲通、撲通」接連四響，身後四個牛皮翼人再次倒地，這一次，五個人都靜靜地躺在地上，遠離皇宮的官道上滿是鮮血，一支嶄新的白色繡珠雲鞋踏在血上，夜風微微的吹著，韋悲吟的一蓬亂髮飄了下，纏繞著他的鞋底。那鞋子微略提了起來，隨即踏下，將那蓬亂髮和鮮血一起踩在腳下。

「我說過……」將韋悲吟的亂髮踏在鞋下的人背對著射來暗箭的樹，語氣很平淡，近乎溫雅，「我是天下第一。」

風吹樹葉，沙沙微響，就在這頃刻之間，他身後的大樹上已經沒有人了。

敵人已經走了，唐儷辭靜靜地站在遍地屍首的官道上，他的左後背插著一支黑色的短箭，箭上有毒，然而中箭之後他一招穿了韋悲吟的心、再一招斷了四個牛皮翼人的頸。

唐儷辭身上的白衣只濺了很少的血，微風吹來，依舊秀雅飄逸。

他拔下射入後背的箭，在韋悲吟身上擦去銅笛上的血，沿著來路，緩緩離去。

第二十八章　微雨菲菲

碧落宮。

訪蘭居。

知道傅主梅喜歡蘭花，宛郁月旦請他住在另一處種滿蘭花的庭院。傅主梅的武功同樣來自於換功大法，然而出乎大家的預料，中毒之後，他並沒有如唐儷辭那樣對傷毒有極強的抵抗力，即使聞人壑對他施行了銀針之術，他依然不斷的生病。

「傅公子，別起身，你受寒了還沒好……」碧落宮的婢女韻翠端著一碗魚湯，非常無奈地看著傅主梅蹲在桌子底下釘東西，「不管公子要做什麼，吩咐我們下人來做就好，快起來吧。」

「咳咳……」傅主梅對受點小寒生點小病這種事似乎非常習慣，「不就是感冒……啊，不就是受寒而已，幾天就好了，沒事。我馬上就弄好了，別……別給小月說，我怕他把這張桌子扔了，他和阿儷像，都有點浪費……釘一下就很漂亮了。」

韻翠張口結舌地看著他釘，只是伺候了傅主梅幾天，她已覺得天旋地轉，彷彿天已經塌下來好幾次了。這位傅公子很不好意思被人伺候，晚上洗澡熱水也不讓下人去打，不給人說聲就自己去廚房挑水，大秋天的挑了桶冷水回來洗澡，第二日便受寒了。她端了茶點過來給他做早飯，卻發現他早就起了，把訪蘭居的花草都澆過了一遍，屋裡屋外都洗過了，早餐是和倒泔水的小廝一起吃的，看得她眼都直了。第二天一大早她早早的去廚房端清粥，卻看見傅主梅和張廚子在聊天，那鍋清粥竟是兩個人一起煮的，又把她驚得目瞪口呆。問他為何要做這些事，傅主梅揉頭髮揉了半天，說給小月添了很多麻煩，能做的事他都該做啊，何況煮點清粥、掃掃地什麼的，他本就天天在做。韻翠這才知道他原來是個廚子，但既然是宮主的朋友，再卑微的身分她都會盡心盡力的照顧，中午她將酒水端去的時候特地精選了菜肴，既然是廚子，對這方面想必特別挑剔。

但那日精心挑選送去菜肴的結果是傅主梅把椅子讓給她坐，不讓她伺候，將菜肴吃了一半，另一半細心收好，說是留著晚上吃。韻翠見他把剩菜收了起來，幾乎覺得自己要瘋了，忍不住說了句晚上另有新菜，公子不必如此節儉。傅主梅揉了揉頭髮，也不在乎，說他吃剩下的就可以。韻翠實在忍耐不住，和他攀談起來，才知道原來這位傅公子，從來都不是「公子」。

他從小就很窮，四歲的時候娘死了，十七歲的爹做生意失敗，投水也死了。他讀書不多，從小就靠著給人做短工混飯吃，最窮的時候幾個月沒吃過肉。有一次實在餓得狠了，去偷饅頭，翻進了牆卻不敢偷，但還是被當作小偷抓了，受了一頓毒打。後來好不容易存夠了錢想買塊肉吃，肉卻貴了，始終沒吃成。渾渾噩噩的混到二十歲，也是在酒樓裡當雜工，後來在酒樓裡遇見了貴人，那位貴人給了他一個飛黃騰達的機會，他為了日子能好過點苦苦努力了大半年，但因為各種各樣的原因，機會還是失去了。韻翠從小在碧落宮長大，從不知人間疾苦，聽他瑣瑣碎碎的說著，很是驚奇，問他怎會練成一身武功？傅主梅皺起眉頭想了半天，說不出個所以然來，韻翠聽他顛三倒四的解釋，勉強只能聽出他的武功來歷和唐儷辭有莫大關係，而練成武功似乎對他來說並沒有什麼不同，他依然是一個碌碌無為的小人物，不管走到哪裡，都要靠打短工為生，做得最多的還是酒樓裡的雜工。

有些人天生是強者、是梟雄、是英雄，也有些人天生就不是。宛郁月旦不會武功，傅主梅武功高強，但這兩人誰是強者誰是弱者，一目了然。

然而韻翠並不討厭傅主梅，雖然他有點目光短淺寒酸庸碌，但自己又何嘗高人一等？她不過是碧落宮裡一個小小的女婢，除了不愁衣食，和傅主梅相比其實並沒有什麼太大的不同。世上的庸人總是比強者多，坦誠自己並不是那麼與眾不同，也不是那麼超凡脫俗，其實也沒什麼不好。

「好了。」傅主梅從桌子下起來，很高興地看著被他修好的桌子，「妳看看妳看看，怎麼樣？」

韻翠很認真地蹲下細看那條裂縫，「真的很好……」

突的門外咿呀一聲微響，有人走了進來，微笑道：「在做什麼？」

「宮主！」韻翠嚇了一跳，宛郁月旦走路不帶風聲，她真是沒有聽見，「我們……我們只是在看……看這個桌子下面……有一隻很奇怪的蟲子。」

傅主梅一臉緊張，見她真的沒有告訴宛郁月旦這張桌子有瑕疵，頓時鬆了口氣。

「蟲子？」宛郁月旦也蹲了下來，好奇的對著桌腳，「什麼蟲子？」

韻翠和傅主梅面面相覷，「那個……蟲子啊……就是有四個翅膀，八條腿，兩個頭的怪蟲子。」

宛郁月旦伸手輕輕撫了撫桌腿，「下次看到奇怪的蟲子，一定要叫我。」

韻翠連連應是，宛郁月旦站了起來，從懷裡取出一樣東西，「小傅，你猜這是什麼？」

傅主梅已經幾天沒見到宛郁月旦，聽說他出門去了，此時見他眼角的褶皺舒張得很是漂亮，那黑白分明的眼睛也睜得分外好看，覺得他心情應該很好，「我猜不出來，是什麼？」阿儷和小月這些人的心思，他永遠都猜不到。

宛郁月旦攤開手掌，手心裡是一塊柔軟的白色綢緞，綢緞順著他打開的手指散開，露出一枚色澤柔和，微微含綠的珍珠。這珍珠比手指頭略大，圓潤細膩，形狀和質地都是一等一的好，只是略有擦痕，並且被稍稍削去了一塊。韻翠忍不住脫口驚呼，「綠魅！」

看到這樣的珍珠，就算再愚鈍的人也知道那是稀世珍寶，帝冕上的綠魅！

傅主梅目不轉睛地看著宛郁月旦手裡的珍珠，韻翠驚呼「綠魅」的時候他也脫口而出，

「阿儷呢？他怎麼樣了？」

汴京出了天大的命案，一夜之間，五人喪命。

而更離奇的是，死去的五人之中，有四人戴著古怪的豬頭面具，軍巡鋪接到消息去收屍的時候，把那四人臉上的面具扯了下來，結果讓人大吃一驚。這四個已經死去，衣著古怪的豬頭人，竟是十幾年前失蹤的兩對江湖俠侶，一貫素有俠名，當下議論四起，不知究竟是誰如此狠毒，竟然將這四人弄成如此模樣，然後害死。而死去的另外一人更是激起軒然大波，竟是「九門道」韋悲吟。

這人殺人無數，犯下不計其數的命案，軍巡鋪早有耳聞，只是對這等江湖高人無可奈何，他突然暴斃，人人大喜過望。只是究竟是誰一刀挖了韋悲吟的心？又是誰折斷了那兩對江湖俠侶的脖子？

殺這五人的人，究竟是正是邪？能殺這五人的人，究竟是人是鬼？軍巡鋪馬不停蹄調查所有線索，而皇宮大內暗潮洶湧自不必說，楊桂華對這起凶案分外在意，打點起十二分的精神，鉅細靡遺的追查整件事的種種細節，包括整條官道上的散居的村民百姓。

皇上對此大為震怒，有人敢在皇帝眼皮子底下公然殺人，手段極端殘忍，而且棄屍官道影響甚大，甚至距離宮城不到五里之遙，凶手如不伏法，朝廷顏面何存？當下連下數道聖旨，調動刑部大理寺兩名官員配合焦士橋主查此案。

事情傳得很快，朝野一片譁然，上至朝臣，下至販夫走卒，人人都在議論這件驚天奇案。

距離洛陽城十里外的官道。

昨夜後半夜下了一場微雨，官道兩旁的草木樹林濕潤不堪，來往的行人稀少，這幾日不是趕集的日子。秋濃時節，風雨過後分外的淒冷，遍地的野草黃萎蕭索，落葉紛紛，四處都是一副殘破敗落的景象。

潮濕凌亂的矮樹叢中，有人倚樹而坐，微閉著眼睛。

他的臉色很白，一身白衣在雨水雜草中已是髒亂不堪，更染有半身血跡，正是昨夜連殺五人的唐儷辭。

殺人之後，他便一直沒能離開這條官道，勉強走了幾十里路，雖然想及時返回國丈府，畢竟他是人非神，心有餘而力不足。楊桂華遣人在這條道上來回搜索了幾次，但憑禁衛軍那些雜兵又怎麼摸索得到他的行蹤？結果是滿城風雨追查殺人凶手，唐儷辭卻一直坐在距離他殺人之處數十里外的樹叢之中，淋了一夜的微雨。

昨夜……他其實沒有預計要殺人，在汴京城外動手，在皇上的眼皮底下殺人，為了五條不相干的人命，冒拖累自己和國丈府的風險，殊為不值。但韋悲吟咄咄逼人，風流店要奪綠魅珠，勢在必得，不得已之下，他連殺五人。

殺人……並不算什麼。唐儷辭倚樹而坐，閉著眼睛，這裡距離碧落宮很近，昨夜下雨之前他已將綠魅縛在信鳥身上，讓牠帶回碧落宮，此時想必早已到了宛郁月旦手上。此珠落入宛郁月旦手中，能發揮極大的作用，遠不只是救三個人的性命而已……但當然，對宛郁月旦來說，救人是他的目的，其他乃是其次。

他不會再失去任何同伴，至於已經失去的……總有辦法可以挽回，只要他拼命、只要他相信、只要他不放棄。

一切或許都可以重來。

「滴答」一聲，冰冷的雨水自樹葉上滴落，濺上他的衣裳。他的白衣早已濕透，甚至白衣上的血跡已被雨水洗去了大半，秋夜的清寒入衣入骨，唐儷辭一動不動地坐著，浸透骨髓的涼意，讓人覺得在享受著一種恣情的快意。

一把淡紫色的油傘冉冉自遠方而來，撐傘的人沿著官道慢慢走著，這裡距離洛陽尚有距離，附近也無村落，唐儷辭睜開眼睛，看著那淡紫色的傘面花一般在微雨中晃動，左顧右盼，彷彿在尋覓什麼。

紫色的傘走了很久，慢慢來到他身邊的樹叢，撐傘的人站住了，那柄傘移到他的頭頂，傘下是一張很熟悉的面孔，清秀而不妖治，眼神很清澈，有點倦，看著唐儷辭的眼睛，什麼也沒有說，只是淡淡一笑。

「妳回去吧。」他的語氣很平靜。

撐傘的女子答非所問，柔和地道：「昨夜官兵將汴京和洛陽各家各戶都搜查了一遍，說是要抓夜殺五人的凶手，我想……韋悲吟那樣的人物，不會輕易死在其他人手上。」她彎下腰來凝視著他，「帶人搜查的是楊先生，我想對於殺人者是誰，他和我一樣心知肚明……但他既然要到處搜查，那就是說明第一他找不到你；第二他也不願找到你。我問他你的消息，他很驚訝你我相識，說昨日他還和你在宮中相遇，說你……出手殺了一隻青蛙，之後便各自離去。」她緩緩地道：「我想你殺蛙之事給了他很深的印象……」

唐儷辭淡淡地看了她一眼，彷彿覺得和她談論那隻青蛙全然是浪費唇舌，「回去吧，秋雨寒重，荒郊野外，沒什麼可待的。」

撐傘的女子搖了搖頭，過了一會兒，她道：「你殺了牠，因為你可憐牠。」

唐儷辭的目中掠過一抹濃重的煞氣，一動不動地盯著撐傘女子的眼睛，只見她同樣目不轉睛地盯著自己，「我對楊先生說那不表示你是個嗜殺成性的怪人，唐公子步入江湖，對抗風流店，傷余泣鳳、殺韋悲吟，救了很多人……日後會救更多的人。他說你殺了青蛙、殺了池雲，那彷彿對他來說都是一樣的……我說……不是每個人都有勇氣承擔犧牲……你擔起了很多，又失去了很多……大家不能都只看到你殺人，而看不到你失去……誰做得到呢？我做不到他做不到大家都做不到你做到了，那不能表示你是個怪人……」

唐儷辭不置可否，除了方才目中掠過的那抹煞氣，他看起來一直很平靜，「回去吧。」他還是一句話，語聲甚至很溫柔，「秋風寒重，再站下去會受寒的。」

阿誰緩緩站直，「跟我回去。」她的語氣也很平靜。

唐儷辭不答，身周風飄雨散，他的面頰在風雨中分外清寒孤僻。

「唐儷辭！」她低聲吒了一聲，「世上難道只有你施恩給別人別人不得不接受，而沒有你受誰相助的道理嗎？既然你當阿誰是朋友，既然你坐在這裡不能回國丈府，既然我找到了你，你當然要跟我走！繼續坐下去，難道你指望楊桂華會一而再再而三的放過你？還是指望所有的敵人統統變成瞎子看不見你的處境也都放你一馬？還是你以為在這種風雨裡坐下去，你的傷很快就能好？還是說——覺得受阿誰的恩惠會辱沒了你？」她低聲問，「你看不起我，是不是？」

這次唐儷辭笑了一笑，笑的意思，就是承認。

阿誰撐著淡紫色的油傘，婷婷站在風雨中，唐儷辭不再看她，閉上了眼睛。

她一直站著，並不走。

風雨漸漸大了，兩人的衣袂一濕再濕，都早已滴出水來，過了很久的時間，久得讓唐儷辭確定她不會走，終於柔聲道：「阿誰，妳是個好姑娘，我說過喜歡妳，希望妳過得好，也說過希望妳對我死心塌地，心甘情願地爬上我的床為我生為我死……但是……」他說得很平靜，「男人對女人有欲望，並不代表看得起她，也不代表要娶她為妻，難道以妳的閱歷仍然不明白？」

「我明白……」她過了很長一段時間才緩緩地道：「男人對女人有欲望，很多……是出於虛榮。」

唐儷辭微笑了，「妳是個很美的女人，有天生內秀之相，知書達理，逆來順受，不會攀附哪一個男人。越是這樣的女人，越容易令人想征服……郝文侯擄妳，是因為妳不屈；柳眼迷戀妳，是因為妳淡泊；我對妳好，是因為妳心裡沒有我。」他的語氣越發心平氣和，「阿誰，誰也沒有尊重過妳，因為誰也沒有看得起妳，男人其實並沒有不同……對妳，郝文侯是強暴，柳眼是凌虐，而我……不過是嫖娼而已。」睜開眼睛，他的眉眼都微笑得很文雅，「高雅的嫖娼而已。」

「啪啦」天空閃過一聲霹靂，阿誰的臉色在風雨中分外的蒼白，「我知道唐公子說的是真心話。」唐儷辭眼前紫影一飄，她棄去那柄油傘，扶住他的肩頭，「風雨大了，走吧。」

他仍舊坐著不動，雨水順著銀灰色的長髮滑入衣襟，冰涼沁骨。阿誰用力的想把他扶起來，「再坐下去你我都會受不了，雨太大了。」

雨太大了，油傘已經擋不住。

「走吧。」

「妳求我。」唐儷辭的語氣和方才一樣文雅溫柔，「妳求我帶妳走，我就帶妳走。」

阿誰默然了一會兒，低聲道：「我……求唐公子帶我……回家。」

剎那腰間一緊，唐儷辭攬住她的腰，她只覺身側風雨一時淒厲，樹木模糊，整個人就似飄了起來，往無邊無際的暮靄中疾飛而去。

唐儷辭的身上是一片冰冷，她緊摟著他的肩頭，過了好一會兒，似有所覺，抬起手來，手心裡鮮紅耀目，是滿手的血。

高雅的嫖娼……

家妓就是家妓，婢女就是婢女。

風雨交加，愈摧愈急，一路上疾行，在她的感覺風狂如暴，雨打得她睜不開眼睛，耳畔嘩啦的雜音，似乎是樹木搖晃傾倒之聲。十里的路程不過多時就走完，等她看清楚眼前的景象，已經是杏陽書坊的後院。

唐儷辭一襲白衣已被雨洗得很白，看不出染血的痕跡，銀灰色的長髮披落了下來，雨濕之後越顯順滑，風雨中仍然站得很直。若不是明知他傷重，是根本看不出他有傷的吧……

阿誰站直了身子，嘴唇微動，尚未開口，唐儷辭微微一笑，「求我到妳家來，就讓我站在門口嗎？」

阿誰微微一頓，沒有回答，打開了後門，家裡並沒有人，鳳鳳不在。唐儷辭踏入門來，「鳳鳳呢？」

阿誰低聲嘆了一聲道：「我把他寄在劉大媽家裡，過會就要去抱回來了，你……你先在客房裡坐下吧。」她匆匆推開門，往劉大媽家走去。

鳳鳳在劉大媽家玩得很是開心，撕掉了劉家的窗紙，又打破了幾個雞蛋，劉大媽又是心疼又是罵，卻總捨不得在鳳鳳身上狠狠地揍幾下。阿誰抱回鳳鳳的時候他還笑得咯咯作響，咿咿呀呀的叫著，將人打得生疼，剛才在劉家胡鬧的時候劉大媽必定吃了不少苦頭。她心下甚是歉然，連聲道歉，暗忖日後劉大媽如有困難，定要好好報答。

折返回家，她在門口微微停了一下，唐公子……不願受一個娼妓的恩惠，他心情好的時候可以與所謂的娼妓傾心交談、把酒言歡，但……在他心中，從來沒有把她當成真正的朋友。即使傷重無法泰然自若，他依然要維持姿態，否則……就會覺得很不堪……

她怔怔地站在門口，被視為「娼妓」……她同樣覺得很不堪，但人總是重視自己的感受，看不到其他人的悲哀。

要維持一份情誼很難，要傷害別人始終是很容易，甚至不需要有心。

「咿唔……唔……唔……」鳳鳳見她站在門口不進去，奇怪地抓著她的頭髮，用力地扯著，「妞……」他仍然不會叫娘，對著她也叫「妞妞」。阿誰淡淡一笑，摸了摸鳳鳳的背，輕輕地走了進去。

她覺得唐儷辭該在休息了，踏進門去，輕輕關上房門，舉目向客房裡張望。

客房的地下有點點滴滴的斑跡，是血。她放輕腳步緩緩往裡一探，唐儷辭只是對桌支頷，閉上了眼睛。那身潮濕的白衣還穿在身上，背後一片新鮮的血紅在緩緩暈開，顯然是受了傷，點點滴滴的雨水混合著鮮血滴落在地上，他閉目支頷，神情卻很溫和沉靜。

彷彿只是微倦了稍稍打盹一樣，隨時都可以醒來，隨時都可以離開。

微微張開了口，她想說什麼，但終究是沒有說，抱著鳳鳳她輕輕帶上了客房的房門，轉身回自己房間去。鳳鳳好奇地看著唐儷辭的房門，粉嫩的小手指指著客房的房門，「唔……唔唔……」阿誰將他抱回房裡，給他換了身衣服洗了洗澡，端水出去的時候，唐儷辭房裡沒有半點動靜。

他顯然還坐在桌邊假寐，並未移動。阿誰望著那房門輕輕嘆了口氣，口齒啟動，卻仍是沒有說話。想勸他換身衣服，想叫他上床休息，想問他傷得如何……要不要請大夫？但在那溫雅的神情面前，她一句話也說不出來。

高雅的嫖娼……

平靜的表情，溫柔的言語，說出這五個字的時候，他們之間已經不是朋友，隔閡隔得太清楚太遠，遠得連一句尋常的關懷都太僭越，只能沉默。

屋外的風雨很大，夾雜著電閃雷鳴。鳳鳳對著客房的方向「咦咦嗚嗚」說了半天，見阿誰並不回應，只好委屈地閉嘴，又過了一會兒就睡著了。

左鄰右舍都已睡下，自半閉的窗戶看去，點燈的屋宇寥寥無幾，夜色黑而淒厲，風雨聲如虎嘯馬奔，震得整間房屋都似在搖晃。她望著窗外，聽著風雨，坐了很久，很久之後微微一笑，她竟不知道自己是該睡、還是不睡？

「篤篤篤……」門外突然傳來敲門的聲音，阿誰怔了一怔，站起身來。這種雨夜難道官兵還會趁夜找上門來？是又來巡查可疑的陌生人，還是楊桂華改變了主意，特地遣人來這裡找唐儷辭？疑惑之間，她仍是打開了門。

門外是個穿著黑衣的少女，容色很是清亮，腰側懸著一柄長劍，見她開門，笑容便很燦爛，「我們可以在這裡借住一宿嗎？好大的風雨，錯過宿頭，都不知道去哪裡吃飯，也走錯路啦！」

阿誰報以溫柔的微笑，「姑娘是……」

「我姓玉，叫玉團兒。」門外的姑娘很大方，「我們是三個人，走來走去只看到妳家裡有燈火，能借住嗎？」

「三個人？」阿誰微微沉吟，打開大門，「寒舍地方狹小，若是幾位不棄，勉強在廳中避雨吧。」杏陽書坊並不大，她也非書坊的主人，這書坊的主人姓佘，自己住在城西，平日書坊由阿誰打理，也讓她住在後院。阿誰在這後院長大，算佘老的半個養女，但書坊畢竟並非豪門，後院只有三個房間，一間客房、一間臥房，還有一間不大的廳堂。

門外的黑衣少女盈盈而笑，笑容不見半分憂愁，回頭招呼，「你們進來吧，這位姐姐很好，讓我們住呢！」阿誰退了幾步，讓開位置，看了緊閉的客房門一眼，唐儷辭在裡面，依然毫無聲息。

門外走進一個黃衣男子，頸後插著一柄紅毛羽扇，背上背著一位黑衣人。她瞧了那黑衣人一眼，那人黑布蒙面，伏在黃衣人背上一動不動，就像死了一樣，一雙腿搖搖晃晃，卻是斷了。那黃衣人瀟灑，雖然遍身濕透，仍是哈哈一笑，「冒昧打擾，姑娘切勿見怪，但不知此地有饅頭包子否？我等遠自少林寺而來，一路上趕路逃命，慌不擇路，已有兩頓未進食了。」

「逃命？」阿誰微微一怔，聽這人說話的口吻必定是江湖中人了，「家裡沒有饅頭包子，如果三位不嫌棄，我下廚做點素麵。」她並未去猜測這突如其來的三人究竟是何方神聖，無論是敵是友，無論這三人想做什麼她都無法抵擋，將來人想像得單純和善又有何不可？她轉身往廚房走去，伏在黃衣人背後的黑衣人聽見她說話的語聲，渾身一震，驀地抬起頭來。

這夜半敲門的三人自是柳眼、玉團兒和方平齋。自少林寺方丈大會結束之後，方平齋在會上揚言要奪方丈之位，引得人人側目，少林寺達摩院派下僧侶追蹤方平齋三人，意圖查明這三人的身分來歷。方平齋本是不在乎有光頭和尚形影不離的跟在他身後，但柳眼毀容斷足之事已經被宣揚開去，只怕光頭和尚跟得久了認出柳眼的身分，這幾天方平齋帶著柳眼和玉團兒兩人東躲西閃，自嵩山逃命似的直奔洛陽，好不容易擺脫跟蹤的少林和尚，卻撞上大雷雨，半夜三更無處落腳，瞧見一戶人家亮著燈火，只得上前敲門求助，無巧不巧，他們敲開的是阿誰的房門。

柳眼驀然抬起頭來，他聽見了阿誰的聲音，這裡是——他的目光透過蒙面黑紗，瞧見平淡無奇的桌椅擺設，簡陋的廳堂裡甚至連張佛圖都沒有貼，但……但他仍舊感覺得到，這裡有阿誰的氣息。

他從郝文侯家裡把她帶走，那時候她是郝文侯的家妓，他從來沒有問過她沒有被擄為家妓之前究竟是怎樣的女子？阿誰自己也從來不說從前。

從前……是沒有意義的故事，記得越清楚，越不肯放棄的，傷感就越多。

「喂？你想下來嗎？」玉團兒瞧見他抬起頭，「餓了嗎？」

方平齋將他放在椅上，「你猜方才那位美女做出來的是佳餚還是——滋味新鮮的異味？」

柳眼不答，過了一會兒，突然提高聲音，大叫一聲，「阿誰！」

「噹啷」一聲，廚房裡一聲脆響，玉團兒和方平齋一起呆了一呆，只見柳眼厲聲道：「出來！」

廚房裡安靜了片刻，方才那位紫衣女子緩緩走了出來，臉色有絲蒼白，「你……你……」

「我什麼？」柳眼冷冰冰地道：「我不在了，妳就可以回家了嗎？誰說我斷了一雙腿廢了一身武功——妳就可以不再是我的狗？」他對著阿誰撩起面紗，露出那張血肉模糊的臉，「過來！」

阿誰呆呆地看著柳眼那張形狀可怖的臉，今夜她的思緒本就恍惚，在這剎那之間心中一片空白，張了張唇，卻不知說什麼好。

她曾被他所救，她曾受他凌辱……他們之間，甚至曾經有過一個孩子，而他並不知道。她因他受怨恨嫉妒，她又因他受毒打虐待，但乍然相見，她心中卻無千言萬語，唯是一片空白。

她從來沒有恨過這個男子，但也從來沒有愛過這個男子。

恩怨糾葛，算計陰謀，他……縱然有千般緣由，也終是一個惡人。

不知為何，想到他終是一個惡人，她竟是有點……替唐儷辭難過。

「過來！」柳眼「碰」的一聲拍了下桌子，聲勢喧然。

她緩步向他走了過去。玉團兒驚奇地看著她，忍不住道：「他這樣大喊大叫妳也聽……」一句話沒說完，嘴巴被方平齋捂了起來，只聽他在耳邊悄悄地「噓」了一聲，「別說話。」

玉團兒滿心的不情願，柳眼莫名其妙的厲聲厲色，換了是她一定一個巴掌打過去再罵他幾句，哪裡能就這樣順從了？分明是柳眼不對嘛！

「尊……尊主。」阿誰走到柳眼面前，略顯蒼白的唇微動了一下，低聲叫了一聲。

柳眼坐在椅子上，一抬手捏住她的下巴，目不轉睛地看著她的臉，「怕我嗎？」

阿誰淡淡一笑，搖了搖頭，長得傾城絕色也罷，血肉模糊也罷，柳眼就是柳眼，如此而已。柳眼秀白的手指微微用力，語氣很平靜，「可憐我嗎？」

阿誰緩緩搖頭，她該有許多話要說，張開唇來或許是想說一句……孩子，然而……無論如何也說不出口。這個男子……犯有極端的罪，他害死了很多人，他已經遭到了一部分的報應和懲罰，而她不想再令他痛苦。

孩子……只是一個錯誤，只要她一個人忘記就是不曾發生過，那何必再苦苦記得……可憐他嗎？她看著他可怖的臉，她不可憐他，這世上卑微的人很多，比他更淒慘的……還有很多。

柳眼見她目不轉睛地看著自己，眼色溫柔而淒涼，突然用力捏住她的臉，「妳愛上別人了嗎？」

此言一出，方平齋「哎呀」一聲，玉團兒又是一呆，兩人一齊看向被柳眼牢牢抓住的紫衣女子，只見她眼神漸漸變得平淡，那種平淡是無奈和無力交疊的平靜，只聽她低低輕咳了一聲，「尊主，我早已說過，阿誰心有所屬。尊主才華蓋世，縱使失去了容貌和武功也絕非泛泛之輩，全然不必為了阿誰掛心。」她說得很淡，但很真，「我只會讓人覺得痛苦，而不會讓人覺得快樂，真的……沒有什麼好。」

「妳愛上了誰？妳會讓誰快樂？」柳眼卻不聽她這幾句話的本意，勃然大怒，「我說過掛心妳了嗎？自以為是！妳是我的人，我豈能讓妳想愛誰就愛誰？我准妳想愛誰就愛誰了嗎？妳是賤人嗎？不要臉！妳的心屬給誰了？唐儷辭嗎？」

阿誰被他一再加勁的指力掐得幾乎透不過氣來，「我——」

「又是唐儷辭嗎？」柳眼驟然狂笑起來，「哈哈哈哈……我就知道，不管我喜歡什麼想要什麼，他都要想方設法破壞！就連妳這樣一個小小的女婢他也要和我搶！」他鬆手放開阿誰，陰森森地道：「妳放心——下次讓我再見到他的面，一定將他的人頭帶回來和妳長相廝守，讓他快樂無比，哈哈哈哈……」

阿誰踉蹌退了兩步，「咳咳……你……你失了武功，如何能殺他……」

柳眼冷哼一聲，方平齋從頸後拔出紅扇，微微一搖，「有事弟子服其勞，師父失了武功，人自然是武功蓋世聰明俊秀尊師重道的我來殺——雖然——聽說唐儷辭的武功驚世駭俗非常可怕，但是——既然我敢說『但是』，那就說明我有『但是』的信心與能耐，妳說是不是？」

客房內並無聲息，阿誰倒退至靠牆而立，看著瀟灑自若的方平齋，眼神澄澈的玉團兒以及殺氣騰騰的柳眼，這三人為了柳眼，是當真要殺唐儷辭，絕非戲言而已。她心中眷戀之人並非唐儷辭，但就算她出口辯駁，柳眼也聽不見去。

他恨唐儷辭，只是為了恨而恨，所有能讓他恨唐儷辭的理由他都深信不疑，因為恨唐儷辭是他生存的意義和動力。

是否領袖風雲無關緊要，是否傾城絕色毫無意義，腿是好是殘全不關心，他之所以能坦然面對之所以能堅定的活下去甚至能顧全一份自尊與自信，全是因為他恨唐儷辭。

客房依然全無動靜，她沉默地站在一旁，突然覺得……其實就讓他這樣恨下去，沒什麼不好。但唐儷辭……高高在上的唐公子，真的能容他這樣恨下去嗎？

便在這時，門外再次「篤篤篤」三響，幾個不耐煩的聲音響了起來，「開門開門！有人說你這屋裡窩藏了形跡可疑的外地人，開門開門，官兵搜人了！誰敢窩藏凶犯與犯人同罪！」

「欸？」方平齋和玉團兒面面相覷，半夜三更，怎會有官兵？

方才三人進來，阿誰並未鎖門，此時只聽一聲爆響，木門被一腳踢開，大雨中七八個穿著官兵衣裳的男子衝了進來，七嘴八舌地喝道：「統統給老子站住！誰也不許亂說話！一個個靠牆站著！」

阿誰本就靠牆站著，方平齋拉著玉團兒退到一旁，官兵的目光在緊閉的客房門上掃了一圈，突然落在坐在椅上的柳眼身上，見他黑衣蒙面，頓生懷疑，「你是什麼人？深更半夜戴什麼面紗？拿下來！還有你們幾個，都不是這裡的主人吧？到底是什麼來路？」

「這幾位是晚上來避雨的客人。」阿誰這幾日對官兵時不時的搜查已是習慣了，雖然唐儷辭在房裡，但官兵要查的並非身分尊貴的唐國舅，而是來歷不明的可疑人，所以她並不著急。

方平齋紅扇搖動，每搖一下都打在玉團兒頭頂，「我們只是走夜路的人家，這位是我家表弟，從小殘廢面容扭曲，聽說是出生的時候沒拜神得罪了送子娘娘，所以長得就真像鬼一樣，連我都不忍心看，只要看了一定會做噩夢，這才用蒙面巾遮起來。這位是我表弟未過門的妻子，自小訂婚，所以對表弟殘廢全不嫌棄，哎呀呀，真是世上難得的真情啊……我們三人自嵩山而來，本是要去尋一位名醫給表弟治病，結果路上錯過了宿頭又遇見大雨，幸好這位姑娘心地善良收留我等在家中避雨，我等真的不是什麼可疑人物。」

玉團兒的表情在他紅扇一搧一搧之下看不清楚，但心裡驚奇萬分，他果然很會騙人，這樣眼睛眨一眨的時間，故事就能編得這樣有鼻子有眼，渾然好像真的一樣。

官兵懷疑地看著方平齋，見他黃衣紅扇，神態從容，「你說你是平常人家？你當我是傻子？平常人家我見得多了，有像你這樣穿衣服的嗎？大秋天的颳風下雨，搖什麼扇子？我看你和那殺人凶犯多半是同夥，叫什麼名字？」

方平齋連連搖頭，「冤枉、冤枉，我平生喜歡黃色，黃色尊貴、明亮、柔和、浪漫，有金色之華貴而無金色之庸俗，加上鮮豔的紅色更是耀眼。我家人見我從小中意紅黃兩色，所以給我起名，叫做赭土。赭為紅，五行之中，黃色為土，所以我叫赭土。而我表弟從小喜歡黑色，我家人將他起名墨巾，這位表弟媳賢良淑德，可惜並非出身書香世家，她父母給她起名小白，實在不登大雅。」他文縐縐地說著，瞬間給三人各起了個名字，並且神色儼然道理滔滔，玉團兒差點真的相信他本是叫做「赭土」而不是叫方平齋了。

那些官兵被他說得一愣一愣，為首的一人皺起眉頭，「那這位表弟，蒙面巾打開讓我看一下長的是什麼模樣？」

柳眼淡淡地坐著，一動不動，半點沒有要撩起面紗的意思。

方平齋咳嗽一聲：「我這位表弟從小殘廢，所以手腳都不會動，還是讓我來吧。」他伸手撩起柳眼的面紗，柳眼也不在乎，仍是一動不動。只聽「啊」的一聲大叫，為首的官兵驟然看到一張血肉模糊扭曲可怖的面容，嚇得往後跳了一步，「行了行了，這種模樣哪有人能治得了？洛陽城裡哪有什麼名醫能治得了這種怪病？除非你能找到宮裡的太醫，哼！那是不可能的。」

為首的官兵揮了揮手，柳眼面紗已經放下，但雨夜之中見到這麼一張面孔和見鬼也差不了多少，正想離去，突然問道：「你們要找的名醫住在何方？叫做什麼名字？」

此言一出，玉團兒嚇了一跳，連阿誰都微微皺起了眉頭，卻見方平齋道：「我等要尋的名醫姓水，叫做水多婆。雖然名字裡有個『婆』字，卻是個不折不扣的男人，聽說此人相貌俊美，貌若翩翩公子，平生好吃懶做，愛財如命，雖然醫術蓋世，名聲卻不是很響亮。」

那官兵沉吟道：「水多婆？水多婆？好像在什麼地方聽過這種古怪名字……」他一時想不起來，「既然如此，今夜就在這裡安生避雨，少出去胡鬧，最近不太平。」

方平齋連聲稱是，幾個官兵仍是非常懷疑的打量了他們幾眼，提刀而去。

風雨漸漸小了，屋裡的幾人都鬆了口氣。玉團兒好奇地看著阿誰，這個神情默默，看起來有點冷淡的柔順女子就是他說的那個女婢吧？看了幾眼，她看得出她長得很美，有一股說不出的風華在眼角眉梢，只是看得久了覺得一種鬱鬱壓在心頭，讓人半點也開心不起來。

女人對女人的直覺，讓她覺得這位姐姐很美很溫柔，卻一定很不幸，甚至連和她在一起的人都會跟著一起不幸似的，那種不幸的感覺入髓入骨，簡直……像籠罩著一層冰冷的寒氣。她情不自禁地看著柳眼，她不希望柳眼和阿誰在一起，雖然說柳眼如果和阿誰在一起一定是柳眼惡狠狠地欺負阿誰，這位姐姐一定不會反抗，但——但並不是她不反抗他就會幸福快樂的。

他想從阿誰身上得到什麼，但阿誰卻不能給。玉團兒怔怔地想，但如果換了是她的話，無論他想要什麼，她都覺得自己能給得起，一定能給得起，只是他不要而已。他是唯一一個真心對她好的人，不管他要什麼，她都會努力給的。

只是她並不明白柳眼想從阿誰身上得到的，究竟是什麼？

「休息吧，我還是給幾位下素麵去。」阿誰微笑了，「夜裡風大，還是吃點熱湯的好。」

柳眼冷冷地道：「小丫頭不吃薑。」

阿誰點了點頭，方平齋文縐縐遞道：「我要加醋。」

阿誰微微一笑，「稍等。」

「小方，你剛才說的水多婆是誰？」玉團兒瞪眼看著方平齋，「他真的能治他的臉嗎？」

方平齋哈哈一笑，「水多婆麼……妳有沒有聽過『風流賦閒雅，玉帶掛金華。花葉叢中過，天涯此一家』？」

玉團兒搖搖頭，她知道的風雲人物只有柳眼一個而已，就算是唐儷辭她也不清楚那究竟是誰。

方平齋紅扇揮舞，「那是我私心非常欽佩的一位仁兄啊。」

玉團兒詫異地看著他，很奇怪他竟然沒有一連串的囉嗦下去，能讓方平齋這種人欽佩又閉嘴的人，會是什麼樣的人？

「他能治好他的臉和腿嗎？」

方平齋紅扇一拍她的頭，「他能將母豬頭接在人身上，能將蘿蔔種成白菜將白菜種成地瓜，把公雞養成肥鵝將肥鵝養成天鵝——所以如果找得到人，也許真的可以。」

玉團兒渾身的血液都熱了起來，精神一振，「你知道他住在什麼地方嗎？」

方平齋紅扇在她頭頂再度一拍，「很可惜，我不知道，這世上大部分人都不知道。水多婆有一位好友叫做雪線子，雪線子有一位好友叫做唐儷辭，很可惜——」他用眼角瞟了柳眼一眼，「我的親親好師父是寧願自己跳海被魚咬去被蝦淹死被海帶吊死，也不願被唐儷辭好友的好友所救吧？何況——請水多婆出手救人，需要百兩以上的黃金，我看就算把妳買上三次四次也抵不上那些錢。反正既然師父他自己也不在乎，妳何必為他著急呢？哈哈。」

「難道不在乎就可以不治好嗎？」玉團兒白了方平齋一眼，「他現在這樣很可憐啊。」方平齋張口結舌，只得又打了個哈哈，饒是他舌燦蓮花能將修羅講成觀音將母豬說成仙女，在玉團兒面前總是吃癟。

阿誰在廚下下麵條，聽著大廳裡幾人瑣碎的閒聊，有一段時間心中空空蕩蕩。他們都真心在關心柳眼，要遇見真心對自己好的人有多難，她再清楚不過，也許是背負了其實不該他犯的罪，所以始終是比較幸運的吧？撈起麵條，分在三個瓷碗中，她一心一意做著素麵，一邊靜聽著客房的動靜。

客房裡依然沒有絲毫聲音，就像裡面根本沒有人一樣。

第二十九章　地獄輪迴

風雨漸停。

柳眼三人已經吃完阿誰做的素麵，身上感到了暖意，不若方才覺得風涼入骨。阿誰收拾了碗筷去洗，方平齋擦了嘴巴之後便道要去左近瞧瞧那些光頭和尚有沒有追來，玉團兒卻是睏了，坐在椅上打著盹兒，柳眼靜坐著一動不動，誰也不知他在想什麼。

屋裡一片安靜。

時間不知過去了多久，東方漸漸開始發白，窗外卻還是一片漆黑。柳眼突地微微一震，抬起頭來，「誰？」

玉團兒一下跳了起來，她頭腦尚未清楚，用力搖了搖頭，「怎麼了？」

柳眼武功雖失，耳力不失，凝神靜聽，屋頂上有輕微的響動。若他沒有聽錯，那是一個人自遠處掠起，落身屋頂的微響，方平齋輕功身法也好，但不是這種沉斂的路數。

「阿彌陀佛，老衲冒昧一問，屋裡毀容殘足之人，可是柳眼柳施主？」屋頂上傳來的是心平氣和的佛號，「老衲失禮，希望請柳施主與老衲回少林寺一行。」

這位老和尚聲調平平，說話聲音自屋頂傳下，柔和得猶如在耳邊一般，可見功力深湛。

柳眼揚聲冷笑，「少林寺自以為有『六道輪迴』就可以自居江湖青天，想抓誰就抓誰了？」他這句話說出口，無疑是承認，以他的傲氣，自然不會不承認他是柳眼。

房屋四周「嗒嗒」數聲輕響，玉團兒搶到門口，往外一看。只見方平齋不見蹤影，門外卻站著許多或高或矮、或胖或瘦的和尚，個個相貌凶惡。她不知這十七位和尚正是少林寺名揚天下的「少林十七僧」，見了眾人相貌醜陋她反而高興。

「你們——」一句話還沒說出口，當先一人一揮掌，玉團兒只覺一股巨力當胸襲來，「碰」的一聲她離地而起，仰後撞在對門的牆上，一口鮮血噴了出來，頓時一句話都說不出來，一根手指都動不了。她睜大眼睛看著這些和尚，聽說和尚都是好人，但這和尚無緣無故出手打人，比所謂的大惡人柳眼還壞，至少柳眼從來沒有打過她。

「碰」的一聲玉團兒飛跌進來，口吐鮮血，就此不動。阿誰吃了一驚，放下剛剛沏好的茶趕了出來，眼見十幾位和尚將杏陽書坊團團圍住，當下走上前去張開雙臂將眾和尚攔住，「各位大師光臨寒舍，蓬蓽生輝，不知可有要事？」

方才將玉團兒一掌擊飛的灰衣僧合十，「阿彌陀佛，我等乃少林十七僧，此行是請柳施主到少林寺一敘，並無他意。」

阿誰頓了一頓，「各位是少林寺的大師？小女子失敬了。」她緩緩放下手臂，讓開一條路來，「不知少林寺想和柳眼談些什麼？」

為首的「餓鬼僧」頗為奇怪地看了她一眼，以她這等不會武功的小小女子開口來問少林寺究竟想和柳眼談什麼未免有些逾矩，但她神色很正，並無忐忑畏懼之態，十分自然。

身邊「地獄僧」道：「阿彌陀佛，實不相瞞，少林寺想請柳施主回去，是為了九心丸解藥之事。」

阿誰低聲問，「那各位大師得到解藥之後呢？」

地獄僧緩緩地道：「少林寺自當召開武林大會，請江湖各派公議，對柳施主做出秉公處理。」

阿誰默然，以柳眼所作所為，江湖公議豈有生路？少林寺想要九心丸的解藥，卻不會因此放他生路。她同樣希望柳眼能交出九心丸的解藥，但她並不想柳眼死。

「少林十七僧。」遙遙門外有人輕笑，「少林十七僧要請人回少林寺，還要耍弄聲東擊西的把戲，少林寺果然是滿面光彩武學淵博聰明絕頂啊！」

阿誰心中微微一定，這說話之人正是方平齋，原來方才他被少林寺聲東擊西之計引走，此時卻能及時趕回，可見其人不凡。

「方施主。」隊伍中一位相貌略略和善些的老僧緩緩地道：「方平齋三字，當真是施主的本名麼？近二十年來，江湖中並無『方平齋』此人，施主武功高強見識不凡，絕無可能是籍籍無名之輩。閣下亂我方丈大會，帶走柳眼，究竟居心為何，可否明說？」

門外方平齋紅扇揮舞，緩步而來，「我？我只不過是無聊，只不過是想要出名而已，我這種純潔的心思別無隱晦，只是你等心思複雜，不願相信而已。」

這位相貌較為和善的老僧是十七僧中的「天僧」，他身邊一位相貌猙獰的中年僧人一聲冷笑，「只要施主也隨我等回少林寺，我等自然會相信你。」

方平齋紅扇一搖，哈哈一笑，「放屁！」

那中年僧人勃然大怒，手中法杖一頓，「劫盡業火！」杖下真氣竄動，隱含熾焰之氣，向方平齋襲去。

身邊的「天僧」見他動手，合十念佛，隨即一指「佛法如是」向柳眼點去。頃刻之間，少林十七僧紛紛動手，各自對柳眼和方平齋遞出七八招。

玉團兒重傷在地，無力救人，只能睜大眼睛看著。阿誰連連倒退，退入房中抱起鳳鳳，轉身攔在客房門前。方平齋扇影飄忽，雖是一人，卻是身影幻化，倏忽來去，瞬間接下少林僧大部攻勢。柳眼略得間隙，探手取笛，閉目就口。

他這笛子一擺上嘴邊，少林僧臉色微變，紛紛後退，方平齋「哎呀」一聲，「師父你真沒良心，為了救自己連我一起……」他一句話還沒說完，笛音響起，音色淒冽，十七僧中功力較低的「遊贈僧」首先抵受不住，腳步踉蹌，後退七步。方平齋運氣抵擋，他受柳眼傳授音殺之術，尚未有成，但是總比少林十七僧強上許多，憑藉柳眼音殺之強，紅扇閃動，「餓鬼僧」與他交手十三招，「啪」的一聲手掌相接，餓鬼僧口吐鮮血，踉蹌而退。

方平齋臉露笑容，「老和尚，老了就是老了，再不回去念佛，佛祖也不會保佑你的。」「阿彌陀佛。」餓鬼僧身邊「阿熱僧」、「阿寒僧」、「大叫喚僧」、「眾合僧」四僧齊聲念佛，四人各出一掌，一齊拍向方平齋腰間，掌影晃動，真氣震得四人衣袖獵獵作響。方平齋扇影一揚，合柳眼音律之聲，衣袂飄飄猶如舞蹈，低回翩躚，身影飄忽，一一卸去四人掌力，隨即哈哈一笑。四僧只覺胸口一痛，低頭看時，只見胸上插著一片猶如花瓣的白色刀片，刃形彎曲，顏色雪白，只有寸許長短，和尋常刀刃全然不同。四人拔去刀刃，胸口只是淺傷兩分，流了些鮮血，並沒有毒。然而這四片飛刃究竟是什麼時候射出的，四人竟然全然不知。

其餘十三人各自退開一步，只見方平齋右手持扇，左手垂下，左手指間夾著四片雪片似的彎曲刀刃，面上含笑。餓鬼僧手按胸口，勉力道：「他——他竟然……暗器……」一句話未說完，仰後摔倒，眾人變色，只見餓鬼僧摔倒之後，胸口要穴亦露出半截花瓣狀飛刃，原來方才方平齋四刀出手吊開眾人視線，實際是一刀重創餓鬼僧，讓十七僧失去領頭之人。

一寸來長的捲刃飛刀，其色如雪，狀若花瓣。少林十七僧中的「孤獨僧」面上變色，這種兵器，似乎曾有印象，使用如此特殊的暗器，有如此武功造詣，若是江湖故人，那究竟是誰呢？

方平齋一刀傷人，朗聲而笑，「等活僧」出手戒刀，刀刀狠辣，「無間僧」拳法精悍，剎那少林僧五人將方平齋團團圍住，各出一式絕技。方平齋飛刃出手，空中白色刀刃飄飛，既如雪花飛舞、又如落英繽紛，煞是好看。他那白色刀刃出手之後隨風翻飛，力盡之後能自行飛回，隨著方平齋隨手擲出，空中的白色刀刃越來越多，各位少林僧絕招盡出，奮力招架，然而近百柄白色刀刃如暴風雪般縱橫飄飛，繞是少林十七僧武功高強，也覺有些目不暇接，招架不住了。

柳眼的笛聲自淒惻漸轉淒厲，如一曲悲歌因曲將盡而泣，又如滿腹淒傷必放聲於一哭，於是笛聲越拔越高，漸高至入雲迴響之境。方平齋刀勢不緩，「哇」的一聲，少林十七僧中又有一人口吐鮮血，頹然倒地。

阿誰輕輕吁出一口氣，看來今日柳眼是不會被帶走了，再打下去，少林僧愈不占上風，方平齋此人果然是高手。正在此時，地上動彈不得的玉團兒跟著「哇」的一聲吐出一大口鮮血，隨著柳眼笛音的拔高，她又是一口鮮血吐了出來，臉色慘白，奄奄一息。

「小白——」方平齋一轉身，「孤獨僧」、「中陰僧」、「悲號僧」三僧大袖飄蕩，趁隙擊落面前的飛刃，大喝一聲，三人合力一招「慈心無怨」拍向方平齋後心。方平齋揮手反擊，面前「地獄僧」、「畜生僧」、「人僧」三人兵刃揮動，襲他上中下三路。前後受阻，方平齋身如游魚，剎那往側滑出，他身側的「阿修羅僧」拿住時機，長劍一揮，往他胸前刺來。

屋內雪刃飄飛，就在方平齋遇險之際，那與他絲絲暗合的笛聲突然停了。剎那間十七僧精神大作功力盡復，方平齋微微一頓，就在這一頓之時，面前長劍驟然加勢，奪命而來。他足下飄逸，硬生生向左避過，然而身周掌影晃動，就在笛聲停劍落空的一刻，「啪啪啪」一連三聲悶響，方平齋身受三掌，吐出一口鮮血，突圍而出，旋身飄起，落在柳眼身前。

阿誰全身一顫，她知道柳眼停笛不吹，是因為玉團兒已然經受不住音殺之術，而方平齋因此受傷，卻並無怨懟之色，這三人雖然並非江湖豪俠之輩，卻也是真情熱血之人。

「阿彌陀佛，方施主既已受傷，應該明白今日阻攔不住我等請柳施主回少林寺一談，再行阻攔，我等亦再無法手下留情。」天僧合十道：「讓開吧。」

「哈哈，他現在是我師父，如果隨隨便便就讓光頭和尚抓走，豈不是顯得我方平齋很無能很沒面子？何況我與少林寺素來犯沖，少林寺和尚對我無法手下留情已經不是第一次了。」方平齋揮扇而笑，風度依舊翩翩。

眾僧面面相覷，都暗忖本寺何時與他有過節？怎麼全然想不起來？

「如此，阿修羅得罪了。」阿修羅僧一劍「心如流水」，劍尖點向方平齋左肩。他看出方平齋左手暗器了得，要阻止這漫天飛舞的雪刃，必先傷他左臂。方平齋四刀飛起，阿修羅僧劍花點點，當當當當連擊四刀，就在這剎那之間，兩僧身影幻動，已分左右抓住了柳眼兩條臂膀。方平齋扇出如刀，鮮紅的羽毛自兩僧臂上劃過，竟是扇過、鮮血狂湧而出，七八柄雪刃插了兩僧半身。然而就在他左手飛刀右手揮扇的同時，身側兩條手臂同時伸來，指幻千花千葉，點中他身上數處大穴。方平齋臉上猶帶笑容，緩緩後傾，倚桌而倒，落入身後「孤獨僧」手中。

他其實敗得冤枉，如果只他一人獨對少林十七僧，就算不能獲勝，也絕對可以脫身，只是柳眼不能行走，玉團兒重傷倒地，拖累了他的身手。柳眼眼見方平齋落入敵手，「碰」的一聲拍案，冷冷地道：「放了他！」

「我等抵擋不住柳施主的音殺之術，如果沒有方施主在手，恐怕少林寺再多十七人，一樣不能請柳施主回少林寺相談要事。」天僧將方平齋提了起來，「你的朋友在此，一路上還請柳施主稍加忍耐，莫要吹笛。」

柳眼雙手用力，「啪」的一聲手中竹笛一折為二，「放了他。」

天僧一怔，他本因為柳眼乃大奸大惡之輩，即使有方平齋和玉團兒在手，也未必安全，誰知道柳眼折斷竹笛，毫不猶豫，「這……」

「放了他，我和你們回去。」柳眼冷冰冰地道：「他既沒有做過少林寺所謂傷天害理之事，又沒有濫殺無辜、姦淫擄掠，少林寺憑什麼拿人？」

天僧為之語塞，「這個……」

悲號僧頭腦較為靈活，「我等只要方施主陪伴我等折返少林，一到少林寺三門口，立刻放人如何？」

柳眼哼了一聲，「你們如果傷了他一根寒毛，少林寺所得的究竟是九心丸的解藥或是見血封喉的毒藥，就要自己衡量了。」

「如此說定，跟我等回去吧。」天僧當即伸手拿人，「少林寺不打誑語。」

柳眼閉目不動，天僧和人僧二人合力將他架起，就待離去。此時黑影一閃，一個人影顫巍巍地擋住大門，長髮披散，手持長劍，胸前滿是鮮血，「站……住……」

阿誰抱著鳳鳳立刻奔了過去，站在那人身邊，「玉姑娘……」持劍當門而立的正是傷重垂危的玉團兒，眼見方平齋被擒柳眼即將被帶走，突然之間站了起來，她身上的劍是不久之前方平齋買給她的，劍法她也未練會多少，此時拔劍在手，咳嗽了幾聲，低聲道：「誰……誰要把他們帶走，先從我身上……踏過去……」說話之間，襟上鮮血猶自滴落地面，點點滴滴，落地有聲。

「阿彌陀佛，我等並無傷人之心，姑娘請讓開。」天僧合十道：「姑娘傷勢嚴重，不可勞動，還請坐下調息，凝神靜氣……」

玉團兒長劍「嗡」的一震，劍指天僧，「老和尚胡說八道……每句……都在騙人……把他……把他們……還給我……」她劍上點點鮮血，卻都是她自己的。

「姑娘小小年紀，不明事理，柳眼乃是大奸大惡，專擅迷惑女子的淫徒，我等將他帶回少林，正可讓姑娘脫離苦海。」悲號僧道：「等姑娘日後年紀長大，自會明白我等是一片好意。」

玉團兒充耳不聞，低低地道：「叫你……把他們還給我……沒有聽到嗎？」

阿誰見她身子搖晃，已然支援不住，心知少林僧要帶柳眼離開不過是片刻間事，心中念頭千萬，卻是想不出一個好方法能讓少林僧放棄柳眼。此時天僧見玉團兒不肯讓路，微一沉吟，大袖輕飄，往玉團兒胸前點去，玉團兒長劍往天僧的衣袖刺去，然而手顫力弱，「噹」的一聲長劍受震垂下，劍尖著地，她卻仍牢牢握著劍柄，不肯放開。天僧的衣袖拂至玉團兒胸口，驟然面前人影一晃，玉團兒已然無力避開，眼前卻多了一個紫衣女子，「大師住手！」

他急急收回拂出的衣袖，「這位女施主，此間之事與女施主無干，切莫——」突然之間，只聽「嗖」的一聲微響，天僧話未說完，胸口驟然多了一支黑色短箭，面上表情未變，「啪」的一聲往前摔倒。

少林十七僧譁然變色，阿修羅僧、悲號僧二人一起俯身去探視天僧的傷勢，一摸脈門，竟是一箭穿心，氣絕身亡，當下兩人口宣佛號，站起身來，對眾人搖了搖頭。十六僧齊聲念佛，一起轉過身來，看著窗外黎明之色，晨昏交替的街坊房屋之間，究竟是誰動手殺人？

玉團兒轉過頭來，柳眼已經緩緩睜開眼睛，兩人四目相對，「噹」的一聲玉團兒長劍落地，雙膝跪倒，她已站不住，卻慢慢向柳眼爬來。少林十六僧雖是看在眼裡，卻未阻止，大敵在外，誰也不敢分神。

玉團兒手足並用，慢慢爬到柳眼膝下，右手抬起，牢牢抓住他的衣袖。柳眼右手抬起，掙了一下，玉團兒「哇」的一聲一口鮮血吐在他衣上，神智已然昏眩，「喂……我……我不要和你分開……」她低聲道：「我……我不要和你……分……」

柳眼的右手緩緩放了下來，她依稀覺得他輕輕拍了拍她的頭，隨即沉入一片黑暗之中。

「唔……」鳳鳳看著枕著柳眼的膝昏迷的玉團兒，小小的指頭指了指她，然後用力的抓著阿誰的頭髮扯著。阿誰輕輕摟緊了鳳鳳的背，她退了一步、又退了一步，柳眼的手落在玉團兒髮上，眼神卻向她看來。阿誰已經站到了廳堂的邊角，柳眼看了她一眼，她又退了一步，背靠上了牆壁。

「恨我嗎？」就在屋裡一片寂靜，人人如臨大敵之時，柳眼看著阿誰，手撫玉團兒沾有血跡的亂髮，慢慢地低聲問。

阿誰微微一笑，搖了搖頭，默然不語。

柳眼看著她，輕輕撫著玉團兒的烏髮，看著她的眼神似乎是很落寞，「妳為什麼既不怕我……也不恨我？」

阿誰聽著，過了一會兒，閉上眼睛，仍是搖了搖頭，過了好一會兒才緩緩睜開。

她看見柳眼撫著玉團兒烏髮的五指用力握了起來，用力得像要把她的烏髮握碎，他眼裡有極濃郁的哀傷的神色，問過這一句之後，什麼也沒有再說。

她突然……覺得這個男人真的很可憐。

他一直是別人的棋子，從前是、以後也是……他沒有能力擺脫這種棋子的命運，不管他怎樣掙扎，他的所思所想、一舉一動都在別人的算計中……她看著他眼裡的哀傷，看著他撫著玉團兒的手，在這一刻她明白，這個男人原來是真的很在乎自己的。

他沒有善待自己，是因為他不敢。

他不敢是因為他害怕，他害怕被人發現他其實並不是一個惡人。

他想做一個大奸大惡的人，因為他恨唐儷辭；他不能不做一個大奸大惡的人，因為他要在江湖之中活下去。

然而他的努力只讓他變成了別人的棋子，他的善泯滅殆盡，他的惡連一個女人的恐懼和怨恨都得不到，而他……只敢問怕與恨，其他的……連問都不敢。

她當然不怕他，也不恨他，更不愛他，但他看起來……很讓人心疼。

你……早就輸給了唐公子，你只是拼命努力的學他的邪性和惡念，但無論你怎麼學，你永遠也不會變成唐公子，因為你的惡……只能傷到人的皮肉，而傷不到人的骨頭裡。

就在這時，屋內十六僧身形一動，已各自占了兩處窗前和房門的要位置，門外那暗箭高手一箭殺一僧，此時寂然不動，顯然是正在尋覓機會，準備再次一箭殺人。少林十六僧豈是尋常角色？當下站住要位，人僧沉聲喝道：「門外何方高人？」

「鐸」的一聲，人僧一開口一支短箭破門而入，穿過門板激射他胸口。兩名少林僧對短箭來處揚手回擊，數道指風向來箭處襲去。門板經受不住箭風指力，剎那轟然碎裂，碎屑爆裂之際，「唰」的一聲一柄長劍乍現，「啊」的一聲悶哼，悲號僧肋下中劍，臉色慘白。

誰都以為這射箭之人在遠處，但他竟是潛伏在大門之外，與眾人僅僅隔了一層門板，他的閉氣之術堪稱神乎其神。其餘十五僧見人已現身，大喝一聲，合圍而上，突然煙霧瀰漫，那人身周湧起了團團白煙，一時掩去身形，眾僧足踏七星，倏然倒退。就在這倒退之時，白煙中數箭射出，「嗖嗖」數聲，眾僧出手招架，白煙愈發濃烈，竟在頃刻間掩去屋中所有事物，眾人掩口閉目，待煙霧散去，只見桌邊空空如也，玉團兒橫躺地上、方平齋斜倚一旁，柳眼卻是不見了。

少林十五僧面面相覷，一場混戰，傷一人死一人，竟然未能將武功全失雙足殘廢的柳眼帶走，少林寺此次臉面真是丟得大了。阿誰秀眉微蹙，咬唇站著，眼見少林十五僧抱起傷者和死者，告辭離去，她也回了一禮。看著眾僧遠去，轉過身來，她扶起玉團兒，費力將她移到自己的床榻上，而方平齋被點中穴道倚在椅上一動不動，她抱過衾被蓋在他身上，一時之間也不知該如何是好。再回首看悄然無聲的客房，她緩步走了過去，輕輕推開房門，果不其然，門內空無一人，唐儷辭不知何時，已經走了。

他……可有聽見柳眼說話？可有看見方才的混戰？可有看見……那些本來未曾相識的人，可以為同伴浴血，甚至……會想到拼命去保護、會想到死也不分開？她悄然關上房門，輕輕撫了撫鳳鳳的頭，想及柳眼被神祕射箭人帶走，不知生死下落，想及他那極度哀傷的眼神，想及她和他曾經有過的孩子，過了良久，幽幽一嘆。

「阿誰姑娘。」門外有人心平氣和地喚了一聲。阿誰驀然轉過頭來，只見楊桂華官服在身，身後跟著幾個官兵，眼神溫和地看著她，「姑娘家中，今夜真是不平靜。」

阿誰退了兩步，她面對楊桂華一向從容，此時卻有些緊張，「楊先生。」

「東城軍巡鋪上報說杏陽書坊中留宿三個可疑的客人，我奉焦大人之命前來查看，結果真是讓我大吃一驚。」楊桂華道：「少林十七僧在姑娘家中混戰音殺之術，這兩位來歷成謎的客人想必與九心丸之主柳眼關係匪淺，而——」他微微一笑，不再說下去，「三位都隨我到大理寺走一趟吧。」

阿誰目不轉睛地看著他，楊桂華指揮官兵將椅上和床上的兩人抬起，她垂下視線，抱著鳳鳳，順從地跟著走了出去。

他早就來了，也許是在那些官兵回報消息的時候他就趕來了，卻一直沒有出聲。也許他自忖不敵少林十七僧，所以一直等候著漁翁得利的機會。五人被殺的凶案他是主查之一，他明知凶手是誰，卻不能當真將唐儷辭歸案。風流店柳眼正是宮中流傳那神祕藥物的主人，無論是誰在宮中分發毒藥、無論背地裡是有什麼陰謀，必定都與柳眼脫不了干係，那死去的蝙蝠怪人和韋悲吟都是柳眼的人手，唐儷辭殺蝙蝠怪人，說明他的立場和自己一致，而他是江湖之中針對風流店的最強的力量，因此自然不能抓唐儷辭。但皇上龍顏大怒，事情催得緊了，亦不能長期尋不到凶手，杏陽書坊中這兩位和柳眼關係匪淺的陌生男女，正是用以一時搪塞的好人選。而阿誰……以楊桂華的眼光自然看得出，唐儷辭與她關係曖昧，能將這位姑娘握在手中，對高深莫測的唐國舅也能多一份制約。

晨曦初起，秋日漸升。

劉媽被風雨聲吵鬧了一夜，睡夢中隱隱約約聽到些許淒惻的笛聲，模模糊糊似乎做了些年輕時的夢，早晨醒來的時候嚇了一跳，從視窗望去，隔壁的杏陽書坊大門碎裂，木頭掉了一地，地上斑斑點點的血跡，阿誰和鳳鳳不知去向。她摸了摸心口，心想會勾引男人的女人就是不安生，這好端端的，咋就能弄成這樣，這下天知道又招惹了誰，真是嚇死人了。

白煙濃烈，柳眼只覺一條繩索似的東西在他身上繞了幾圈，猛地將他從椅上扯了出去，隨即有人用那東西將他牢牢縛住，背在背上往前疾奔。白煙散去之後，負著他往前疾奔的人是一個勁裝黑衣少年，右邊腰間懸著一柄長劍，左腰間掛著一張黑色小弓，不消說方才殺人的短箭就是他射的。柳眼卻是怔了一下，這是個很年輕的少年，年紀莫約只有十七八歲，頸後麥色的皮膚都透著一股清新和稚嫩。

然而他箭殺少林僧毫不遲疑，出手奪人乾淨俐落，所作所為和他渾身透著的這股年少的青澀全然不合。他認得這個少年，這黑衣少年姓任，叫任清愁，一個不倫不類的名字，一個很少在人前說話的安靜少年。在飄零眉苑住的時候，他很少離開他的房間，見了人也總低著頭，彷彿與人多說兩句就會靦腆似的。柳眼幾乎從來沒有和他說過話，聽說這位少年是屈指良的徒弟，天賦異稟，武功很高，然而徒弟卻絲毫沒有師父的霸氣，甚至從來不提師父的名字。

「任清愁。」柳眼低聲道：「放我下來。」

任清愁搖了搖頭，聲音聽起來特別純真，「蕙姐叫我把你帶回去。」

柳眼微微一怔，蕙姐？想了良久，他勉強記起在白衣役使之中，依稀有個姓溫的女子，叫做溫蕙。那女子出身峨眉，在一干白衣役使之中，武功既不高、容貌也不出色，更不見得有什麼口才文采，於是他對她的印象甚是模糊。在好雲山一戰之後，她應該被峨嵋派帶回，怎會依然和任清愁在一起？

「你怎麼會在洛陽？」

「白姑娘叫我和韋悲吟帶四個牛皮翼人在路上截殺唐儷辭，奪綠魅珠。」任清愁的語氣並不氣餒，卻有一絲懊惱，「但唐儷辭實在是太難對付，他一招殺了韋悲吟和四個牛皮翼人，我……」

柳眼笑了起來，「你就逃了？」

任清愁點了點頭，「是，但等我再練幾年武功，說不定就能殺得了他。」

柳眼低低的笑，「是麼？其實你昨夜就能殺得了他……」

任清愁一愣，「為什麼？」

柳眼吐出一口長氣，「因為他就是那種人，越是不利的狀況，越要逞強……」

任清愁悶聲不語，過了好一會兒他嘆了口氣，「蕙姐也是這樣說。」

柳眼淡淡地道：「白素車和溫蕙想要拿我怎樣？我已是殘廢之身，對風流店已是無用。」

「你……」任清愁頓了一下，低聲道：「你怎麼能這麼說呢？雖然你殘廢了，但蕙姐還是……」他頸後的肌膚突然紅了，「蕙姐還是很牽掛你，她說……她說只要我把你帶回去，她要用一輩子伺候你。」

柳眼冷眼看著黑衣少年掩飾不住的靦腆，「她還答應你什麼？」

任清愁連耳朵都紅了，卻仍是道：「她說她用一輩子伺候你，當你的丫鬟，然後一輩子陪我。」

柳眼冷笑，「她答應你，你就信？」

任清愁道：「蕙姐不會騙我的。」

柳眼聽著他深信不疑的聲音，本有滿腹的譏諷，心頭不知為何卻突然冷卻了下來，嘆了口氣，「要是她騙了你呢？」

任清愁道：「我會原諒她。」

柳眼良久沒有說話，過了良久，他緩緩地道：「你為什麼要加入風流店？為了你蕙姐？」

任清愁點了點頭，「嗯。」

柳眼冷冷地道：「為了你蕙姐，你就可以隨便殺人麼？」

任清愁一愣，「但……但他們要抓你啊，被他們抓走了，我就救不了你了，少林寺六道輪迴防衛森嚴，而且少林僧武功很高。你要是被他們抓走了，一定會死的，我不想讓蕙姐傷心。」

柳眼淡淡地道：「日後不許殺人。」

「為什麼？」任清愁的聲音聽起來很疑惑。

柳眼不答，過了良久，他道：「你聽話就好。」

任清愁不說話了，他的確一直都是個聽話的孩子，再過了一會兒，柳眼道：「你殺的那個和尚，是個好人。」

任清愁道：「他要殺你，你為什麼要替他說話？」

柳眼看著他的頸項，「我不想替他說話，只是不想看你將來後悔。」

任清愁背著他往前疾奔，腳步又快又穩，「那你殺了那麼多人，你將來會後悔嗎？」

柳眼笑了一聲，卻沒有回答。

未過多時，任清愁背著他到了洛陽城郊一處山坡腳下，停下腳步。柳眼舉目望去，這山腳下一片密林，並無房屋，樹林之中兩位女子站著，一人背袖望山，一人倚樹低頭。

任清愁走到那倚樹女子面前，「蕙姐。」呼喚的聲音充滿了喜悅和小心翼翼。

那女子抬起頭來，柳眼見她相貌溫柔，談不上美貌，卻並不令人生厭，她看見自己，眼圈一紅，對任清愁道：「辛苦你了。」

背袖望山的女子轉過身來，清靈的瓜子臉，正是白素車，「尊主。」

柳眼淡淡地道：「好雲山戰敗之後，對風流店來說，我已是無用之人，尊主之說，再也休提。」

白素車不答，不答就是默許。

溫蕙卻道：「不論尊主變成什麼模樣，對我來說，尊主就是尊主，永遠都不會改變。」

柳眼不理她，看著白素車，「妳叫人把我奪回，也是為了九心丸的解藥吧？」

白素車頷首，「不錯，風流店上下都服用此藥，雖然說服藥的期限一到只要繼續再服藥就平安無事，但他還是希望能有更安全的方法。」

柳眼的聲音陰鬱而動聽，「九心丸沒有解藥。」

白素車一怔，「我不信。」

柳眼舉起手，輕輕捋了一下面上的黑紗，手指潔白如玉，彷若瓷鑄，「九心丸的藥性來自毒性，毒性令人突破侷限，麻痹部分痛苦，而能達到武功的更上一層樓。如果有藥物能解除這種麻痹，九心丸就會失效。並且超過藥期人會覺得痛苦，大部分是因為身體習慣了享受藥性之樂，並不是因為毒藥本身。所以，沒有解藥。」

白素車眼望柳眼，語氣平淡，「原來如此，那你——」她轉過身去，「就沒有留下的意義了。」

白素車身邊的溫蕙驀然變色，「白姑娘！」

白素車淡淡地道：「我奉主人之命奪綠魅珠、殺唐儷辭和柳眼，現今韋悲吟身亡，唐儷辭未死，我總不能一事無成，你說是麼？」她負手望天，「蕙姐，殺了他！」

溫蕙全身一震，「我……我不能……」

白素車背後手指微挑，柳眼的蒙面黑紗無風飄起，露出他那可怖的容貌，溫蕙觸目看見，臉色慘白。

白素車淡淡地問：「如此——妳殺不殺？」

溫蕙搖頭，雖然無力，卻不遲疑。

白素車冷冷地問：「妳要抗命麼？」

溫蕙低聲道：「白姑娘妳……妳將我們一起殺了吧！」她站到柳眼身前，雙手將他攔住，「溫蕙不敢抗命，只敢死……」

「蕙姐！」任清愁突然叫了一聲，閃身而出，擋在溫蕙面前。

白素車淡淡一笑，「連你也要抗命不成？」她「唰」的一聲拔出斷戒刀，刀尖指任清愁眉宇，「屈指良不要的徒弟，果然是糊塗得可笑，你以為走在武林不歸路，真有容你癡情的餘地嗎？」

任清愁手按腰間劍柄，認真地道：「白姑娘，妳不是我的對手。」

白素車身子一閃，倏然自任清愁身側掠過，斷戒刀架在溫蕙頸上，轉過身來，「論武功我不是你的對手，但你——卻是鬥不過我。」她指了指柳眼，「蕙姐不肯殺人，你替她殺了他。」

任清愁愣了一下，溫蕙全身簌簌發抖，「你要是殺了他，我一輩子恨你！永遠都不原諒你！」

任清愁「唰」的一聲拔出劍來，他的想法一向簡單，也從不猶豫，「但我要是不殺他，妳就要死了。」言下一劍向地上的柳眼刺去。

白素車一旁站著，微露淺笑，只聽「叮」的一聲震響，任清愁的長劍脫手飛出，彈上半空，在柳眼身前多了一個白衣人，衣袂徐飄，風姿卓然。

「你——」任清愁眼見此人，頓時睜大了眼睛，柳眼全身僵硬，一瞬間似見了鬼一般！來人相貌秀麗，神情溫雅沉靜，正是唐儷辭。出手震飛了任清愁的長劍，他對著白素車微笑，「白姑娘手下竟有如此英雄少年，當真是可喜可賀。」

白素車冷冷地道：「這兩人抗命離心，日後我定要上報主人。」

唐儷辭微微一笑，踏上一步，「姑娘自以為還有『日後』嗎？」

白素車臉色微變，退了一步，任清愁卻攔在白素車面前，「白姑娘，妳帶蕙姐先走，我拖住他。」

白素車目光轉動，冷哼一聲，抓起溫蕙往遠處掠去。任清愁從地上拾起長劍，凝神靜氣，擺開架勢，面對唐儷辭。

「我不想殺人。」唐儷辭身上的白衣並未乾透，站在柳眼身前，衣袖隨風略擺，「你也可以走。」

任清愁眼神堅定，「我接到命令，必須殺你。」

唐儷辭微微一笑，「是麼……那動手吧。」

任清愁長劍落地，探手拿起腰間的黑色小弓，手指一翻，一支黑色短箭搭在弦上，雖然弓小箭短，卻是堅毅非常。唐儷辭彎腰挾起柳眼，衣袖一揚，往外便闖。任清愁手指一動，「嗖」的一聲微響，短箭疾射而出，唐儷辭左手接箭，眉心微微一蹙。

他左肩的傷還未痊癒，只不過已不流血而已，右手挾住柳眼，單以左手迎敵十分不便。

任清愁看得清楚，心知他護著柳眼，當下「嗖嗖嗖」三箭往他右側柳眼身上射來。唐儷辭帶人往前疾奔，身形閃動，「奪奪奪」三聲悶響，三箭皆射入密林樹幹之上。任清愁年紀雖小，心氣卻很沉著，也不氣餒，展開輕功追了上去，四箭再射柳眼。他心裡其實並無傷害柳眼之意，然而大敵當前渾然忘我，只是本能的選擇對自己最有利的方法。這四箭角度刁鑽，加之密林樹木隘路，唐儷辭閃避之後已讓他追上。他心中一喜，黑色小弓一晃，弓弦流動如刀，一式「水千尋」往二人頸項纏去。唐儷辭低頭閃過，不知何故突然微微一頓，任清愁等的就是他一瞬的破綻，當下弓弦疾翻，黑色短箭雙箭上弦，一聲大喝，箭如暴雨流星，一對唐儷辭、一對柳眼，就在那剎那間射了出去！

然後他才看清唐儷辭為何突然一頓——就在他低頭閃避的一瞬間，柳眼手握一支不知從何處折來的樹枝，一下捅進了唐儷辭的小腹！就在電光石火的一刻，兩支要命的短箭暴射而來，唐儷辭放開了柳眼，柳眼頹然跌坐地上，只見唐儷辭右手衣袖揚起，向兩支短箭捲去，然而「呲」的一聲其中一箭破袖而出，仍射柳眼！唐儷辭應變極快，往前撲倒，將柳眼壓在身下，只聽「撲」的一聲悶響，箭入後心兩寸有餘！

柳眼的手上仍然握著那支他被唐儷辭挾著疾奔的時候，順手從身側的樹上折下的樹枝，鮮血順樹枝而下，濡濕滿手。唐儷辭右手撐地，神色仍很平靜，見他滿臉暴戾與驚恐交混的神氣，反而微微一笑，笑意溫淡，「你——呃——」一句話未說完，他一口鮮血吐得柳眼滿頭滿臉。柳眼牢牢的握著那樹枝，臉上的暴戾喜悅一點一點化為驚恐，「你——你——」唐儷辭面上始終微笑，眼簾闔起，撐住片刻，終是倒在他身上。

「啊——啊——啊啊啊啊——」柳眼一陣狂叫，一把把他推開，滿目驚恐，「你快把他拉走！你快把他射死！把他帶走把他帶走！我不要見到他！你快把他弄走！」他以雙手支地，一步一步往後爬，能離傷重昏迷的唐儷辭多遠就爬多遠，一手一個血印，柳眼就如蠕蟲一般驚慌失措的往遠處掙扎。

任清愁弓上仍有箭，不知為何卻沒有射出。此時此刻，無論要殺唐儷辭或是柳眼，都是易如反掌，他行事一向不猶豫，但此時卻沒有開弓。他其實並不是在猶豫，他只是突然呆住了，看著渾身是血的唐儷辭，再看著見了鬼一般的柳眼，任清愁慢慢收起了弓，搖了搖頭，轉身離開。

唐儷辭果然在昨夜一戰就已身受重傷，昨夜他搏命護綠魅、今日捨命救柳眼，他似乎從來不管自己能不能承受，只要結果。

柳眼掙扎爬出去十來丈遠，一路血跡斑斑，一直到他實在沒有力氣繼續爬行，才回過頭來。

唐儷辭依然倒在地上，滿地是血，一身白衣暈開朵朵花似的血色，並沒有突然痊癒或者復活。他停了下來，一直看著他，足足看了大半個時辰，唐儷辭一動不動，地上的血越來越多、越來越多……

他……他真的會死的。

只要他坐在這裡看，他就會死。柳眼目不轉睛地看著唐儷辭，刻骨銘心的恨他，想過無數次要如何殺他、想過在他死後要如何凌虐他的屍身、如何將他挫骨揚灰……但從來沒有想過只要坐在這裡看著，就可以看他死。

眼前這個人從來不表達自己真實的感情，他要站在眾人之巔，為此不管付出怎樣的代價都不在乎，一貫要做操縱別人生死的神……喜歡千千萬萬人的命運都維繫在自己一時心情好壞的那種感覺……他有很多欲望，衣食住行甚至奴僕、女人都要最好的……走在這條路上，即使犧牲兄弟的尊嚴和性命也在所不惜、有人能超越自己就選擇同歸於盡……這樣一個人，怎麼會這樣就死呢？

何況他……他是撲在他的身上，替他擋了一箭。

心裡究竟在想什麼呢？你真是讓人無法理解，就算我和你一起長大，也一直不知道你心裡在想什麼……

柳眼緩緩吐出一口氣，在青山崖上，也是這樣跟著跳下來，先救了我的命、再受我一掌，今天也是這樣……人人都說你心機深沉，我看你是白癡吧？他伸出手，撕開了唐儷辭背後的衣襟，拔出了那支深入後心的短箭，幸好箭短，射的位置偏了，雖然入肉兩寸有餘，卻沒有傷及心肺。眼見左肩還有箭傷，他怔了一怔，草草用撕裂的衣裳擦了一把，卻發覺唐儷辭的衣上全是水。將他的身體翻了過來，他用樹枝造成的刺傷並不嚴重，那樹枝柔軟而鈍，只是劃破了一片皮肉，淺傷兩分。

「咳……咳咳……」唐儷辭被他搖晃了兩下，突然睜開了眼睛，他一睜開眼睛就要坐起來，「我……」

柳眼一把把他推開，冷冷地道：「你怎麼了？」兩處箭傷、一處擦傷，不可能讓唐儷辭變成這種樣子。

「我沒事。」唐儷辭緩緩吸了口氣，仍是微笑，「我說過……我一定有辦法救你。」

柳眼呸了一聲，「救我？你說過你一定有辦法救方周、一定有辦法救我——哈哈哈……現在方周死了，死了永遠不會再活，而我呢……」他一把撕下蒙面黑紗，露出那張鬼臉，「我這種樣子……也算被你救了麼？」

唐儷辭手按腹部，雙眉蹙得很深，「總有……辦……呃……」他咬了咬牙，「你的臉和腿總會有辦法治好，而方周——我留下了他的心臟……他可以如我一樣，使用禁藥在活死人腹中再生。」

「笑話！再生？再生出來的不過是另一個嬰兒！和方周有什麼關係？你真以為你是神？你不過就是一個你爹娘用錢買回來的怪物而已！你真以為你什麼——什麼都能做到？」柳眼大笑起來，「哈哈哈……為什麼不承認？被你害死的就是被你害死的，方周他死了不可能再活了，為什麼要自己騙自己？為什麼要救我？救我可以減輕你的負罪感嗎？還是說現在你沒有九心丸的解藥，為了你的江湖大計才救我的？你以為你是在兄弟情深嗎？我從來不信你說話！因為你從來不說真話！」

「呃……」唐儷辭搖了搖頭，以手捂面，聲音略見低沉氣弱，「我不太舒服，有些事過些……日子再說……」

柳眼喘了幾口氣，上下看了他幾眼，「你怎麼了？」

唐儷辭闔上眼睛倚樹而坐，「我沒事。」

柳眼冷笑，「你以為憑藉你那怪胎的肉身就真的不死嗎？」

唐儷辭流血甚多，臉色卻不蒼白，反而酡紅如醉，低低的咳嗽了一聲，「我真的……很不舒服……暫時別……和我說話……」他倚樹調息，真氣流動，背後的傷口又開始流血。

柳眼坐在一旁看著，過了一會兒突然道：「你再繼續，內息尚未調勻，人就先失血過多死了。」

唐儷辭喘了口氣，右手五指抓住腹部的白衣，「我……」

柳眼伸手往他腹部按去，只覺柔軟的腹下有一團不知什麼東西在輕微跳動，「這是什麼？」

唐儷辭咳嗽了一聲，「方……周的心，我把它埋進……」

柳眼大吃一驚，「什麼？」

唐儷辭急促的換了口氣，微微一笑，「我想把他的心治好，再移回他身體裡，沒有心臟以後，換功大法可以暫時……暫時代替心臟……讓血液流動……」

柳眼怒道：「胡說八道！你根本是異想天開，一派亂來！在這個地方既沒有藥物，也沒有技術你挖了方周的心還指望他能活？你根本是瘋了！再說——再說你怎麼把他的心埋在你腹裡？你把他的心接在哪裡了？根本……根本就是……」他頭腦裡一片空白，已根本想不出要用什麼詞彙來形容唐儷辭的任性妄為，「你根本就是拿他的命和你的命在開玩笑！」

唐儷辭淺淺地笑，睜開眼睛，眼神尋不到焦點，「但……那個時候，他就要死了……我……我說我一定能救他，可是卻不知道要怎麼做……你和主梅都不能幫我……我……我做不到看著他那樣就死……」

「所以你就教他練換功大法，然後叫他傳功給你，你再挖了他的心埋進自己肚子裡……」柳眼全身都在顫抖，「你都在做什麼？你——你——」

唐儷辭的眼神漸漸變得迷茫，「我拿走了他的錢，因為我要保他不死，我要有武功、要有冰棺、要有藥物、要有錢……我也很討厭沒有錢的日子……為了這些事，主梅曾經回來砍了我一刀……呵……」

柳眼怒道：「這些亂七八糟的事如果當初我知道，一樣會砍你一刀，說不定會砍你十刀八刀，都不知道你在做什麼……方周的命是命，你的命就不是命了？四個人裡死了一個不夠，你想要死兩個嗎？」

唐儷辭笑了起來，手指抬起，不知他想撫上什麼，又緩緩放了下來，「說這些話，會讓我覺得……你其實一點……一點也沒變……」

柳眼冷笑一聲，「你不單喜歡騙別人，還喜歡騙自己。」頓了一頓，他道：「你把方周的心接在哪裡？」

「我不知道……」唐儷辭的聲音聽來已有些模糊，「過一會……再說吧……」

柳眼推了他一下，唐儷辭眼睫低垂，再無反應，他驀地驚慌起來，「喂——你起來！別在這裡睡！你起來啊！」這裡是洛陽城郊，雖然是密林，但絕非隱祕之處，他雙足殘廢，唐儷辭要是昏迷不醒，他不可能帶他離開，要是敵人突然來到，要如何是好？

天色光明，此時正是正午，深秋時節無時尚不寒冷，若是到了晚上，風霜露凍，唐儷辭重傷之身抵受得住麼？

不知過去多久，唇上一陣沁涼，唐儷辭紊亂的心緒微微一震，突然清醒過來。睜開眼睛，只見頭頂星月交輝，身上的衣裳已經乾了，唇上猶有涼意，剛剛有人將清水灌入他口中，轉過目光，正是柳眼。

柳眼面上的黑紗已經不見，衣袖也撕去了不少，血肉模糊的面貌與白玉無瑕的手臂相映，看來更是可怖。

見他醒來，柳眼鬆了口氣，語氣仍然很冷硬，「好一點麼？」

唐儷辭坐了起來，背後和腹部的傷口已經包紮，也不再流血，舉目望去仍在白日那密林之中，他微微一笑，「辛苦了。」

柳眼轉過頭去，「站得起來就快走吧，今日僥倖無人經過，否則後果難料。」

唐儷辭笑了起來，「你是想自己留下自生自滅嗎？」

柳眼淡淡地道：「殺了我吧。」

唐儷辭眉心微蹙，柳眼冷笑一聲，「你是江湖棟梁，我是毒教奸邪，懲奸除惡那是理所應當，殺了我江湖上千千萬萬的人都會為你歡呼。」

剎那間唐儷辭出手如電，一把扣住柳眼的咽喉，五指加勁，一分一分握緊。柳眼氣息停滯，咽喉劇痛，頸骨格格作響，突地聽唐儷辭輕輕咳嗽了兩聲，「有時候……真想殺了你。你這人心軟，辦不成大事，也分不清好人壞人，該聽的話不聽，不該聽的偏信，就是闖禍也能闖得不可收拾，但無論如何……我知道從小到大是你……是你對我最好。」

掐在頸上的五指緩緩鬆開，柳眼劇烈咳嗽，強烈的喘息，「咳咳咳……」

唐儷辭搖搖晃晃的扶樹站了起來，一把提起柳眼，「走吧。」

柳眼大吃一驚，「放下我！」

唐儷辭充耳不聞，右手挾住柳眼，提起真氣往遠處疾奔而去。

他奔向洛陽，柳眼奮力掙扎，「放我下來！」提著他這麼一個人，唐儷辭能走多遠？何況他重傷在身，官兵到處搜查可疑之人，一旦有宮中高手找上門來，他要如何是好？他極力掙扎，唐儷辭手一鬆，他「碰」的一聲跌坐地上，心頭一怔，抬頭只見唐儷辭額上滿是冷汗，頗有眩暈之態，「阿儷……」

唐儷辭唇角微勾，「你再動一下，我捏碎你一隻手的骨頭，再說一句話，我捏碎你兩隻手的骨頭。」

柳眼本是求死，此時卻是呆住，唐儷辭短促的換了口氣，提起柳眼，再度前行。

他為何要回洛陽？

柳眼被他提在手裡，唐儷辭奔行甚快，亦如行雲流水，絲毫不見踉蹌之態。柳眼閉上眼睛，一動不動，未過多時，已在洛陽城門之外。夜已頗深，路上的行人稀少，唐儷辭帶人往城門便闖，守城軍只覺眼前一花，一團白影鬼魅般閃過，當下大叫一聲，飛報指揮使。

而短短片刻，唐儷辭已帶著柳眼回到杏陽書坊，闖進房內，只見遍地血跡，桌椅仍舊，本應在房裡的幾人卻不見了。地上血泊之中有許多腳印，縱橫凌亂，柳眼突然道：「他們——」

唐儷辭手按腹部，低低的咳嗽了一聲，「閉嘴！」

柳眼停下不說話，唐儷辭閉上眼睛，撐住桌面，過了好一會兒，「他們莫約是被禁衛軍帶走了。」

柳眼默然，過了一會他突然道：「你在想什麼？」

唐儷辭緩緩睜開眼睛，「我如果在少林十七僧還未和你動手之前出手，也許……不會驚動禁衛軍，他們也就不會被帶走。」

柳眼冷笑，「如果？你明明知道任清愁一直跟蹤你，就伏在外面等候機會，你要是和少林十七僧動手，只要一個破綻他就足以要了你的命！」

唐儷辭咳嗽一聲，緩緩抬起手捂住口唇，他一口血汙一口清水地吐了起來。柳眼吃了一驚，見他吐了好一會兒，臉頰上的紅暈全悉轉為慘白方才漸漸止住，但就算是嘔吐他也保持姿態，吐得並不難看，吐完了伸手取出一塊錦緞擦拭，後退了兩步。

「你的傷……」柳眼看他吐得辛苦，忍不住問：「你把方周的心接到哪裡去了？」

唐儷辭是優選的嬰孩，只要不是致命的傷，傷口痊癒的速度是常人的幾倍，並且傷口從不發炎。從小到大，柳眼看過他受過不計其數的傷，卻沒有一次讓他看起來如此疲憊。

唐儷辭棄去那塊錦緞，低低地笑，「我不懂醫術，所以把能接得上的血管都接了，總之……他的心在跳，並沒有死。」

柳眼僵硬地看著他，「你以為你當真是不死身嗎？」

唐儷辭眼角揚起，目中笑意盎然，「難道不是？」

柳眼勃然大怒，「你胡說什麼？從你爸說你是個沒救的怪胎，真是一點也沒有錯！」

唐儷辭驀然抬頭，轟然一聲面前的桌子炸裂為數百片碎屑，柳眼渾身起了一陣冷汗，一隻手穿過碎屑一把抓住他的頸項，只聽他柔聲道：「他還說了什麼？」

柳眼轉過頭抿唇不答，唐儷辭輕輕伏下頭，在他耳邊越發柔聲道：「他還說了我什麼？」

柳眼閉上眼睛，「他就是對你很失望。他和劉姨對未出生的骨血做了許多改變，期望能生出『最好』的孩子，但活死人孕到七個月他們就發現你有問題，和他們預設的孩子不一樣，很可能是先前做的改變出了岔子。」他睜開眼睛，不敢去看唐儷辭的臉，只能目不轉睛地看著地面，「所以你爸對你失望不是因為你有哪裡做得不夠好，是從你一出生……從你出生他就很失望，他……他知道你的性格會和別人不一樣，而劉姨她……」

唐儷辭呵了一口氣，柔聲道：「所以我媽見了我就像見了鬼一樣。」

柳眼點頭，「所以小時候他們把你關起來，而你——而你果然也……」

唐儷辭急促地喘了口氣，笑了起來，「那你呢？你既然早就知道，既然我這麼可怕，整天跟著我不怕我哪一天潛伏的暴力基因發作，莫名其妙的殺了你？」

「那時候我覺得你……」柳眼的聲音慢慢平靜下來，「我覺得你雖然性格很壞，但不是一個壞人。你只是控制欲很強而已，你不喜歡不聽你命令的東西，除了這點以外……不像他們想像的那麼可怕。」

唐儷辭再喘了口氣，笑道：「那現在呢？」

柳眼抬起手抓住了唐儷辭扣住自己咽喉的手腕，「你……你還是性格很壞。」他緊緊抓住唐儷辭的手腕，「但我現在知道我知道你從來都把自己當作壞人，讓人知道你心裡想保護大家——你覺得很丟臉吧，所以你從來不讓人知道……別人怕你、懷疑你、恨你……都是因為你故意——咳咳——故意引導別人把你想得很壞……」

唐儷辭緩緩放開了抓住他咽喉的手指，柳眼大口大口的喘息，「就連我……就連我也以為你害死方周是因為你……你喜歡錢和權力，我懷疑你會變成這樣是因為你天生就是那樣。你為什麼非要逼別人怕你恨你？你喜歡大家恨你嗎？難道人人都誤解你都懷疑你怕你恨你，你真的就會感到安心？你為誰拼命為誰流血？你為誰從汴京去到好雲山再從好雲山千里迢迢的回來？你得罪風流店你得罪禁衛軍，你有安逸奢侈的日子不過你為誰趟的什麼渾水？你有得到過什麼好處嗎？明明付出了這麼多，為什麼非要裝得若無其事，為什麼非要別人誤解你你才高興？」

他說完了。

屋裡一片安靜，沒有點燈，看不清唐儷辭臉上的表情，只有一片安靜。

他沒有回答，也沒有動。

「阿儷？」柳眼向著他的方向抬起手，「允許別人理解你有這麼難麼？為什麼非要把自己逼瘋……」

「噓——」唐儷辭的聲音很靜，「我們都不要說話了好不好？你也不要說話，我也不要說話。」他後退了幾步，靠著牆坐了下去，一動不動。

柳眼伸出的手停在空中，慢慢收了回來。

阿儷真是……一點也沒有變。

和小時候一模一樣，很卑劣的欺負著別人的時候，眼睛裡閃爍著瘋狂的、快樂的和孤獨迷茫的光……他不讓別人接近他的心靈，是因為從來沒有人接近過他的心靈，凡是膽怯柔弱的人對於未知的陌生的東西，總是排斥、恐懼，沒有接受的勇氣。可笑的是，他的不堅強卻以極端強硬的形式表現了出來，顯得……極富邪氣，充滿了侵略的狂性，無堅不摧似的。

第三十章　明月金醫

一夜寂然無聲。

柳眼沉默地坐在椅中，坐得久了，思緒也朦朧起來，恍惚了很久，突的覺得屋內清朗起來，竟是天亮了。對著唐儷辭坐的牆角看去，卻見他倚牆閉目，仍然是一動不動。柳眼手臂使勁，費力把自己從椅上挪了下來，一寸一寸向唐儷辭爬去，「阿儷？」

「我沒事。」唐儷辭閉著眼睛，「再過半個時辰天色就明，楊桂華把他們帶走，少說詢問一夜，今日一早恐怕還是會來此巡查。」

柳眼嘆了口氣，「你站得起來嗎？」

唐儷辭笑了笑，倦倦地睜開眼睛，「我在想兩件事。」

柳眼皺眉，「什麼事？」

唐儷辭慢慢地道：「沈郎魂把你弄成這種模樣，他人呢？」

柳眼淡淡地道：「這我怎會知道？他不過想看我生不如死罷了。」

唐儷辭道：「他把你弄成這種模樣，按常理而言，應該暗中跟蹤，你越是痛苦，他越是高興才是，至少他不會讓你死在別人手上。但少林十七僧要抓你入六道輪迴，他卻沒有現身。」

柳眼道：「他也許是離開了。」

唐儷辭淺淺地笑，「我猜他恐怕是出事了，跟蹤你的人不只一批，既然大家的目標都是你，少不了明爭暗鬥，論武功論心機，他都不是桃姑娘的對手。」

柳眼沉默，「桃姑娘？西方桃？」

唐儷辭柔聲道：「是啊，溫柔美貌聰明伶俐的桃姑娘，從前你對她推心置腹，從不懷疑。難道到現在還不明白是她算計讓你戰敗好雲山，將你拋出局外淪為喪家之犬？」

柳眼聽著，默然許久，深深吁出一口氣，「你打算救他？」

唐儷辭眼簾微闔，「他落入誰的手中尚未定論，走著瞧吧。」

柳眼不答，過了一會兒他突然再問了一次，「你站得起來嗎？」

唐儷辭道：「第二件事，你那位新收的徒弟不是簡單人物，我想大理寺的牢房困不住他。」

柳眼又問：「站得起來嗎？」

唐儷辭頓了一頓，再無其他言語搪塞，臉上竟是微微一紅。柳眼突然覺得很想笑，要承認自己無能為力也是這麼困難的事麼？他抬高手臂，勉強搆到了身邊桌上的茶壺，搖了搖，卻發現裡面茶水已乾。他拿著茶壺，把它放在地上，雙手撐住往前爬了兩步，再拾起茶壺放前一點，再往前爬兩步，如此慢慢的往廚房挪去。

廚房離廳堂並不遠，唐儷辭倚著牆坐著，聽著廚房裡柴火輕微爆裂的聲響，還有沸水翻滾的聲音，突然道：「還記得祭鬼節銀幫的那條小巷嗎？」

柳眼的聲音從廚房傳來，音調很平靜，「你說的是你被銀幫的幾個馬仔揍了一頓的那條小巷？那天我幫你把人家反揍了一頓，小巷後來不是被你放火燒了嗎？真難想像，已經是十幾年前的事了。」

唐儷辭笑了笑，「那是第一次有人幫我打架，在那之前我被人揍過很多次，但別人都是看了打群架就跑，爸媽也從來不管。」

柳眼正往茶壺裡倒水，「突然說這些幹什麼？」

「沒什麼，只是在想……如果那時候會武功，也許我會殺人，然後就不認識你。」唐儷辭悠悠地道：「也許我就會什麼都有，什麼人都不必認識，永遠不會輸。」

柳眼將裝好水的茶壺放在地上，一步一步慢慢爬了回來，「如果有如果的話，我也希望從來不認識你。」

唐儷辭笑了起來，「哈哈。」

唐儷辭慢慢伸出手端起杯子，輕輕晃了晃杯裡滾燙的開水，洗了洗杯緣，慢慢的把水倒在地上。他探手入懷，從懷裡取出一個小小的淡青色的盒子，打開盒子，盒子裡是一撮青嫩的茶葉，他往杯子裡敲下少許，柳眼杯子往前遞過，他順手把剩下的茶葉全倒進柳眼的杯子，丟了那盒子。

沸水傾下，幽雅的茶香浮起，沁人心脾。唐儷辭端起茶杯喝了一口，慘白的臉頰幾乎立刻泛起一層紅暈，柳眼也喝了一口，「你身上竟然帶茶葉。」

「我一向隨身帶很多東西。」唐儷辭呵出一口氣，眉心微蹙，「但我從來不帶食物。」

柳眼舉起一個包子，兩人看著那包子，那是阿誰擱在廚房裡的剩菜，過了一會，柳眼吁了口氣，「若是有人知道你我今日要靠這個包子度日，想必——」

唐儷辭微微一笑，「一人一半吧，再過一會天就全亮了，這裡非常危險。」

柳眼將那包子掰為兩半，唐儷辭撕了一片放入口中，突然咳嗽了幾聲，捂口吐了出來。柳眼一怔，見他仍是一口血一口水的嘔吐，吐了好一陣子，臉色又轉為慘白。

「你站不起來，我帶你走。」他兩三口把剩下的包子吃了，「聽說你有個朋友認識明月金醫水多婆，你可知道他住在什麼地方？」

「咳咳……明月金醫水多婆……」唐儷辭嘴角微微上揚，「慧淨山，明月樓。」

未過多時，洛陽城內大街之上，路人都驚奇的看著一個面包灰布，雙足殘廢的怪人雙手撐地在地上爬行，他雙肩上掛著兩條繩索，身後拖著一輛板車，車上牢牢縛著一個大木桶。他雙手各拿著一塊磚頭，每行一步都費盡全身力氣，似乎全身骨骼都在格格作響，身後的板車一步一晃，跟著他艱難的往前行去。路人驚奇地看著這怪人，有些人雖有相助之心，但看這怪人衣裳襤褸、面戴灰布，不知是什麼來路，委實不敢。見他慢慢爬行到城內一處馬廊，竟然遞出一錠金子買了一輛馬車，讓人幫他把板車上的大木桶搬入車內，自己揚鞭趕馬，筆直往東而去。

這人實在太過可疑，在他離去之後不足一刻，軍巡鋪已接到消息，說有如此這般一個人和一個大木桶在洛陽出現，也許和汴京洛陽最近的凶案有關。

大理寺。

楊桂華把玉團兒和阿誰關在一處牢房，而將方平齋關在另外一處。對他而言，玉團兒和阿誰並無傷人之能，對方平齋卻頗為忌憚，在他身上穴道未解之前楊桂華用精鋼鐵鍊將方平齋牢牢鎖住，再點了他身上十二處大穴。

他先在玉團兒和阿誰那裡問了一夜，第二日一早，焦士橋來到大理寺，看過了玉團兒和阿誰之後，便去審問方平齋。

方平齋早就醒了，雖然身上掛著沉重的鐵鐐，外加被點穴道依然動彈不得，但楊桂華點穴的功夫自然不比少林寺的那群老和尚，他看起來依然瀟灑自若，只差手中沒了那支紅毛羽扇。

「從他身上搜出什麼東西？」焦士橋身著官服，來到大牢之中，兩側獄卒立刻為他端過椅子和椅墊，另外有人陪笑道：「他身上沒有什麼東西，幾十兩碎銀子，一把怪裡怪氣的扇子，還有些小刀片，此外什麼也沒有。」

焦士橋皺眉，「刀片？什麼樣的刀片？」

獄卒端過一個紅布盤子，盤裡裝了數十支寸許長的捲刃飛刀，雪白的顏色，捲曲如花的形狀煞是好看。焦士橋拾起一支，這東西兩邊開刃，鋒銳非常，若非個中高手絕不可能使用此種暗器，他目不轉睛的看了許久，突然道：「你是疊瓣重華……」

方平齋嘆了口氣，「你是誰？」

焦士橋緩緩地道：「我非江湖中人，但熟讀江湖軼事，百年以來，能使用這種捲刃飛刀施展『風雪吹牡丹』之人，唯有七花雲行客之疊瓣重華。七花雲行客素來神祕，本名從無人得知，想必是如此所以無人知曉方平齋就是疊瓣重華。」他目光銳利如刀，一字一字地道：「七花雲行客與近來江湖局勢息息相關，風流店與中原劍會一戰之後死而未僵，竟敢在宮中發放九心丸。既然梅花易數、狂蘭無行、一桃三色都曾為風流店座下之臣，不知閣下對風流店內情瞭解幾分？」

「我？」方平齋道：「我只是一介江湖浪人，閒看閒逛悠閒度日，偶爾喜歡惹是生非，偶爾想要揚名立萬，但似乎並未做過要進大理寺天牢的大事。」

焦士橋淡淡的道：「你既是疊瓣重華，名震天下，何須追求揚名立萬？」

方平齋哈的一聲笑，「總是藉著他人之光環非常膩味，我想靠自己打遍天下，可惜我運氣不好，從來沒遇到能揚名天下的機會。」

焦士橋淡淡的問，「你對風流店瞭解多少？你為何會與柳眼一路同行？他對大內之事有何企圖？」

「我對風流店完全不瞭解。」方平齋的眼色微微深了，「他們三人為何會成為風流店座下之臣我也不知道，因為早在十年前，我就與七花雲行客裡的兄弟分道揚鑣了。」

焦士橋一怔，「為何？」

方平齋哈哈一笑，「因為他們兄弟情深，而我薄情寡意。」

焦士橋皺起眉頭，「你為何會與柳眼同行？此時他人在何處？」

「我與師父同行，是因為他是我師父。而我被少林光頭和尚所擒，人都被你抓來，怎會知道師父人在何處？我還要問你他人在何處？」方平齋神色自若，「我與你對他企圖不同，但我沒有害他之意。」

焦士橋閉目思考片刻，站起身來，「我明天再來，你若還是這種態度，滿口油腔滑調，莫怪我對你不敬了。」

方平齋笑道：「我真心受教了。」

這人既然是疊瓣重華，絕對留不得。焦士橋今日一談，已知方平齋口風嚴密，他不想說的事縱使用刑也絕對問不出來，而與其聽他滿口胡言，將這等危險人物留在大牢，不如殺雞儆猴，也讓風流店知曉皇宮大內絕非易與之地。他心中殺機一動，也不想將他留到明日，當即下令楊桂華，夜裡三更，殺方平齋！

楊桂華未想焦士橋只與方平齋見一面便下殺令，由此可見方平齋其人危險，夜裡三更殺方平齋，他心中略有遺憾，但不得不聽令。方平齋是一頭虎，如果打虎不能致命，就會有反撲的危險，這個道理他很明白。

玉團兒和阿誰同關一處牢房，身邊都是相同的女牢，玉團兒傷重昏迷，楊桂華卻是好心送來了傷藥和清水，阿誰正一口一口餵她。鳳鳳被楊桂華抱走，說是托給了府裡奶媽照看，對於這點阿誰卻是相信他的，楊桂華雖然是官兵，也是君子。

時間過去得很快，秋風颳過些許落葉，天氣又寒冷了些，夜色很快到來。

方平齋依然被鎖在大牢石壁上，身上的穴道依然被封，甚至這十二個時辰裡他什麼也沒有吃，連一口水也沒有喝到。楊桂華對玉團兒和阿誰仁慈，不表示他對方平齋同樣掉以輕心。

二更剛過，三更未到。方平齋被鎖在牆上，處境雖然不利，他卻是安然睡著，突地聽見牢門「咯啦」一聲，便睜開了眼睛。深夜來訪的客人多半不懷好意，他對著來人笑了笑，「半夜三更，閣下不去睡覺來串門，讓我不得不懷疑你的來意是——殺人滅口？」

楊桂華手腕一翻，青鋼劍在手，他竟然未帶劍鞘，一直握著那出鞘的劍，「其實我並不想殺你，方公子武功不凡有情有義，雖然性格獨特，卻不失是條漢子。可惜——你是疊瓣重華，既然是疊瓣重華那就非殺不可。」

「哈！我還一度以為自己這個名頭很響亮，原來卻是一道催命符。」方平齋毫無懼色，面帶笑容，「你怕風流店會為我闖天牢救人嗎？放心，他們沒這麼傻——」一句話未說完，突聽「嗖嗖」兩聲微響，楊桂華身後兩位獄卒撲通倒地，生死不明。方平齋一呆，楊桂華霍然轉身，只見大牢的入口有人一步一步走入，身上穿的是官兵服飾，卻未戴帽子。

「是誰？」楊桂華沉住氣，低喝一聲。

那人緩緩走到楊桂華面前，只見他臉上戴著一張滑稽的面具，竟是一張鍾馗的臉。楊桂華一怔，運氣長呼，「來人啊！有人闖天牢！」隨即一劍向來人刺去，那人袖袍一拂，只見楊桂華運足真力的長劍刺到他袖上竟是彎曲彈起，「錚」的一聲脫手飛出。楊桂華心念轉得極快，眼見不敵來人，一個回身並指往方平齋身上死穴點去。方平齋動彈不得，睜大眼睛等死，卻聽「啪」的一聲悶響，來人的手掌快過楊桂華的身法，在他的手指點上自己死穴之前在他後心輕輕拍了一掌。

楊桂華就此頓住，軟軟地倒了下去。方平齋打了個哈哈，「七弟，我真是想不到今日是你救我。」

那戴著鍾馗臉的人往前一步，將楊桂華的手背踏在腳下，緩緩取下戴在臉上的面具，面具下的容貌嬌美如花，正是西方桃。只見她嫣然一笑，「六哥有難，小弟豈能不救？何況六哥素來講義氣，寧死也不透露風流店的機密，如此六哥豈能讓楊桂華這種小人物一劍殺了？他連給六哥提鞋都不配。」說話之間西方桃已扭開了方平齋身上的鐵鐐，拍開他身中的穴道：

「快走吧，雖然說大理寺沒有什麼高手，陷入人海之戰也是麻煩。」

方平齋扭動了下被鐵鐐鎖得難受的手腕，「白天焦士橋來見我的時候，你該不會是在旁邊偷聽，知道我什麼也沒說才決定救我吧？」

西方桃盈盈而笑，「怎會呢？即使你對焦士橋和盤托出，既然當年歃血為兄弟，我就不會見外。」

方平齋哼了一聲，兩眼望天，「你若真的在乎兄弟，怎會把三哥、四哥整成那般不死不活的模樣？算了你不必向我解釋，我的選擇十年前就已經說得很清楚，如果我不清楚，只怕現在和三哥、四哥一樣，不過是你的傀儡而已。」

「呵呵……六哥怎能推得一乾二淨？你莫忘了三哥、四哥喝下的那兩杯毒酒是誰敬的？那天的宴席又是誰相邀、誰主持的？」西方桃悠悠地道：「從一開始你就參與其中，莫要以為自己真的清白無暇。唐儷辭得了綠魅珠，一旦他解了黃明竹之毒，三哥、四哥清醒過來，記起當年之事，你說他們會恨你——還是恨我？」

「你——」方平齋苦笑，「扮成了女人，就能比女人還惡毒麼？」

西方桃手指按在唇上「噓」了一聲，「六哥，回來吧，遊蕩了十年難道還不夠？十年漂泊你又得到了什麼呢？這江湖有誰認同你？有誰看得起你？沒有金錢沒有權力沒有條件，縱使你是天下第一的奇才也不過淹沒江湖洪流，有滿腹抱負也無從施展。」

方平齋一揮手，「耶——我並沒有什麼抱負，只不過有小小心願想證明沒有你們我一樣可以揚名立萬而已，可惜——」

西方桃微笑，「可惜始終不能。六哥，江湖看不起你，我看得起你。」她柔聲道：「何況你欠了我兩條命——當年的，和今日的。」

「這個——」方平齋拍了拍腦袋，「這還真是難辦了，再說吧。」他往外走了出去，「也許以後有機會再聚，也許日後永無機會，目前我並不想改變。」

西方桃悠然道：「目前我也不想改變任何事，在你學會柳眼的音殺之前，你想做什麼就做什麼，我絕不干預。」

方平齋笑道：「你還真是深謀遠慮，什麼都想要啊……」話未畢，他身形一晃，卻是鑽進女牢，瞬間不見了蹤影。西方桃吃吃地笑，對女牢的兩位姑娘她也有心帶走，但此時此刻卻是不宜和方平齋翻臉。

官道蕭索，枯葉紛飛，一輛馬車往東疾馳，馬蹄所過之處沙石飛揚，越添了秋冬的枯敗之氣。柳眼策馬疾奔，已是奔行了一日一夜，心中本來算定車後定有官兵追蹤，卻不知焦士橋駕臨大理寺親審方平齋，底下人新得的消息一時尚未報上，而後方平齋、玉團兒、阿誰幾人天牢被劫，楊桂華身受重傷，大理寺此時一片混亂，已無暇顧及多如過江之鯽的可疑人。

唐儷辭仍是吃不下任何東西，馬車顛簸，他一路上昏昏沉沉，柳眼幾次要和他說話，雖然他都有回答，卻始終是答非所問，也不知他聽的是什麼。柳眼心裡漸漸覺得驚恐，唐儷辭看起來真的像要死了，流了這麼多血，三處外傷，加上方周的心，這些也許……真的會要了他的命。

而慧淨山、慧淨山究竟在何方？就算找到了慧淨山，那明月樓又在何處？

馬車疾奔，他只知道遠離洛陽，往東方山巒迭起的地方奮力奔去。

遠遠的官道上有一個人正往前走，柳眼的馬車奔得興起，雖見有人，卻剎不住勢頭，柳眼發力勒馬，然而武功全失，力量實為有限，根本拉不住發性的奔馬，眼見馬嘶如嘯，就要撞上。柳眼振聲喝道：「危險！小心了！」

在路上走的是一個肩繫披風的青衣書生，聞聲回過頭來，卻是唇色淺淡，眉目清秀，眼見奔馬撞來，衣袖一揚。柳眼只覺全身一震，奔馬長嘶揚蹄而起，整個身軀往旁側落，剎那之間馬車就要四分五裂。突然柳眼手中一空，馬韁已然不在手中，那青衣書生挫腕拉馬，失去平衡的奔馬重新立起，四蹄落地，馬車也在一片「咯吱」聲中勉強未壞。

那青衣書生將韁繩還給柳眼，平靜地道：「狂馬奔走，容易傷人，閣下以後該多加小心。」

柳眼看了他一眼，這人武功極高，模樣卻很年輕，不知是什麼來路，「多謝……」

他說了句多謝，眼見該人避過一旁，等著他馬車過去，突然問，「你可知慧淨山在何處？」

「慧淨山就在前方五十里山巒之中。」青衣書生手指東方，「沿著官道緩行即可，不必心急。」

柳眼見他神情始終淡定，既沒有詫異之色，也沒有好奇之態，忍不住又問，「閣下可是來自慧淨山？」

「從何可見我來自慧淨山？」青衣書生眼睫微揚，一雙眼睛澄澈通透，卻看不見情緒波動。

柳眼輕咳一聲，「直覺……」

青衣書生道：「你的直覺真是不同凡響。」

柳眼吃了一驚，這人竟然真的來自慧淨山，「那閣下可是明月金醫水多婆？」

「我姓莫，我叫莫子如。」青衣書生道：「你們要見水多婆，我可以帶你們去。」

柳眼從未聽過「莫子如」三字，卻並不懷疑，「得閣下相救，不勝感謝。」

莫子如轉身前行，步履平和，並不見他加勁疾奔，卻始終在馬車前一二尺。

馬車和人靜默無聲的前行，莫子如這等輕功在柳眼眼裡看來並不算什麼，如果他不曾武功全失，一樣能做得到，但莫子如如此行走，他卻看不出這究竟是他十成十的輕功，或是他十之二三的輕功。唐儷辭既然知道慧淨山明月樓，不知他是否認識此人？柳眼回頭看了唐儷辭一眼，他仍是昏昏沉沉躺在那木桶旁，似乎連路遇這奇怪的青衣書生都未曾察覺。

馬車默默地前行，在黃昏之際轉入了一條山道，山道兩側遍是微紅的楓樹，莫子如仍是不緊不慢地走著，繞過了兩三條小路，漸漸又入了山坳，眼前豁然開闊，竟是一片水澤。

莫子如在水邊停下，柳眼只見一片漣漪千點枯荷，風雲氣象沛然，果然是不同尋常。在水澤當中有一處樓閣自水中立起，雕梁畫棟，十分華美，莫約便是明月樓了。莫子如見他目不轉睛地看著那樓宇，「那便是明月樓。」

柳眼點了點頭，「可是要乘舟而過？」

莫子如搖了搖頭，沿著水澤岸邊慢慢走著，柳眼的馬車跟在他身後，轉過大半個水面，眼前景色突然一變，卻是一片泥坑，千坑萬壑，崎嶇不平。其中泥坑有大有小，大的整輛馬車都可陷入，小的不過一二寸許，猶如鞋印。柳眼一怔，這種一半水澤一半泥坑的奇景很是罕見，只見在富麗堂皇的明月樓背後緊貼著一座小小的院落，雖是不及明月樓華美，卻是雅致簡潔，距離尚遠，隱隱約約有一絲淡香飄來，嗅之令人心胸舒暢。莫子如徑直往那小院落走去，馬車搖搖晃晃的跟在他身後，柳眼小心策馬以免摔入那些較深的泥坑，數十丈的距離走了大半個時辰，終是進了那院落。

庭院如遠望一般素雅，和其他讀書人的院落並無什麼不同，只是其中不種花草，凡是能放東西的地方都疊滿了各色盒子，都繫著緞帶，也不知裡面裝什麼東西，更不知那似有若無的暗香由何而來。莫子如指著後院圍牆上的一具木梯，「要見水多婆，只有從這裡翻過去，要入明月樓只有這一條路。」

柳眼怔了一怔，「什麼？」

外面廣大水澤，難道不能自水面而過？

莫子如似乎知道他在想什麼，「水多婆不喜歡別人碰他的水。」

柳眼眼望牆頭，住在隔壁的當真是個怪人，外面的水澤少說數十丈寬闊，難道就不許任何人觸摸麼？

莫子如又道：「他雖然不喜歡別人碰他的水，但也懶得去管那片水。但你如果對他有所求，最好還是聽話，不要另存想法。」

柳眼笑了笑，「我不會有什麼想法的，每個人的想法都不一樣，我只管得到我自己，管不了別人。」

「嗯。」莫子如的眼神一直很平靜，彷彿他的情緒一直很柔和，又彷彿他全然沒有情緒，「爬上去吧。」

柳眼吁了口氣，單憑雙手之力要爬上如此高的木梯也不容易，但既然到了這裡，怎能不上去？他從馬車上艱難的下來，慢慢挪到木梯之旁，雙手抓住第一根橫梯，拖著沉重的身體慢慢爬了上去。

木梯「咿呀咿呀」作響，柳眼雙手顫抖，爬到第十二級差點摔了下去，勉強吊在空中，僵持了一會兒，仍是「啪」的一聲摔了下來。莫子如走回屋內給自己倒了杯茶，靜靜地看他摔下，「只能爬十二級嗎？」

「咳咳……」柳眼摔得背脊劇痛，眼前一陣發昏，睜眼再看時，莫子如已經轉身回房，「練吧。」他竟似並不同情柳眼，也並不出手相助，回房喝茶去了。柳眼在地上躺了好一會兒，抬頭看那十二級的木梯，他摔下的地方少說也有一層來樓高，但距離牆頭尚有三分之二的距離，這院落不大，圍牆卻砌得很高。休息過了，他繼續往木梯上爬行，這一次他爬得比上次快得多，心知腕力臂力不足，若不在力氣用完之前爬上去，只怕永遠也爬不上去。雙手並用，他堪堪爬到二十級，身軀像掛了千鈞重擔一般沉，手腕顫抖得厲害，整座木梯跟著他顫抖起來，他咬了咬牙，牙齒咬破嘴唇流了血出來。柳眼渾然不覺，奮身向上，掙扎爬到二十七級，眼看過了大半，突聽「咯啦咯啦」一陣脆響，天旋地轉，身子墜落，「碰」的一聲頭上受了下撞擊。他茫然抬起頭來，只見木屑紛飛，那木梯從中損壞，竟是斷了。

「呃……你不用自責，這梯子要壞很久了。」牆頭突然傳來聲音，若非柳眼此時頭昏目眩腦中一片空白，或許會認出這聲音十分稚嫩，微略帶了些嬌氣，宛若十二孩童，但他只是瞧見了自牆頭上探出來的那張臉而已。

遙不可及的牆頭上探出一張古典優雅的面容，瓜子臉型，髮髻高挽，眉心有個鮮豔的朱砂印，看似翩翩公子，若隔著屋子聽他聲音多半會以為是個滿地玩耍的稚子。只見他對著柳眼搖了搖雪白的袖子，「看你的樣子是個老實人，後面屋子裡喝茶的那個，完全不是什麼好人，太相信他的話你就會倒楣，我很有良心，絕對不會騙你的。」

柳眼的嘴唇蠕動了一下，「你就是水多婆……」

牆頭的翩翩公子對他笑了一笑，「是啊就是我。」

柳眼的視線掠向庭院中的馬車，「聽說你……醫術高明……」

牆頭上的公子連連搖手，「很多人醫術比我高明得多，我只是個庸醫而已。」

柳眼低聲道：「無論你是神醫還是庸醫，能救他一命嗎？我遠道而來，若非巧遇莫兄也不可能尋到此處，既然是有機緣，我求你救他一命。」

「莫子如！」牆頭的白衣公子突然大叫一聲，「你故意把人帶到這裡就是為了給我找麻煩嗎？」

屋裡喝茶的莫子如眼睛一閉，「豈敢，這位兄臺要找你，我看他行路辛苦，於心不忍而已。」

水多婆哼了一聲，「你故意叫他爬會斷的梯子……」

莫子如睜開眼睛，眼眸依然澄澈通透，宛若透著一股空靈之氣，「我沒有。」

水多婆白了他一眼，頭自牆頭縮了回去，竟似要走了。

柳眼一驚，「水多婆！若能救他一命，你要什麼代價我們都能答應，就算是萬兩黃金稀世珍寶他都付得起。」

「欸……」那張翩翩公子的臉又從牆頭探了出來，「我如果要二十萬兩黃金呢？」

柳眼毫不猶豫，「可以！」

水多婆眉開眼笑，「那兩百萬兩呢？」

柳眼斬釘截鐵，「可以！」

水多婆越發高興，「那如果兩千……」

柳眼道：「可以！」

水多婆喃喃自語，「耶……我哪有真的這麼愛錢？兩百萬兩黃金就兩百萬兩黃金，但收錢之前你得先把我的梯子修好。」

柳眼一怔，這梯子分明在莫子如院內，怎會是水多婆的梯子？

水多婆看出他疑慮，「姓莫的奸人向我借東西我自然要借給他壞的，誰知道他用來害你？」柳眼又是一怔，這兩位相鄰而居的奇人果然是古怪得很。

眼見滿地碎木不成形狀，要把這一地板木屑重新修成一把梯子談何容易？何況柳眼對木匠這等活全然沒有天分，拾起兩段折斷的木頭，看了半天仍不知要如何將它們接起來。水多婆卻是坐在牆頭，饒有興致地看他拼木頭，未過一會，莫子如端著茶從屋裡出來，手裡握著一卷書卷，時而淡淡地喝口茶，倚門站在院中。

柳眼慢慢的將地上碎裂的木塊一塊一塊排好，短短時刻，他已經明白身邊兩人其實半斤八兩，莫子如表情淡漠，似乎沒有在看他，但他和水多婆一樣，都是存心看戲而已。他的頭腦一向並不清楚，此時竟是分外清晰，心裡沒有半分火氣，注意力都集中在手中的碎木上。沉吟了一會兒，他從殘破不堪的衣袖上撕了塊布條下來，將兩塊斷開的木條綁在一起。

莫子如翻過了一頁書，水多婆不知自哪裡提起一個油布包，放在牆頭。淡青色的影子一飄，莫子如就著讀書的姿勢上了牆頭，若是有人看著，多半只覺眼前花了花，莫子如仍在牆頭看書，姿態如方才般優雅，只是那油布包已經打開了，裡面包的不知是飯團還是整雞的東西不翼而飛。

水多婆把油布包一腳踢進莫子如的院子，笑吟吟地看著莫子如，「好吃嗎？」

莫子如眼睛微闔，「白飯。」

水多婆袖中扇「啪」的一聲打開，「只有白飯是擱在灶上就會熟的。」

莫子如合上書卷，平靜地道：「何時再去酒樓喝酒吧。」

水多婆看著牆下柳眼將木條一塊塊綁起，「和你？和你去喝酒一定會迷路，別以為我不知道你在這裡住了兩年，連山前那條大路叫什麼名字都不知道。」

說話之間，柳眼已經把斷裂的木梯綁好，身上的衣裳本來襤褸，此時衣袖都已撕去，模樣越發狼狽不堪。他的眼神卻很平靜，「修好了。」

水多婆上下看了他幾眼，突然問，「你會做飯麼？」

柳眼道：「會一點吧。」

水多婆頓時眉開眼笑，「你會炒雞蛋嗎？」

柳眼皺眉，「炒雞蛋？」

水多婆嘆了口氣，「難道你連炒雞蛋都不會？真讓我失望。」

柳眼眉頭皺了又皺，終於道：「我會做枸杞葉湯。」

水多婆大喜，「當真？」

柳眼哭笑不得，指了指馬車，「他做菜做得比我好得多。」

白影一晃，水多婆已站在莫子如的庭院之中，探頭進唐儷辭的馬車，伸手在他身上檢查起來。柳眼費力將身體轉過看著水多婆的背影，見他本來舉止頗顯輕鬆，漸漸動作少了起來，再過一會兒，他竟然維持著彎腰探查的姿勢，良久一動不動。

牆頭上的莫子如飄然而下，聲音清和沉靜，「如何？棘手嗎？」

水多婆慢慢從馬車裡退了出來，站直了身子，望了望地面，「他肚子裡的是什麼東西？」

「是一個人的心。」柳眼淡淡地答，「我們的兄弟的心。」

水多婆的臉上露出了很奇異的神色，「人心？他把人心接在肚子裡？」

柳眼點了點頭，「我不知道他接在什麼地方，但那顆心在跳動。」

水多婆用雪白袖子裡藏著的摺扇敲了敲自己的頭，「肚子裡哪有地方讓他接一顆心？他一定破壞了其他內臟，否則一顆人心這麼大要擱在哪裡？又何況心在跳動，說明血流通暢，肚子裡又哪有這許多血供人心跳動？」

柳眼聽他說出這番話來，情不自禁升起佩服之情，此地醫者能如此瞭解人體，真的很不容易，「他說他把能接的地方都接了。」

水多婆又用摺扇敲了敲頭，「那就是說雖然腹中沒有哪一條血脈能支持人心跳動，他卻將多條血脈一起接在人心之上，所以這顆心未死。但是他必然是切斷了腹中大多數的血脈，在中間接了一顆外來的人心，然後在把血脈接回原先的內臟之上，這樣許多條血脈糾集在一起，必然使許多內臟移位。而這顆人心又和他本人的體質不合……」

柳眼聞言心中大震，是排異反應麼？讓不畏受傷不懼感染的唐儷辭變得如此衰弱的，是埋入方周的心所產生的排異反應麼？如果有排異，那在埋入之初就會有，唐儷辭不可能不知情，他忍受了這些年的痛苦，只為了給方周留下微乎其微的希望——而自己——竟然把方周藏了——不但藏了，還讓他變成了一攤腐肉。

「最糟糕的是他本人體質很好，所以腹中臟器變得如此亂七八糟，一時三刻也不會死。」水多婆惋惜地道：「換了是別人也許在幾年前就死了，現在他腹中移位的肝、胃、和那顆心黏在一起，又因為血脈的駁接使肝臟逐漸受損，所以他會痛、不想吃東西。」

柳眼沉默，過了一會兒他慢慢地道：「他什麼都吃不下，吃什麼吐什麼。」

水多婆嘆了口氣，「除了這些之外，他肚子裡的那顆心似乎起了變化，它往上長壓到了他的胃，所以他容易吐。」

柳眼突然覺得牙齒有些打顫起來，「他會死麼？」

水多婆很遺憾地看著他，「他在往肚子裡埋那顆心的時候就該死了，其實你也早就知道他會死，只是不想承認……他的外傷不要緊，只要簡單用點藥就會好，但是臟器真的大部分都壞了。」

柳眼牙齒打戰，渾身都寒了起來，「你是說……你是說他現在不會死，一直到……一直到他耗盡所有臟器的功能之前，都不會死？」

水多婆自己渾身都起了一陣寒顫，「嗯……他會非常痛苦。」

「那麼把那顆心拿出來呢？」柳眼低聲問，他的手心冰涼，從心底一直冷了出來。

「不可能了，他的許多臟器都和那顆心黏在一起，在沒有黏在一起之前可以冒險一試，但現在不行。」水多婆的表情很惋惜，「我可以給他藥，可以救他一時，但他活得越久……只會越痛苦，那是你我都難以想像的……」

柳眼緩緩轉頭望向馬車，馬車裡毫無動靜，他不知道唐儷辭是不是早就知道這樣的結果。他想起一個曾經讓他流淚的故事，在荒蠻的草原上，有一匹健壯的母馬難產，在掙扎的時候踢斷了自己的外露的腸子，牠拖著斷掉的腸子在草原上繞圈賓士，不停地奔跑、不停地奔跑……

生命，有時候以太殘酷的形式對抗死亡，以至於讓人覺得……原來猝死，真的是一種仁慈。

——《千劫眉（卷三）故山舊侶》完——

——敬請期待《千劫眉（卷四）不予天願》——

高寶書版集團
gobooks.com.tw

DN 313
千劫眉（卷三）故山舊侶

作　　者　藤　萍
責任編輯　吳培禎
封面設計　張新御
內頁排版　賴姵均
企　　劃　何嘉雯

發 行 人　朱凱蕾
出　　版　英屬維京群島商高寶國際有限公司台灣分公司
　　　　　Global Group Holdings, Ltd.
地　　址　台北市內湖區洲子街88號3樓
網　　址　gobooks.com.tw
電　　話　(02) 27992788
電　　郵　readers@gobooks.com.tw（讀者服務部）
傳　　真　出版部 (02) 27990909　行銷部 (02) 27993088
郵政劃撥　19394552
戶　　名　英屬維京群島商高寶國際有限公司台灣分公司
發　　行　英屬維京群島商高寶國際有限公司台灣分公司
法律顧問　永然聯合法律事務所
初　　版　2024年11月

國家圖書館出版品預行編目(CIP)資料

千劫眉. 卷三, 故山舊侶/藤萍著. -- 初版. -- 臺北市：英屬維京群島商高寶國際有限公司臺灣分公司, 2024.11
　冊；　公分. --

ISBN 978-626-402-132-6(平裝)

857.7　　113017471